滄海叢刊

翻 譯 新 語

黃 文 範 著

1989

東 大 圖 書 公 司 印 行

翻譯新語／黃文範著 -- 初版 --

台北市：東大出版：三民總經銷，民78

〔6〕,304面；21公分

1.翻譯—論文，講詞等，I. 黃文範著

811. 7/8367

© 翻 譯 新 語

作　者　黃文範
發行人　劉仲文
出版者　東大圖書股份有限公司
總經銷　三民書局股份有限公司
印刷所　東大圖書股份有限公司
　　　　地址／臺北市重慶南路一段六十一號二樓
　　　　郵撥／〇一〇七一七五一〇號
初版　中華民國七十八年七月
編　號　E 81102
基本定價　叁元伍角陸分
行政院新聞局登記證局版臺業字第〇一九七號

序

　　水到渠成，這是《翻譯新語》出版時我的親切感受。

　　民國四十一年，我從美國受訓回國，由於教學需要，逼得自己走上了翻譯的梁山，多少年的踽踽獨行，歷盡了嶔崎艱難，却從沒有萌生過悔意。只因為這種工作有點兒學以致用的成就感，也說不定對了我的哪根筋，竟養成了一份久而彌堅的興趣，只顧得一步步往前踏，而今回首前塵，已是三十七個漫漫年頭消逝了。

　　我在這段寂寞的途徑中，遇到過翻譯上許許多多的困難。坊間雖有林林總總討論翻譯的理論書籍，多少有點兒幫助，但就總體上來說，它們都偏重了理論，忽略了實作，似乎總隔了一層，搔不到癢處。使我覺得，有了上千年翻譯歷史的中國，在實踐翻譯的討論解說上，依然還是一片榛榛莽莽，要開拓墾植的荒原依然很廣。惟其如此，在眾多的翻譯人士中，便也容得下我也來隨走隨記，把自己辛辛苦苦琢磨出來的經驗與心得公諸同好。

　　我雖然治譯頗早，但是直到經過十七年的實作磨練體會以後，才敢在五十八年十月六日，在《中央日報》副刊上，發表了

第一篇討論翻譯的文字〈翻譯上的名從主人〉。有趣的是，我在那篇文字中，指出日本侵華戰爭時的首相近衛公爵應為近衛文麿，「『麿』字從麻，而非從石的『磨』」，不料二十年後的今天，日皇裕仁月初駕崩，我們的報紙上依然「近衛文磨」不誤，足見語文上的錯誤，竟代代而皆有，那這些翻譯上糾謬闡譌的小小解說，也就有它存在的價值了。

《翻譯新語》中，一共收我在最近二十年中，陸陸續續討論翻譯的文字計達五十三篇，除開首篇〈翻譯中的民族精神〉，由於本來是講稿，因此在付梓前略略有所增刪以外，其他各篇都一仍舊況，每篇後面都註明發表的日期與刊載的報刊，可供覆按。

大致上，拙作討論翻譯，從下列四點進行：

一為大多出於本身實作而有的心得，有時也偶引用他人的譯作為自己討論的張本；二則是實作與理論並重，知所當行，行其所知，三十七年來，始終想以「民族精神」作為自己翻譯的一貫主張。三則力求專精，討論以英譯漢為主，不敢以不知為知，侈談自漢譯英的技巧。四則為力謀翻譯與社會結合，對時下諸多的誤譯誤解，總時時提供本身粗淺見解來進諍言，決不高蹈遠離，與羣眾脫節，藏身在象牙塔裏去作一個自了漢。

一生只因為「趣」字，而走上翻譯這條不歸路，所以我討論翻譯，也務求行文用語輕快、典故盎然，以求讀者不致厭倦而看得下去，全書可作整篇看，也可以分章談，惟有在這種不拘一格的體系下，談譯才不會變成枯燥無味的空頭文字。

治譯多年，隨譯隨記，究竟寫了多少篇理論文字，自己也沒有整理清點過。去年冬，周玉山兄勸我將這些文字輯成出版，不禁大為鼓舞，想不到這種論譯的文字，居然還能得法家垂青。便

翻箱倒篋，把舊作拿出來檢列分類，竟有二十萬言一時滙集，所以有「水到渠成」的欣喜了。

黃　文　範

民國七十八年五月廿一日
於臺北縣新店市花園新城

目　次

翻譯中的民族精神

翻譯中的民族精神

不變的民族精神

任何翻譯，都自有它的中心理念。實質上說，翻譯本是一種「有所變」，把一種語言文字變爲另一種；但也必須具備一種「有所不變」的「翻譯主張」（philosophy of translation），作爲一以貫之的方針，成爲翻譯理論的基礎。

翻譯理論要從哪裏來？這却完全要靠我們自己來創造。現代的每一種學術，都可以在國外學到，但有一樣事情在國外學不到、學不好，那就是翻譯。我年輕時，認爲先進國家可以替我們解決任何問題，翻譯當然也不例外。由於看過一些外國的翻譯理論，於是我下了決心，只要是外國的翻譯理論我就買來看，朋友也送。蘇俄有一位翻譯家，寫了一本《翻譯的藝術》（*The Art of Translation*, by Kornei Chukosky）形容翻譯爲「高級藝術」。美國人所寫的翻譯理論像 George Steiner 的 *After Babel* 也買了，結果一點用處也沒有，它們討論的是英文翻成德文、德文翻成俄文、德文翻成希臘文、拉丁文翻成希臘文的方法與技巧，這對我

們專尚譯入譯出的中國人，除了幾個原則，毫無用處。所以今天
國人出國留學，幾乎任何東西都可以學得到、學得成，但翻譯却
學不到，翻譯理論必須靠我們中國人自己來建立。

　　一般人認為，「信、達、雅」只此三字，便包括了所有的翻
譯理論了。但我在經驗中，體會出這只是「用」，而不是「體」。
朱子對「體與用」有最明白的解釋：「體是這個道理，用是它的
用處。」我們中國人的翻譯理論，光是「信、達、雅」並不夠，
還得要有民族精神為本體。從層次上來說，要以民族精神擔綱，
信達雅為目。

放眼天下的平等觀念

　　翻譯中的「民族精神」，並不是盲目排外的「義和團」精神，
也不是抱殘守缺、坐井觀天的保守觀念，而是出諸自信，放眼天
下的一種平等觀念。民族精神從哪裏來，它不是突然之間平地起
高樓就有了的。當然三民主義有民族主義，但沒有民生主義的培
養，民族主義不易長起來，這便是所謂「衣食足而後知榮辱」，
假如一個人吃不飽穿不暖，你要我做什麼就做什麼，你說外國人
的好，我就說外國人的強，因為我先要求生存嘛！但等到一個人
能自立自強以後，他就溯本探源去想，我的根在哪裏？我的本在
何方？所以我們最近國民所得慢慢增加，民族意識就增長了，今
天的各種學術都漸漸想到自己的根，要從根上去求發展，而不是
盲目的跟在外國人後面跑，而只以他們的思想作參考方針，我們
中國人要走自己的路，建立起不卑不亢的態度，這就是民族精神。

　　這種民族精神是靠民生主義培養而發達出來的，假如國民所
得很低，民族精神也不會太高，所以卅年前，這種主張一定會遭

到猛烈批判，會挨罵：「義和團、頑固、保守，這是什麼時候了，還講民族精神，翻譯就要接受西方的理論，一切改造，連語文法則都在內，才能改進中文！」前人接受了許多西方的理論來做翻譯，結果把翻譯翻成與外文一模一樣，以致形成了一種不顧中文本質而一面倒的翻譯體文字。

真正的民族精神不是自大，而是平等，以翻譯英文來說，中英文地位平等，把中文翻成英文，是這個要求，那把英文翻成中文也是一樣，沒有雙重標準，也就是提供了一種反向思考的方式。惟有用這個方式，我們才可以解決很多翻譯上的問題，否則光憑信達雅，有些問題始終解決不了；他舉出一個「信」你就毫無辦法，沒法破他、更沒法立己了。你用平等的民族精神，以反向思考的辦法，「對英文翻中文要照你的條件，請問中文翻英文用你這個原則可以不可以呢？」

因此，翻譯中的民族精神，並不只是給我們打氣加油，奠定自己的理論基礎，更可以用這種反向的平等思考，來破一些不正當的翻譯理論。

立定自己的腳跟

舉幾個例子來說，有些前人提倡他的文字翻譯理念，諸如：

「……中國文字本來的缺點……除了還是這樣的硬譯以外……所餘的惟一的希望，只在讀者還肯硬着頭皮看下去而已。」

「字比句次，而且一字不可增，一字不可減，一字不可先，一字不可後，名曰翻譯。」

「中文夾雜了洋文的人名、地名，也不能說是破壞了中文的結構，我們只要把英文字母看成是符號，就像對待標點符號、阿

拉伯數字這些外來貨就好了。」

「我們既可收十個阿拉伯數符於前，應可納廿六個英文字母於今日，以英文大寫字母作中文元素符號的邊（偏）旁，表達元素身份，創造中文新字，以新面貌出現。」

「譯詩的最高理想是這樣的：它不止要忠實於原詩的字義，而且要忠實於原詩的整個結構。譬如節奏、句法等等，只有這種翻譯，才能看作我們所常說的信譯。」

這些理論，我們雖然覺得不太對勁兒，可是基於「信」，便無法加以反駁。由於無人反對，這種學說還居然言之成理，真還有後人行之成風。

而我們如果作反向思考，以平等的觀點對待，就立刻能攻破這種理論了。那就是：

「把中文譯成外文，這種理論也可以行得通嗎？」

「你也能改造外文，把我們中國文字的六書以及偏旁部首加進外文裏去嗎？」

「你能要求外國人接受全世界使用人數最多的中文，像對待阿拉伯數字一樣的容納在他們文字中嗎？」

只要這麼一問，倡導這種理論的人，立刻就會支支吾吾，面有難色；那也就是說，他的理論立足點，完全「一面倒」建立在將外文譯成中文上，而把中文當做劣勢與弱勢語文地位來看待、來處理；要是反其道而行，把中文譯成外文也這樣實施，根本就行不通。如果他們禁不起反問，這也就可以證明，這些不平等的翻譯理論為假，不值得我們採信採行。

運用這種平等的、反向的思考方式，我們甚至可以用來批判中國翻譯史上最古老最有名的翻譯理論。

唐玄奘法師譯佛經，首倡音譯，他主張有五種情形須譯音而不譯義，稱爲「五不翻」：

「一、秘密故，如陀羅尼；

　二、含多義故，如薄伽梵具六義；

　三、此無故，如閻浮樹，中夏實無此木；

　四、順古故，如阿耨菩提，非不可翻，而摩騰以來，常存梵音；

　五、生善故，如般若尊重，智慧輕淺。」

換成現代語言來說，那便是凡有下列情形的，都只譯音而不譯義：

　一、奧秘。

　二、所含的意義多。

　三、中國所沒有。

　四、前人已經有了的音譯。

　五、有失尊重。

由於玄奘律定了這項規則，所以在翻譯的佛經中，保留了大量的音譯，一千三百四十年以來，沒有人敢以學理的方式來討論這種「五不翻」的對與不對。千古之下惟有鈕先銘先生，曾在他所著的《釋迦牟尼新傳》中，作了「大膽的批評」，稱「這種治學的方法，簡直是荒謬絕倫！」（民國六十五年一月，商務版，第七十六頁）

不過，學理的批判，必需週延嚴密，使受到批判的人口服心服，而最有效的方法，便是作反向思考，以平等來對待漢梵兩種文字。如果我能起玄奘於地下，便可以質問他說，法師既奉唐太宗諭，將老子《道德經》譯爲梵文，是不是也採用這種「五不

翻」的原則來譯的？

　　只要這麼反向一構思，「五不翻」便立刻紛紛碎落，只剩下一個「此間無」的原則，還勉強可以成立。

　　這就是翻譯中民族精神的功能所在，使我們有方法明辨理論的真假，而能站定自己的腳跟不爲所惑。

　　舉例來說，有些人有一種觀念，他的譯品要譯得像外文一樣，一看就知道是翻譯。有位翻譯前輩說：「我看一個句子非常像中文的話，我就懷疑，他中間是不是遵照原意翻譯過來的。」他認爲應該像西文一樣，這才是翻譯，雅和達才在這裏面。但是如果你用「民族精神」去反問他：「把中文翻成英文，按照中文的語法翻成英文行嗎？」那他會哈哈大笑：「你這種中國式的英文！」他一定說：「翻成英文一定要翻成十分流暢的英文，這才是好的翻譯。」那你可以「以子之矛攻子之盾」反駁他：「把英文翻譯過來，就一定要照英文的語法，不要一流的流暢中文嗎？」

翻譯人把頭關

　　我所實踐翻譯的民族精神，便是這個「平等」觀念。不把英文看得很高，也不把中文看得很高，我認爲中文英文都是世界上偉大的語文。我越翻譯，越對中文佩服得五體投地。這不是因爲自己是中國人，而是客觀、理智來考驗中文。翻譯時，時常遇到英文很多新字，中文能不能表達出來呢，這就是一種考驗了。如果中文不能表達，那中文擔任現代傳播的功能，就有問題。但我發現，沒有，幾乎所有的新字，都可以翻譯成恰當的中文，有人說翻不出來，這是他沒有經過思考，沒有適當的中文根基。

　　最近四十年，中文受到幾千年來所未有的嚴酷考驗，四十年

來，我們經濟建設固然進步，但整個世界科學界翻天覆地得更為進步。人類四十年文明的累積和進化，超越了過去幾千年的總和。許許多多的新名詞、新發現，層出不窮，我們中文却沒有招架不住的感覺，沒有一件事物非用英文表達不可。

以電腦來說，五年為一代，現在已到第五代了，會思想的電腦立刻就會出現。但電腦語言，我們能不能翻譯出來呢？中文還是能翻譯出來，所以中文能經過這樣的考驗，這才是真正偉大而富於創造性的文字。可以存在了幾千年，現在還可以應付最新科技的挑戰，使人振奮。

保持中文的純粹——舉幾個例

所以我說的民族精神就是把翻譯從西化、和化中救過來，由做翻譯的人把守第一關，我們不把西化的句子、和西化的形態滲入中文，以求中文能保持純粹。

要求語文的純粹不是我們中國所獨有，全世界每一種文字都有自保的權利與義務，我們應引以為傲；以法國來說，法文裏面假如來了外來語，能不能採用，還要每年經過國家科學院院士會議來討論通過了，才能由官文書正式使用，成為法文的一部分，法國人雖浪漫，却以國粹派 (purist) 為榮，就是說他以法文為傲，不輕易讓英文或德文羼進法文內。

而保持我們中文的純粹，那第一關只有靠我們翻譯人了，才能盡可能的把西化氾濫的影響減到最低的限度。

現在，有很多人翻譯講「信」，他說我的東西要「信」，「信」就是整個的把外文翻出來，比如說林白 (Charles Augustus Lindbergh) 就要譯成查爾斯・奧古斯塔斯・林白這才算「信」，

你沒有辦法辯駁，但是假如以反向思考的方法，就馬上可以駁倒他。不錯，林白一定要譯查爾斯·奧古斯塔斯·林白這樣翻譯才叫信，請問一下，你譯成英文的蘇東坡，只是蘇軾的別號，他字子瞻、諡文忠，那你為什麼不遵照「信」的原則翻譯成蘇軾、子瞻、東坡呢？而且不譯他的名只譯他的號呢？那他一定說這只是一個人名，外國人知道蘇東坡就夠了，為什麼要用蘇軾、子瞻呢？多此一舉，讓外國人不了解嘛！那你便可以說，這就是我要辯駁你的話，我們知道一個林白也就夠了，你何必要加上一大串查爾斯·奧古斯塔斯呢？不是給我們中國人添麻煩嗎？

惡性西化的「們」與「被」

比如說，現在譯文中很流行「們」「被」這兩個字，便是受到西化的影響，這個「們」，魯迅就用過「眼睛們」，而不說一雙眼睛，還有星們、花們、樹們，便是跟了英文中多數加 S 來走，其實在中國「們」只能用在人，如我們、你們、咱們，「我們」和「咱們」還有分別，「我們」是光講我這一邊兒，「咱們」還包括你在內。而且「們」不能亂用，不可用在負面價值的人身上，不能說「強盜們」、「漢奸們」，漢奸、強盜不可用「們」來形容，「們」也不能用於動物，如「豬們」、「羊們」，也不用於植物，更不用於礦物，關於抽象的「時刻」、「年」、「月」更不能使用「們」，可是英文不一樣，英文連時間（time）、考慮（consideration）都可以加「S」。所以今天有許多人見到了西文就忘了自己，把中文語法一腳踢開了，到處都加「們」，它在中文內格格不入，卻自以為得風氣之先，寫到故宮博物院還有「鼎們」呢，這就是受到西化的影響，並不是好的中文。

　　還有「被」字，也由於一些中文根基不深，易受外文所移的翻譯人，造成了「被」的氾濫，連「挨打」，說成「我被打了」；「奉派」到某一個地方，說成「被派」，他把所有中文被動式的「受」「遭」「奉」與「挨」……都忘記光了。只記得一個「被」，把中文寫成西文一樣，實在很可悲。五十年前，林語堂先生講過陶淵明的「門雖設而常關」，他想將來可能會變成「門雖設而常被關」，果然不幸而言中，今天已有很多「門被關上」了。

愛滋的氾濫

　　其次便是「愛滋」（AIDS），為這個名詞我寫了六篇文字反對：一種可怕的性病，怎麼會是「愛」的「滋」長、「滋」潤呢？中文是世界上唯一的標義文字，每個字兒都有它的意義，怎麼能用「愛」來稱性病呢？十足表現了我們少數知識分子忽視了對社會的責任。但作為一個翻譯人，却不能放棄對國家民族的責任。這種意見非講不可。不講便是失職，會供後人嘲笑：你們那個時代算什麼時代，一個「愛滋」出來竟然風行全國，沒有一個反抗的聲音說這種翻譯不對，萬一這病流行到了臺灣、流行到了中國，讓我們的青少年無辜受害，還振振有辭，說這因為「愛」情而「滋」長而「滋」潤。不管你同性戀、異性戀，搞上性病還叫什麼「愛滋」，真正的愛情能得到性病嗎？這種病是因為「愛」情「滋」生的嗎？全世界有哪一個國家敢講這種性病是愛情的病，惟有我們臺灣。我連續說這個 AIDS 不能用音譯，一定要用義譯。儘管荒野中的聲音沒有人聽，但總要有。

尊敬自己的文字

民族精神另外一種實踐，便是自尊。對自己的文字有一種尊敬之心，不輕易加以破壞，加以糟踐。比如剛才所說的「們」與「被」，原爲中國文字所不習用，所以譯文儘可能少用，而名詞儘可能不採用音譯，我已在＜名詞的翻譯＞中說過了。我對很多音譯提出反駁。例如中文把 meter 翻成「米」，這種跟了日本人走，活生生地一套音譯，作橫向移植，是個十足的錯誤，我們國內工程界也跟着用；這不是情緒上的駁斥，而自有人文的理由，因爲這種舉世採用成爲我們遵行的制度，這種譯法會使我們後代子孫，不知道尺、寸、分了。而且米制的翻譯能不能夠很精確呢？答案是不及公制，我反對用「微米」來代替「一百萬之一公尺」，我認爲「微米」不如公制中的「公忽」，這不但是翻譯上的問題，也是國家整個度量衡制度問題，更是一種民族精神的問題，好好的傳神達意的「公尺」不用，用譯音的「米」幹嘛？「米」在中文中，是最小的顆粒，怎麼用這麼小的「米」代表這麼長的「尺」？其實中共的「米制」已向「公制」低頭了，按照米制的特色，就是任何單位後面都有米，但 kilometer 它已放棄了「千米」，而採用「公制」的「公里」了。

又比如說翻譯年號，例如：一四九二年哥倫布發現了美洲，但是我會把我國的年號「明孝宗弘治五年」用括弧加在下面，這也就是平等的思考。因爲我們常常寫，清道光二十年發生了鴉片戰爭，但翻譯成英文的人，他一定不翻成道光二十年，而寫成一八四〇年，不用中國的年號。我寫上弘治年號表示不忘本，我譯的東西是給中國人看，我要國人看了，知道那一個年代相當我

們中國哪個年代。

　　有些人寫文字，愛跟香港人的「巴士」「的士」走，我便寫過一篇文章＜何必巴士＞？「公車」不是很好嗎？你到臺北一些速食店，一看英文你就會笑；biscuit 我們中國人翻成「餅乾」，而店裏叫什麼？叫「比士吉」。商人就在這些地方動腦筋，把任何東西都弄得很新奇很搞怪，糟塌中國文字他才不管。但是我們做翻譯的人，却對文化有一種把關的責任，我們不能跟着商人走，所以說我們儘可能的要想到要守住翻譯這頭一道關，不要把我們的文字惡化、劣化、西化。

　　總之，翻譯中的民族精神，便是一種以平等對待譯入譯出文字的主張，更是一種反向思考的方法，一種自尊自重不卑不亢的態度，使我們在翻譯中能辨別理論的真假，在翻譯文字的分寸上拿揑得準，才能站定自己的腳跟，從而確定翻譯行進的方向。

　　——七十三年十月廿二日在東吳大學樂知翻譯協會講
　　——七十六年四月廿二日在國防部史政編譯局講
　　——七十八年元月二日改寫

文學翻譯的方向

一、電腦的威脅

由於電腦的發展，在今後十年，翻譯工作可能會有重大的突破。在好的方面說，它會協助翻譯人，解決查資料的麻煩；行見十五年到二十年後，實用的「電腦字典」問世，取代了卷帙浩繁的各種語文工具書。譯人每逢疑難待決，只要先撥電腦中心的電話號碼，用打字機打出生字或者問題，案頭螢光幕立刻就會顯示出中文與外文的解答；再按動按鈕，小型複印機就會把這些資料製成卡片，供人採用。可是往壞裏看，電腦這個人工巨怪，終將會取代翻譯人，消滅了翻譯這個行業；將來，一應科技文件、新聞報導、工商資訊、貿易函件……它都能譯成所要求的文字，而且譯得又快又多又好。有外文專長的翻譯人，只有兼修電腦，參與翻譯電腦的字彙整理和程式設計；此外，充其量只能擔任電腦的下手，做做譯出文字的「順稿員」（waxer）了。

從這種角度瞻望「譯字」工作的前程，眞是一片黯淡，大勢所趨，誰也沒辦法擋得住電腦興旺的氣勢。可是在它席捲一切的

狂風暴雨中，依然有一處避風港，可以作爲有志翻譯人士安身立命的所在，那就是文學翻譯。迄今爲止，世界各國的電腦專家對於文學翻譯還是沒奈何，認定對文學意境的妙悟與理解上，人腦畢竟勝過了電腦。有一個知名的故事，便是譯英文《聖經》爲俄文，輸入的一句是：「The spirit is willing but the flesh is weak.」（馬太／瑪竇福音36：41「你們心靈固然願意，肉體却軟弱了。／心神固然切願，但肉體却軟弱。」）電腦的輸出竟譯成了：「The vodka is agreeable but the meat has gone bad.」（「伏特加酒還對胃口，肉却臭爛了。」）電腦並沒有錯誤，照字面上看，spirit 是「酒」，俄國名酒便是「伏特加」嘛；「肉體」就是「肉」，「肉」新鮮時有彈性有硬度，「軟弱」了非腐爛而爲何？

從這個例子，足見電腦有理性而無感性，它能分辨正誤是非，不論甚麼別列淮淫、魯魚亥豕，可以弄得明明白白。可是對於作品中的雙關、多義、隱語、謔詞、微諷、嘲諴，硬是半點兒都不開竅，更不必談文學翻譯中鎔裁藻飾的修辭工夫了。

所以，文學翻譯不但一向是翻譯人的崇高目標，今後更是唯一可走的途徑，要迎接這種挑戰，才覓得到這片遠景。只有這一處園地，才是未來電腦君臨世界時，翻譯人可以自由自在生根落戶的桃花源。

二、文學翻譯中文化

白話文與標點符號推行一甲子以來，我國的文學翻譯有了長足的進展。雖說晚清的小說，翻譯多於創作，但是直到五四運動以後，文學翻譯的衝擊力才加大加快，甚至影響了創作，餘勢迄

今不衰。

不過，就大多數文學譯品來看，它們的壽命似乎都不太長，原文經過了百十年還是原文沒變，可是每過一段時候，就會有新的中文譯本出現。因爲語文變動不居，人們對文學欣賞的標準，以及翻譯文字的表達，也就隨着起了變化，使得老譯本很容易過時。舉例來說，林紓譯的《巴黎茶花女遺事》、《孝女耐兒傳》《滑鐵盧戰血餘腥錄》，也和創作的《玉梨魂》和《斷鴻零雁記》般，目前很少有人知道了。卽使後來以白話文譯成的書，像蘇曼殊譯雨果的《悲慘世界》；包天笑譯《馨兒就學記》；乃至程小青譯的《福爾摩斯全集》，儘管市面上還有人翻印，然而能興味盎然看下去的人並不多。因爲一些譯名如「密斯特」和「密昔司」……也和畏廬先生筆下的「甲必丹」、「馬丹」、「淡巴菰」般，與我們的距離越來越遠了。

既然文學翻譯一代有一代的新氣象和新作爲，那麼，展望七十年代的譯壇，會有甚麼「翻譯主張」成爲文學翻譯的方向？那很可能就是要擺脫三十年代文字上一意歐化的桎梏，而回歸中文固有的表達方式上，使譯文不自外於中國讀者，而能使譯品深深奠基在中國的文學翻譯裏。

主張和實行文學翻譯中文化的人，原不自今日始，只是在上一代菲薄本國文化的風氣中，他們的力量顯得單薄，一般的翻譯人都自認披着「信」這一襲國王的新衣，只求「忠實表現」原文，以爲只要有了「英文文法」和「英漢字典」這兩隻呂洞賓的手指頭，便可以點鐵成金，就在這種心態下，市面出現了許許多多硬譯、死譯活剝生吞詰屈聱牙的作品。

對譯壇這種習氣，有識見的人都引以爲憂。梁實秋先生早就

指出：「譯書的第一個條件就是要令人看得懂，翻譯家的職務卽
在盡力使譯文不失原意，而又成爲通順之中文而已。」這當然只
是基本的要求，余光中先生更進而要求：「做一個夠格的翻譯
家，至少還應有三個條件：譯文的知識、才氣、經驗。事實上，
寫一手好散文，應該是……必要條件。」陳之藩先生也指出了：
「翻譯，英文並不重要。」……他們的看法有人也不以爲然，認
爲翻譯就該是那種樣子，必須「字比句比，而且一字不可增，一
字不可先，一字不可後，名曰『翻譯』。」當然，先知都很寂
寞，但他們也可引以爲慰，而今已有從者了。我願就最近的一本
譯作，說明文學翻譯邁向中文化的趨向，這就是簡清國先生譯以
撒辛格的《愛的尋求》。

三、理論的實踐

近世紀來，中文受到外文的衝擊，的確有了一些變化。受過
外文訓練的人，可以用這種增加主詞、時態、複數、被動……刪
略中文恒有的語助詞、叠詞……的文字，寫出、或者譯出現代科
技文件與論說來，精確嚴整並不遜於外文，充分證明了中文適應
現代要求的彈性與潛力。（有一次在戶政事務所，看到有本戶口
名簿上一個小孩欄下的註記「某年月日被收養」；這個「被」字省
却了從前那種累贅的句子「某年月日由某某某及某某某收養」，
便是被動語態已經在中文內恰當運用的一例。）可是把這種文體
用來作爲表達情感、刻劃心聲的文學翻譯，那就是一場災難了。

文學翻譯上常見的災情有三種：第一是跟隨着英文的文法與
長句走，譯得「烏焦巴弓」，看起來一團漆黑。其次是但求字比
詞同，結果是一鍋「雷賀泥湯」，晦澀難解。第三是中文詞彙瘠

薄貧血，無論甚麼鴻文佳句，譯出來都是「白水竇章」，平平淡淡，了無餘味。這些譯文常常使得我國讀者懷疑：「就憑這種文字也得普立茲獎、諾貝爾獎嗎？」

以撒辛格 (Issac Bashevis Singer) 獲得了去年的諾貝爾文學獎，出於國人的好奇與崇拜，他的作品也陸陸續續譯成了中文，簡清國先生所譯的《愛的尋求》（*A Young Man in Search of Love*）便是首批中的一部。不過，他譯這本書倒不是爲了「搶帽子」，而是要實現他的主張，「遏抑歐化中文的擴散與污染，進而使其滅跡。」（《聯副》六七、九、廿三〈歐化中文氾濫成災〉）

所謂「歐化文」，梁實秋先生便下過定義：「有一種白話文，句子長得可怕，裏面充了不少的『底』、『地』、『的』、『地底』、『地的』，讀起來莫名其妙。（它）起因是和翻譯有關係的，尤其和『硬譯』那一種東西有關係。有些翻譯家，因爲懶、或是匆忙、或是根本不通，往往寫出生吞活剝的譯文……譯起書來便感覺中國文不夠用了。勉強湊和，遂成硬譯，所以歐化文與硬譯實在是一而二二而一者也。」到了目前，那些「底」、「地底」、「地的」之類似乎已經在一般譯作中三振出局了，但是硬譯卻陰魂不散，不時還在一些譯文中出現。簡譯《愛的尋求》，便是實踐他的看法，試用適合中國讀者的文體譯一本世界級作家的作品，大體上說，簡譯《愛的尋求》相當成功。

四、精簡、成語、疊詞、和俗語

這種成功有一部份要得力於選書恰當，他選辛格的這本著作，認爲「故事的情節、說理都很『東方』，覺得『心有戚戚焉』。」這正符合了文學翻譯的第一個要求「心移境至」（The translator must project himself into the mind of the original author.) 心理上有了這種認同，下筆時自然「放得開」，意境上自會兜得轉，而不大斤斤於字對字的移轉了。

外文的句子可以寫得很長，有時候滔滔不絕，竟沒有一個標點，為了避免這種歐化，逐譯時要不要分段，是個要多多考慮的問題。像美國女作家絲特恩（Gertrude Stein, 1874-1946），在她那篇＜返巴黎＞（Return of the Native-by-Adoption）中，一連串八十七個字兒不斷句，充分表現一位七秩高齡熱愛巴黎的老太太，在重返光復後的花都，心理上的急迫和興奮；領略到這種「言外之意」(overtone)，逐譯時就不必斷句，只求流暢一氣呵成就行了。而像詹姆瓊斯（James Jones）在《亂世忠魂》（*From Here to Eternity*）中，屢見長句，在314頁更一口氣兒兩百零八個字不斷，密密麻麻一大片，譯成中文怕不有四百多字，遇到這種情況，翻譯人還能照着原文走嗎？

《愛的尋求》第三章後段，史蒂華對着辛格有一段滔滔不絕的話，自己却把面避過去，就像自言自語似的（原文87～91頁）。這一段雖然有段落，有標點，一些部份依然絮絮叨叨得太長，簡譯在這些地方作了其他翻譯人所不敢，或者所沒有想到的方法，在冗長的一段中，加挿了「史蒂華愈講愈帶勁，她繼續說：」、「她停頓了一會兒，又繼續說：」、「史蒂華沉思了一下，接着說：」這種句子使讀者得以在這些地方喘上一口氣，對這段嘮嘮叨叨也就看得下去了，用心的確良苦。

對照原文，看得出簡譯為了使語氣完整流暢，少數地方略見增刪，這在翻譯上是一個仁智互見為時已久的問題。如果我們衡情定理，便要把英譯中與中譯英的情況等量齊觀，始得其平。喬

志高先生談過兩個增刪的故事： 一句是「衞女乃妖也」，初譯 Miss Wei is a fox spirit. 後來覺得不妥， 刪去了 fox 這個字兒，以免在故事開端就點出了情節。又談到劉師舜先生譯韓愈文： 伯樂識馬，「天下不復有馬矣！」最先譯 There is no horse in the world. 對照韓文譯得並無舛誤， 但總覺得語意不足， 後來在 horse 的前面增加了 fine 這個形容詞， 整句才算文從字順了。 因此可見， 爲了要使譯文的可讀性增加， 翻譯中有時不得不「大處不踰閑， 小處出入可也」， 這該是不足爲病的一種手段。

歐化文的形成與知識份子的心態有關， 上一代風行過「把線裝書扔進毛坑裏去」， 更打着新文學「不用典」的大旗， 許多文學翻譯中對西洋典故成語如數家珍， 而對能夠表情達意的本國成語卻都摒棄不用（可是他們偏偏忘了白話文學很「鄭重提出的主張」： 「不避俗字俗語。」）； 所以上一代的文學翻譯中， 有好些打着燈籠也找不出一絲一毫的中國語文氣息來， 「歐化文」也就是「翻譯體」的別名， 並非無因。

中文累積了幾千年的文化與智慧， 許許多多典故與成語， 傳神達意的妙用， 至少和其他民族的語文相若， 豈是輕易可以抛棄得了的？ 比如擔任文學翻譯的翻譯人， 第二個要求是： 「The translator must transport himself into an entirely different world of relationships between sounds and meanings, and at the same time he must establish an equivalence between one infintely complex system and another.」 這麼長長一個句子， 只要用中文成語「設身處地」來解釋， 就恰到好處了。

簡譯《愛的尋求》在「阻遏歐化中文」所作的最大努力， 便是不避成語， 像「魂牽夢縈」、「雜七雜八」、「赤身裸體」、

「身輕如燕」、「家財萬貫」、「所見所聞」、「忠貞不二」、
「氾濫成災」、「琳瑯滿目」、「一文莫名」、「自力更生」、
「出身名門」、「異口同聲」、「文學巨擘」、「一乾二淨」、
「按圖索驥」……都能用得恰到好處。

其次，他敢用疊詞。疊詞本是中文獨有的「味素」，從《詩
經》到白先勇的小說，如果把其中的疊詞刪除，中國文學作品就
會淡別別一點兒味道都沒有了。簡譯初試牛刀，還不敢大膽全面
採用，但已經上了路，像「搞得迷迷糊糊」、「每天都嘮嘮叨叨」、
「有個看門的懶洋洋的橫靠着」、「不忍心眼巴巴的看妳的娘受
罪」……別輕看這幾個詞兒，它們却是幾十年歐化桎梏下，終於
才掙扎出來的中文化譯句呢。

「不避俗字俗語」也是簡譯的特色，像 I could decide neither…
譯成「拿不定主意……」； in the other world, where she was
heading，譯成「就是到陰間」； crossed her legs，譯成「翹個
二郎腿」；those quacks，譯成「他媽的蒙古大夫」；be quiet！譯
成「你有完沒有完！」but that won't help you. 譯成「但是這一
招已不管用。」； and for some reason，譯為「不知怎麼搞的」
……都譯得很俗很白，而且非常傳神。

五、中文基礎

文學翻譯中，譯中文為外文，固然要譯得適合外國人的格
調，才能為人所接納，才會使人進而談到欣賞；譯外文為中文又
何嘗不然？過去一百年的嘗試與錯誤裏，翻譯作品大多一直不上
不下，不中不西；有些翻譯人面對着外文，就失落了自己──前
一代好些名作家的文筆簡鍊流利，可是譯出來的東西硬着頭皮都

看不下去——總懷有一種語文自卑感，誠惶誠恐只求傳達原文，不惜改變自己的文字，浸淫而成了一種翻譯體，不自覺地漸漸和中國讀者疏離；甚至形成了一種風氣，認爲翻譯文字非如此不可，「所餘的唯一的希望，只在讀者還肯硬着頭皮看下去而已。」

文學翻譯眞正只有這麼歐化下去嗎？這是翻譯理論上的一個大課題。近年來，從語言學，從理論探討，從譯作上對它加以研究的頗不乏人，而簡清國先生却是極少數能三管齊下的翻譯人之一。他對「粗劣的譯文已經深深影響創作，歐化中文的猖獗也漸漸以腐蝕優美的中文」，以及對「固有文化遭遇空前的衝擊與浩刼」，嘜然引以爲憂，認爲針對這個問題，主要是「我們的文化工作者免疫力太差，自己把持不住。」所以他對翻譯工作者提出一項要求，這就是「中文底子」，眞是一針見血之談，歷來談翻譯，大多數都大談特談如何如何了解外文，唾餘始提提如何如何表達中文，反客爲主，無怪乎一般人只重視外文而薄中文了。他則不但坐而言，更能起而行，這本《愛的尋求》便是他理論的印證；在《聯副》連載期間，看過的人都有非常深刻的印象。足見文學翻譯邁向中文化中，又注入了一股新的衝力。

由簡嚴整潔，古文正宗的桐城派到白話的歐化文，我國文學翻譯的文體，經過覓覓尋尋，終於走向回歸中文化的路子了，令人有無限喜悅；簡清國先生是譯壇後起之秀，他的識見與文筆，證明了卅年來民族精神與語文教育的成功。他雖然剛剛起跑，步伐略見踉蹌，但方向十分正確。

——六十八年十一月一日至三日《聯副》

換三句話說

　　整整十八年前，仲父先生在《中副》上，爲「翻譯」創下一項平易近人的定義：「換句話說」，言簡而意賅，眞個一語破題，十分妥貼。今年十月二十一日〈寫以求通〉上，勉人勇提譯筆，不憚嘗試；舊句重提，讀來分外親切。

　　只是在練習翻譯的過程中，要把「一切都是現成」的外文，譯成銖兩悉稱、辭通意達的中文，「換句話說」只算得是開始的一小步；入門以後有了興趣，無妨多多探索，試用多種文體來表達；經過這種嚴格、深入的訓練，譯力才會有突破現況，「自入能品」的表現。

　　剛學翻譯時的「換句話說」，一般往往換成了一種「歐化」程度深淺不一的中文，與原文如影隨形，幾乎一般無二。這種譯文號稱「白話」，實際上歐化得深的，文旣不「白」，說起來也不像「話」。

　　「歐化體」是學外文的必經途徑，句型、結構、文法都一仍舊貫，只不過把外文改頭換面成中文，原有它的價值；但是如果習於故常，認爲這種文體才正是翻譯的不二法門，非如此不足以

言譯，這才值得我們關心，因爲它形成了一般翻譯水準無法突破的瓶頸，阻礙了翻譯的進步。

幾十年來，「歐化症」沉疴已深，要想「辟除歐化」（de-Europeanization），談何容易？翻譯人在一種語文中沉浸得久了，怎麼能不受到它的影響？兩千三百年前，孟子就有過這種語文教學的經驗，便慨嘆過：「雖日撻而求其楚，亦不可得矣！」

不過，中文還有兩種文體，並沒有受到「歐化」的汚染，這就是俗語和文言，值得有志的翻譯人試一試，在這兩條路上也都走走，庶幾能袪除筆下不知不覺的歐化語氣，而使譯文更能接近中文化。

半世紀以前，就肯定了俗語的地位，認爲它是「活的語言」；然而在號稱「白話」的翻譯中，却少見俗語的成績。邵洵美先生用蘇州話譯「紳士愛美人」（Gentlemen Prefer Blondes）；林語堂先生用京白譯＜美國獨立宣言＞，竟然成了絕響，以後似乎就沒有人再嘗試過。文言在我國有幾千年的歷史，靠它的信、達、雅、簡，才維持了中國文化的統一與綿延。它並不是拉丁文般成了死文字，也決不是「雕琢、阿諛、陳腐、舖張、迂晦、艱澀」的文字，一樣可以擔負起翻譯的工作，在中國翻譯史上有過崇高的地位。文言其所以退讓給白話，倒不是它不好，而是它太好了，在教育普及、交通發達、民智日張的時代裏，好得只有智商極高的人受過長期的訓練，才能應用裕如，功能不夠普及，自然而然就遭到了冷落，但決不會消亡。不要看上一代的人極力提倡白話，事實上他們已經受到紮實文言根基的恩惠；推翻文言，只是他們一種自我超越的表象。以上一代的翻譯來說，儘管那時外文並不普及，語文學習的方法遠遠不及現代，但譯品大多都嚴整

醇厚、暢達典雅，絲毫沒有受歐化的影響。這完全得力於他們既有文言的訓練，又有「我手寫我口」的俗語環境，中國語文底子深厚的人，「雖日撻而求『歐化』不可得也。」

　　現代人治譯，雖然以「白話」為主流，但是在翻譯訓練中，毋妨把「換句話說」擴增為「換三句話說」。第一句譯為「歐化體」，以明瞭原文的架構；再譯一句如出其口的「俗語體」以袪歐氣；更進而試譯一句「文言體」求典雅。在三種文體中循序漸進，反覆磨練，一到真正治譯，便會水到渠成，既減少了歐化的趨向，又增加了表達的能力。

　　這種練習可淺可易，可大可久。初期可以從單字和短句開始，當然有許多詞句，不論譯成白話、俗語、文言，都只是一種說法；但也有一些大不相同，仔細探討起來，更能擴大語彙，興味無窮。

　　以最簡單最淺近的 "I" 來說，連國中一年級生都知道譯「我」，是主格也是受格。但是在「文言」中則不然了，「我」却成了受格，主格是「吾」，而且還有余、予、愚、卬、台、僕、儂、某、身、下走、不佞、鯫生……各種譯法；在俗語中更可以譯成咱、俺、在下、區區、不才、洒家、咱家、不敏、小可、個人、兄弟、人家……此外，自天子以至於庶人，更有形形色色的自稱，範圍相當廣大。

　　又以 "I was told." 這個短句來說，文言可以譯「曾有所聞」，連主詞都可以不要；俗語可以譯「我聽說來着」。因此看得出，譯成歐化體的「我被告知」，在文法考試中可以得高分，何以在翻譯習作中會不及格了。

　　文言在現代翻譯中的價值如何？這是個深饒興味的問題。翻

譯的妙處不在憑文按本，而在應變有方。三年前，我在《書評書目》三十七期上，介紹英國經濟學家修瑪寇（Ernest Friedrich Schumacher）的名著 *Small is Beautiful*；他力主經濟制度非以役人，乃役於人，全憑經濟成長並不能解決人類的問題；人如果降低本身的慾望，就更能好好滿足自己的需要。這種主張與老子的「少私寡慾，知足常樂」若合符節，是本值得一讀的好書。可是在書名的迻譯上却大費周章了：「白話」可以譯成「小就是美麗」，俗語可以譯成「小的俏」，可是對一本這樣重要的經濟學名作，肇錫以白俗佳名，未免不夠莊重吧。因此我擷取《論語》〈學而篇〉上的一句，譯成「微，斯爲美」，方始暢然，證明文言在現代翻譯上，也能助一臂之力。

　　十七年前，使美國小說家約瑟夫海勒（Joseph Heller）一舉成名的小說 *Catch-22*，書名已經成爲英文中耳熟能詳的成語了。像《新聞周刊》最近在十月十五日（一九頁）和廿二日（五一頁）兩期、一九八○年三月三日（二一頁）上，就先後用到這個詞兒。中文該怎麼譯？三年前在「亞洲作家會議」上，我曾和葛浩文先生討論過譯法（今年夏他來臺灣，見面的頭一句話，就問我這本書譯了沒有？）。電影爲了生意經，把它譯成「二十二支隊」倒無可厚非。可是文學界朋友也跟着這麼說，就未免辱沒原著了。有人先譯「廿二號條例」，最近又譯「整人的條例」，我覺得對 catch 這個字兒，還沒有盡達原意；倒不如換兩句話說，從文言和俗語來譯，更能表現得淋漓盡致。海勒在這本書中，用戰爭生死關頭的情況，敍述人在其中的進退維谷，上不巴天，下不巴地，求生不得，求死不能，有說不出的尷尬與窘囊。「整人」是誠心置人於死地（do a person harm purposely），但是

catch 却是十十足足「卡起」。文言可以譯爲「極無可如何之遇」；俗語則可用「整寃枉」，更透徹點兒的解釋：「麻子不是麻子——坑人」，給坑在那兒了。因此，用「坑人的二十二條」，俗雖俗，但却比較傳神。

　　從這幾個例證上，看得出譯文要汰淨歐味，文言和俗語都有幫助；翻譯訓練時，盡妨來「換三句話說」，起先當然不容易下手；可是人都一定要往難處行，因爲世之所貴，必在其難呵。

——六十八年十二月二日《中副》

不應再有呎

　　我國目前能順順當當向現代化的途徑邁進，一部份得力於教育上的外國語文是以英文為主科，度量衡制度上又採用了公制。戊戌維新時，康南海輩還力主東學學日文，公制當時也只偏於歐陸一隅，而知識界先賢却能力排歧見，在國家現代化的兩個要件：知識的溝通和制度的齊一上，奠定了穩固的基礎，遠矚高瞻，令人景仰。

　　可是，英文與公制在先天上就不容易調和，英制隨着英文而普及，以致形成我國社會上一種非常奇特的現象：日常生活中，人們常以一加侖油跑多少公里為話題，市場上米一公斤與牛肉一磅的價格並列。甚至在一些報導科學的文字中，兩種制度也兼容並蓄，像——

　　「將一磅石灰和十八公克的氫氧化鈉，溶入三加侖水中，用噴霧器噴洒，每三十平方尺表面噴一加侖。」

　　「氣流穩定時，雨點的直徑從六分之一吋到十二分之一吋不等，每秒下降的速度是九點八公尺。」

　　這種雙軌制，在開發國家是罕見的現象。究本追源，我們這

些從事把英文譯成中文的人，實在要負大部分的責任。只記得翻譯原則的「信」，呎呎吋吋，隻字不易，却忘記了國家有「制」。儘管政府推行公制已有多年，可是報紙上、刊物上、書籍上，每天滾滾翻翻盡是英制的天下；「一齊人傳之，衆楚人咻之」，公制如何推動得起來？

　　推行公制，使國家加速現代化，是每一位國民的責任。解鈴還需繫鈴人，從事英文中譯的人更要先從方寸之地做起，不論是使國家進步，有書生報國的參與感也好，或者基於入於中國則中國的民族自尊感也好，今後凡是經過筆下的英制，都宜改爲公制；我們要把這種換算，當成把英文寫成中文般，是本身工作中無可旁貸的責任。如果翻譯人個個有了這種覺醒，一夜間便可以使國內公制英制混亂的情況大爲改觀，在推行公制上就會收到立竿見影的效果。

　　初步實施，或許眞還不太習慣，看到女孩子的標準三圍，竟是九一～六〇～九一，定會嚇了一跳；但是定神想想：一七一公分身高和五十六公斤體重，不比五呎七吋半和一百二十五磅更爲親切麼？對數學沒興趣的人，也許認爲把華氏一〇二度換算成攝氏三八・九度，一加侖汽油行駛二十五哩換算成一公升走十・六公里，覺得簡直是自找麻煩，耽誤時間；但是，手邊一個兩三百元的電算機，指顧間便可以把問題解決。何必讓那些不熟悉的讀者多爲「雙軌制」傷腦筋。當今從事翻譯工作的人，除開工具書以外，電算機應當是必備的文房六寶之一了。

　　　　──六十五年四月二十日《中央日報》〈知識界〉

名 詞 的 翻 譯

名詞的翻譯

　　譯學和兵學相同，變化太多，所需要的知識與學問太廣。軍事方面只有將帥，從來沒有博士；翻譯界大概也沒有人能稱全知全能，而只能就自己的性向與能力所及，把翻譯作為一種專門學問來研究。因此我所提出的卑之無甚高論，只是以野人獻曝的心情，把多年工作的一得之愚，作一個概略的報告。

翻譯的定義

　　根據美國《牛津美語字典》的解釋：「翻譯是以另外一種語文或簡單的字句所作的表達。」(To express in another language or in simple words.—*Oxford American Dictionary*) 這是所有英文字典中，對翻譯所下最最簡單明瞭的定義了。換句話說，把古文變成白話，也可以稱為翻譯；不過我們今天所要討論的，是把外文——尤其是指英文——與中文相互變換加以表達的翻譯。

翻譯的範圍

　　我國自古以來與他民族接觸，就有了翻譯。我們的老祖宗自

認爲位於天下之中——中國，對周圍所有的外邦，都定下名稱，
東方的稱爲「夷」，西方稱爲「戎」，南方稱爲「蠻」，北方稱
爲「狄」。當外國入使來朝時，彼此語言不通，需要有人傳達溝
通。因此我國自古代周朝，便有職掌上通曉外國言辭的官員，知
道「東夷」語文的人稱爲「寄」；西方的，稱爲「狄鞮」；南方
稱爲「象」；北方稱爲「譯」，總稱爲「象胥」。所謂「象寄之
才」，也就是指從事翻譯的人才。

不過「象胥」所着重的以口譯爲主，及至到了明代，海運漸
開，與外國接觸日繁，才開始注重文字翻譯人才的培植，而成立
了「翻譯學院」。明成祖永樂五年（一四〇七年），在翰林院
（中央研究院）下，成立了「四夷館」，選監生（國立大學學生）
習譯，這是我國翻譯教育的濫觴。到了清順治元年（一六四四
年），大概覺得「夷」字刺目，更名爲「四譯館」，相沿而到了
清末的「同文館」。這種國立翻譯學院，着重語文兩方面人才的
培育。

所以我國很早就把翻譯區分爲「譯言」與「譯字」。歷史上
譯言與譯字都擅長的翻譯家，正史上爲玄奘，而外史上當是大詩
人李白了。《今古奇觀》第六卷〈李謫仙醉草嚇蠻書〉上，說他
「譯字」則「手不停揮」，「譯言」則「聲韻鏗鏘」，嚇得番邦
大使「面如土色」。可惜的是這兩位譯聖，並沒有爲後人留下翻
譯的理論。

現代翻譯分工細密，「譯言」與「譯字」雖是一體兩面，但
已經分開，而按照每一個人的性向、興趣來進修、來研究；因爲
木訥寡言的人可能雄於文，雄辯滔滔的人可能拙於筆。譯言在折
衝罇俎、思想溝通上，具有立即的功能；但要愼密週詳、確確實

實傳達一種文化或思想，還有賴譯字。因此，今天我們所討論的，着重於文字的翻譯 (translation)，而與「譯言」的「傳譯」(interpretation) 劃分開來。

即使是「譯字」，工作上也還區分為「譯出」，將本國文字譯為外文；而「譯入」則是將他國語文譯為中文。兩者的要求條件也不盡相同，我曾在六十五年十一月份的《幼獅文藝》上談過：「外文譯成中文，與中文譯成外文，所受的基本訓練相同，而進行的途逕各異。儘管互為表裏，相輔相成，但却各立門戶，另有天下。這種情形就像是詩人與小說家，內科與外科，投手與捕手，砲兵與步兵。」做翻譯要求專精，譯出與譯入的工作上就要有所選擇。

一般人認為做翻譯家，旣要能中譯英，又要能英譯中，這才夠得上標準。但這只是一項崇高的理想，要在這兩方面都做到第一流水準的全能翻譯人，並不多見。歷史上，玄奘譯言譯字都是一流，他譯佛經七十三部，一千三百三十卷，翻譯成就之大，絕後空前。可是他奉唐太宗敕命譯《道德經》為梵文，似乎並沒有在印度、在西方，產生甚麼影響。西方人知道《道德經》，還是英國人韋理 (Arthur Waley) 迻譯以後。韋理還把我國的《詩經》〈九歌〉《論語》譯為英文，但也從沒有把一部英國文哲方面的作品譯為中文。這兩位大翻譯家，都只長於譯入。

以林語堂先生來說，他中英文造詣之深，有目所共見，但却自認中文還不足以迻譯自己用英文寫成的《京華烟雲》，而把一切資料都寄給郁達夫來譯。由此可知，一位英譯中高手，不一定就會是中譯英的能人；二者不可得兼，我們一生中能把「譯入」或「譯出」做好一種，就算不虛此生了。所以本文所討論的範

圍，也就僅限於英譯中一項。

中譯英的工作，我們中國人可以做，而且可以做得很好，如辜鴻銘、林語堂……但一般說來，英文並不是母語的中國人，表達上無法與外國人競爭。試看英國霍克思 (David Hawks) 英譯的《紅樓夢》(*The Story of the Stone*)，以前與當代的中國人譯本，實在無法與他的譯文媲美。近年來，研究中國文化的外國學人，他們所寫的中文已臻一流水準，假以時日，就會有人做英譯中的工作。如果我們在這一方面還停滯不前，他們就會迎頭趕上，取而代之。所以我們的翻譯工作，要如何猛着先鞭，實屬當務之急。

名詞翻譯為譯學的基礎

譯名是翻譯的基礎科學，這個底子不打好，譯學永遠成不了系統之學。很多翻譯理論的書籍，談到名詞翻譯，泰半以英文文法為依據，歸納的都是外國文法的法則，缺乏自己的創意，沒有訂出能為翻譯界所能認同的原則。

談翻譯，沒有人能跳得出嚴復「信、達、雅」的手掌心，但這只是提綱挈領，名詞翻譯却還需要有進一步的規則來界定。

我們中國人最注重「名」，所謂「必也正名乎，名不正則言不順，言不順則事不成。」儘管有反名的人，引用莎士比亞的話：「名算得甚麼？我們所謂的玫瑰，換個名字，還是一樣的香。」但是如果你把莎士比亞寫成「沙士比亞」，引用這句話的人立刻認為你不夠水準了。有人倡言發展科技，何必講求「名」，用不着討論，是「甲」是「乙」或是號碼便可以了。作這種說法的人，態度上並不科學。「名學」(onomastics) 是一種學問，

它也要經過理論—理則演繹—假設—觀察—綜合分析—經驗結論—理則歸納的過程，要討論辯駁才會有進步；號碼只是一種管理方法，並不能替代名稱，正如每個人身份證上的號碼，不能取代一個人的姓名是一樣。

嚴復說過「一名之立，旬月踟躕」，足證一個名詞的翻譯如何困難。他不會為了一個動詞、一個形容詞、一個副詞去傷那麼久的腦筋。以今天科技名詞來說，十個月已嫌不夠，一個名詞可能要以年計，才能成為定案。就像目前大家意見還不一致的「硬體、軟體」，恐怕還要繼續討論下去。不過這種討論是好事，是進步，證明大家知道譯名的重要性。

電腦時代迫人而來，五年以前，我還認為電腦不可能作文學翻譯的工作，而今電腦以五年一代的步幅突飛猛進，進步得到了每秒能計算十億次，瞻望將來，可以增加到幾十億次百億次。我的看法改變了，一部可能用來下圍棋的電腦，便也可能做翻譯最高境界——文學翻譯的工作。所以我們當前這一代人的任務，便是力求使各行各業都有詳盡的譯名字典，以迎接電腦翻譯時代的來臨。

荀子說：「名無固宜，約定俗成之謂宜。」認為「約定」與「俗成」兩方面，是確定名的根源。但是到了兩千五百年後的今天，一切名詞的翻譯，「約定」都先於「俗成」，也重於「俗成」了。只有經由學理上認定而迻譯的名詞，才能垂諸久遠，廣為傳播。如果要靠商業上、宣傳上、行政上、政治上作「俗成」來推廣一個名詞，只能在一地一時存在，還會造成紛亂，無法溝通，久久就會受到淘汰而湮沒無聞。

名詞翻譯的原則

名詞的翻譯，也受到一定法則的約制，決非像一般人所認為，不依原則也可以立名。我認為有四個可以遵循的原則，才能使名詞翻譯建立起秩序。

一、依主不依客

名詞翻譯的首要原則，也是最重要的原則，便是「依主不依客」。我們翻譯任何名詞時，首先要考慮它有沒有既定的譯名，這個名詞的主人定的是甚麼名稱，這在專有名詞上特別重要。

例如 Bank of Bangkok, Bangkok 我們譯成「曼谷」，已是約定俗成的了，但是這個銀行的中文却只能譯為「盤谷銀行」，因為這才是那家銀行的正式中文名稱。像 Chemical Bank，不能譯「化學銀行」，而要譯「華友銀行」。這還似乎說得通，但是即令取譯名的主人錯了，把英文譯成錯得離譜的中文，基於這個「從主」原則，我們也只有照他的錯來譯。就像 National 的原義為「國家的」「民族的」，前面沒有 inter，怎麼可以譯為「國際」？但是這家廠牌硬是要以「國際」為名，我們也只有從它。又像福特汽車公司，推出一種車型，英文是 "Laser"，這在中文音譯為「雷射」，義譯為「激光」，可是這家公司却稱它是「全壘打」，成了八桿子打不着的 "Home Run" 了。然而做翻譯的人，遇到 Ford's Laser 這一型車，却只能譯「全壘打」，為的是「名從主人」。

以人名來說，更要依從他所取的中文名字來譯，不能擅作主張。四百年前到中國來的 Matteo Riccl，譯成利馬竇，還有些

聲音痕跡可循，但是以後來的許多天主教教士，外國姓名與中文
姓名幾乎分道揚鑣，　像 J. Adam Schall von Bell 爲湯若望；
A. de Hallerstein 爲劉松齡；Cattaneo 爲郭居靜；J.F. Gerbillon
爲張誠，翻譯人不依照他們所取的中文姓名來譯，便是譯錯了。

　　旣然譯名要「依主」，主人所在的地點不同，譯名也要跟着
變化，例如 Xerox 在國內譯「全錄」，到香港就得譯「施樂」；
在國內的廠牌「國際」，一海之隔的香港就得譯「樂聲」。甚至
沒有中文姓名的外國人，如 John Wayne，國內譯「約翰韋恩」，
香港則譯「韋榮」；我們日常譯的標準地名「洛杉磯」，僑居地
則譯「羅省」……這些看似雜亂無章，各有各的譯法，其實都可
以納入「名從主人」的大原則。

　　遵從這個譯名的原則做翻譯，還兼具在心理上說服的效果，
不會使名詞的主人發生排拒感。例如，我們把 “Japan” 一般譯
成「日本」，但是以中文寫信寄日本朋友，却宜於寫「日本國」。
儘管英文上是 “South Korea”，但我們却宜從主人，譯爲「大韓
民國」，這等於我們喜歡他們稱呼「中華民國」是一樣的道理。

　　就普通名詞的翻譯來說，在英文只是一個「字兒」，但譯成
中文，就要「依主」而作不同的譯法了。像最常見的 operation
來說，社會學上可譯「運作」，醫學上譯「手術」，數學上譯
「運算」，兵學上譯「作戰」，商學上譯「運用」……我們要看
文字的性質，「依主」而選擇適當的譯法。

　　「依主不依客」這個譯名的原則，簡化一點便是「說行話」，
翻譯的原則只是一種手段，目的則要能說服看這篇譯文的人，使
他們不生拒斥而受到影響。「行家一開口，便知有沒有」，一篇
具說服力的文字，便是懂得「說行話」的原則，在名詞術語的翻

譯上十分講究，甚至譯名的順序也看得出是不是行家。以軍語的
officer 來說，海軍陸戰隊稱「軍官」，而海軍却稱「官員」了；
"82nd Abn Div" 這個部隊的番號，外行的人一定按照英文的
順序譯成「第八十二空降師」，內行則譯成「空降第八十二師」。
相差不多，意義沒錯，但却看得出是內外行的分野。

二、依義不依音

中文是標義的文字，所以在「譯入」時，名詞應以取義爲
主。

中文中有很多音譯的外來語，原因繁多，有的出於「我所
無」（優曇鉢羅），有的出於宗教上的虔誠（菩提薩埵），此外
還有學術上的衝擊（依科諾密），科學上的發現（以太）；政治
上的統治（達魯花赤）；全盤西化心理（米、克）；商業上的宣
傳（蕾絲、香波）；表達上的炫耀（杯葛、迷思）；華洋雜處求溝
通上的方便（巴士、的士、Ｔ恤）……這許許多多音譯的名詞，
雖然增多了中文的字彙，但也產生了很多後遺症。

玄奘是我國最偉大的翻譯家，譯了不少佛經，但是他當年訂
下「五不翻」的原則，却爲後世的人帶來許多困擾。今天我們看
兩三千年前的《詩經》，問題不多，許多成語依然在流行、使
用，可是後出的「佛經」，却有許許多多音譯的名詞，造成了瞭
解上的隔閡。最常見的像「南無」、「波羅密」、「阿耨多羅三藐
三菩提」……普通人無法明白，只有望望然以去；保存了梵音，
疏離了佛法，豈不是「音譯」造成的損失嗎？

我們在現代迻譯名詞，便應當不蹈前人的覆轍，中國人幾千
年來，對外來語的加入，迎拒上從來沒有明確的態度和意見。今

天，我們應該提出「依義不依音」的大原則，來正確對待名詞翻譯的問題了。

想一力排拒音譯外來語的侵入，這種人可以說是妄人；但是一任這種外來語氾濫，破壞了優美的中文而無動於衷，更可以說是冷人。在這種兩難的境地中，我們必需有一項法則可供遵循，那就是遵照玄奘「五不翻」中唯一可以採用的規定──「此間無」；換成現代話來說，凡是「無可替代」的名詞（the irrepl-aceable），我們才採用音譯，把它們視同「正字」，納入我們的語文內；而凡是能以義譯取代的音譯名詞，便把它們視同「別字」，雖無礙於它的流通，却不宜登大雅之堂，入高明之手。

例如電學中的「伏特」（volt）「安培」（ampere）「歐姆」（ohm），這些音譯的名詞，由於我們根本就沒有這種字彙，而且也已成為人類生活無可代替的一部分，已是我國語文中的「正字」了；如果名詞已有正確的義譯，音譯雖可以並行，但却不能不作「正」「別」之辨，「主」「從」之分。例如 tank 與 bus，義譯的「戰車」與「公（客）車」，才是中文的正字；音譯的「坦克」與「巴士」則是別字。

在貨幣單位上，我主張採用統一的義譯，而摒棄目前複雜混淆的音譯。我們既能譯 dollar 為「美元」，為甚麼還要把 pound 譯成「英鎊」，franc 譯成「法國法郎」「瑞士法郎」這些別字，而不採取義譯的正字英元、法元、與瑞元呢？

軍語中，音譯的詞彙較少，例如「來福槍」（rifle）已譯成「步槍」，「吉普車」（jeep）譯成「指揮車」；但也還可以更進一步，把「卡賓槍」（carbine）譯成「騎槍」；「加農砲」（cannon）譯成「長管砲」；「雷達」（radar）改譯成「電測機」。

我這種想法，難免會使人震驚，覺得「前所未聞」而難以接受。事實上，我發覺目前音譯的諸多外來語中，沒有幾個是不能改成更爲精確的義譯的。也許一時不願改，不好改，不能改，只要我們奠定「依義不依音」的原則，總會有一天慢慢改正過來；新名詞採用音譯的衝動，也會漸漸減少。

也許有人誤以爲「依義不依音」，外國人的姓名是不是要譯義？本於「依主不依客」的原則在先，例如 Mr. Stone，除非他已經自譯爲「石」，否則我們還是只能「依主」音譯爲「史東先生」。

三、依簡不依繁

名詞的翻譯在精確之餘，還宜求簡單而不必冗長，以求使讀者容易接受。我對人名翻譯有一項看法，那就是「人名翻譯的簡繁，與翻譯人的經驗成反比。」生手譯書，對人名恨不得每一個音節都用中文寫下來，自認這才是忠實；有經驗的翻譯人，知道中國讀者的心理與愛惡，翻譯的人名不會冗長而務求簡短。過去，俄國許許多多世界第一流作家的小說，翻譯成中文，都敗壞在翻譯前輩一譯一二十個字的名字手裏，使中國人心理上產生排拒，難以吸收借鏡，這種損失幾乎無可彌補。直到近代才漸漸想通了這個道理，我國的至聖先師都可以簡稱「孔孟」，外國小說中虛構的人名，爲甚麼就不能化繁爲簡，和中國讀者打成一片呢？

以地名來說，逐漸簡化便是一種趨勢，以前一個音節都不能少的費列得爾菲亞、加里福尼亞、德克薩斯，都已簡化爲費城、加州、德州了；美利堅合衆國與蘇維埃社會主義聯邦共和國簡化

爲美國與蘇俄，傳達意義上何嘗有半點損失？

　　名詞翻譯的原則，依照重要性而決定順序，如engine「依義」
譯爲「發動機」，「依音」「依簡」譯爲「引擎」，但在先後順
序下，「依義」重於「依音、依簡」，「發動機」才是正字，而
「引擎」則是別字。

四、依新不依舊

　　名詞雖則一經確定，行之有年，貿然更換，自必引起很大的
不方便。但事實上，名詞並非一成不變，我們要根據譯名的原則
來斷定，新創的譯名是「推陳出新」呢，或者根本只是「標新立
異」？有些人認爲一個譯名已經通行，卽使小有疵病，也以不改
爲宜。這種想法未免保殘守缺，昧於時代進步，名詞的翻譯，也
應當更新與時俱進的道理；任何學問貴乎生生不息，名學何能例
外？否則，我們今天還停滯在民初「伯里璽天德」、「烟士披里
純」、「德先生與賽先生」的時代，哪裏會有現代「總統」、
「靈感」、「民主與科學」的譯名出現？

　　所以，譯名的變動是常態，誤譯而不變才是病態。我們所要
看的是新譯名走哪一個方向，而斷定它是變好還是變壞。如果順
應潮流，譯名由「音譯」蛻化而爲「義譯」；「俗成」的譯名經
過專家「約定」而改變，這就是正確的方向，我們應該「依新不
依舊」而採用新譯名。

　　例如： malaria 「俗成」的名稱是「瘴氣」、「打擺子」，
但經專家「約定」後的名詞是「瘧疾」； TB 由「肺癆病」更名
爲「肺結核」。這些都是翻譯名詞「依新不依舊」的一例。

　　又如 cement 這個名詞，最早譯爲「塞門德土」，後來稱爲

「士敏土」，又被上海亭子間文人寫成「水門汀」，民間復「俗成」稱爲「洋灰」、「洋泥」，直到後來才「約定」稱爲「水泥」。這個名稱幾幾乎經過兩代時間的改變，由「俗成」而「約定」，由「依音」而進爲「依義」，方向正確，我們當然要採用新譯名。

反過來說，如果一個名詞，忽然由「義譯」改爲「音譯」，那我們究竟何去何從，「依義」呢還是「依新」？例如在近代商業文化中的一些噱頭，把「花邊」（lace）變成「蕾絲」；「表演」（show）變成了「秀」；「不明飛行物體」（ UFO ）改成「幽浮」；「神話」（ myth ）成了「迷思」……基於前面所說的譯名法則，可以看得出，舍「正字」而不由，而故意使用「別字」，只是文字上故弄玄虛的變態；由「義譯」而退化爲「音譯」，更是一種依附外文的廻流。有識之士看得透當代語文中這些光怪陸離的現象，便會自有一份定力，在語文運用上拿揑得穩，而不會人云亦云隨波逐流了。

　　　——七十二年七月十九日在國防部史政編譯局講
　　　——改寫後刊七十二年九月十五至十七日《中副》

```
*********************************
*                               *
*      依 主 不 依 客             *
*                               *
*********************************
```

翻譯上的名從主人

　　最近，讀河崎一郎氏的《日本的眞面目》，譯本中有幾個名詞，像「基布琳」、「笛姆斯」、「雪奴」等，使人摸不着腦袋，隨手札記，仔細推敲，才恍然悟出是「吉卜齡」、「泰晤士河」和「塞納河」的另一種譯法。一部譯得很流暢的書，只因爲在小處沒有考慮到名從主人──我國的既有譯名，就把讀者弄迷糊了。

　　日文對外來語的人地名，以片假名註音，可是從日文轉譯爲中文，就不能依樣畫葫蘆。坊間所出一些日本戰爭史的譯本，却不少這種囫圇吞棗的譯筆，像「海爾賽」譯成「哈魯茲」；「企業號」譯成「因他普賴茲號」；「大黃蜂號」譯成「亨特號」或「霍涅特號」；「地獄貓式」譯成了「赫爾加特式」。其他像「洛克希德公司」譯成「羅奇公司」；「瓜達康納爾島」的新譯名更多，像「卡拉路卡拿路島」、「加答求卡那兒島」或者「加達爾卡都爾島」，更是譯得理直氣壯，這種生吞活剝的全盤移植，當然影響了這些書的可讀性。

　　從日文直接迻譯，還有這些困難，要是從英文中把日本的人

名譯成中文而不失眞，更是下筆時旬日踟躕的難題。就姓來說，篠崎晃雄氏所編的《日本難讀奇姓辭典》，厚達三百六十二頁，搜羅姓氏達兩萬多姓，從姓「一尺二寸五分」到姓「鷄足」、「龜頭」、「豆腐」、「孫子」的，可說應有盡有。以名來說，音同字異的很多，像Shio譯「男」也可；「雄」也可；「夫」也未嘗不可。Takeo可以譯成「武雄」或「武夫」，但是也可以譯爲「丈雄」、「豪雄」、「丈夫」、「毅夫」或者「武男」。比如Juji Matsumoto譯成「松本重治」呢？還是「松本蒸治」？這就得看全文內容，要不然，一字之差，同時代的商工大臣和通訊社長，就會張冠李戴繾夾不清了。隔了兩重文字，要譯得名從主人一字不誤，眞難！

在我翻譯的過程中，在這方面吃夠了苦頭，好些次譯得沒有名從主人，一直耿耿在懷。五十三年多譯一篇〈零式機上的鬥士〉，敍述二次大戰中，日本海軍中一位零式戰鬥機飛行士Saburo Sakai，在一次作戰中，頭部爲美機擊中兩發子彈，仍能負創駕機飛返基地的經過。Saburo是日本人很普通的名字，譯成「三郎」沒錯；Sakai使人記起民國三十年耶誕節率軍攻陷香港的日將酒井隆 (Takashi Sakai)，以爲照譯成「酒井三郎」該很正確了，誰知下筆時又誤爲「酒田」。到後來才知道這位目前尙在人間的飛行員，正確的名字是「坂井三郎」，內心中愧對讀者、愧對當事人的這份歉疚，只有等到將來能爲坂井三郎譯全傳時才能補償得了。翌年多我譯〈老虎！老虎！老虎！〉一文，譯到日本首相近衞公爵，惟恐手民把名字誤植，所以特地以正楷加註在稿紙上端：「請注意：係『麿』，非『磨』。」「麿」字從麻，「磨」字從石，這個字模應該有的，誰知刊載出來，仍然是

「近衞文磨」，照「磨」不誤，譯史而把當時的人名弄錯，雖然咎不在我，心中却有說不出的窩囊。

　　譯西方人名，專從音譯，大體上方便得多，有時同一姓氏有好幾種譯法，故意造成區別，像十八世紀的英國作家「約翰生」，而世界十項冠軍則譯「强生」，美國第十七任總統是「約翰遜」，今年元月甫行卸任的却是「詹森」。

　　可是有很多約定俗成的譯名，却是受了宗教上的影響，因爲《聖經》是把西方人名傳播到我國來最早、也最有系統的一部書。目前通行的有天主教和基督教的譯法，試擧耶穌的十二門徒爲例：

天主教譯名	基督教譯名
十二宗徒	十二使徒
西滿	西門
伯多祿	彼得
安德肋	安德烈
雅各伯	雅各
若望	約翰
斐理伯	腓力
巴而多祿茂	巴多羅買
瑪竇	馬太
多默	多馬
亞而斐	亞勒腓
達陡	達太
茹達斯	猶大

翻譯人對於這種譯名上的歧異狀況，用不着爭執，爲了名從

主人，只要根據原文的出處而選擇既定的譯名就對了。有些遊記中，大談羅馬天主教聖地「聖彼德教堂」如何如何，那就像黃王不分的江浙朋友叫我「老王」一樣，雖然覺得不對勁，却也曉得他並不含惡意。不過如果在官方文書和新聞報導裏，把教宗保祿六世譯成「保羅」，那就是一種不可寬恕的疏忽了。

最近，國內學術界積極推動翻譯李約瑟氏的《中國之科學與文明》，這是自徐氏基金會成立以後，使國內翻譯界振奮的另一件大事。剛一開始，爲了正名就引發了熱烈的討論，足見這件事多麼受人重視。

我以爲主其事的諸君子改《中國科學技術史》爲《中國之科學與文明》，譯筆謹嚴，無懈可擊，質諸原作者想必也會欣然同意。但是對作者自取的中國名字，翻譯人有尊重的義務，自以名從主人爲是。如果我們把郎世寧按照「譯音統一標準」譯爲「吉塞比‧加斯狄尼恩」，國人必皆曰不可，那麼又何必函請原作者重行選名呢？趙元任先生一言已決天下疑——「名從主人」，問以決疑，不疑何問？

　　　　　　　　　　　　　——五十八年十月十六日《中副》

多餘的「一點」

　　到六十八年十一月二十九日，標點符號正式推行，就是整整一甲子了。由於有了它，使得白話文獲得了幾千年所未有的活力與衝勁，對自古以來素不斷句的我國文字來說，無疑的是一大變局。

　　我國採用的這套標點符號，也並不是「全盤西化」，像引號用框；私名號、書名號、頓號更是獨創一格。只不過其中有一個標點符號，六十年來一直沒有受到普遍的認同，這就是西方所稱的「句點」(full point, full stop, or period)。我們的「句點」採用了「詩文所用『圈點』」(The hollow circle serves as full point.)，而原來實心的那一點，却另派用場。據《國語日報辭典》的解釋是「音界號」，似乎忽略了它的其他功能，因為它可以用作「小數點」。例如：89.95美元；0.22口徑。目前也流行用來取代「頓號」，用在標題裡連接並列的同類詞。例如：「高・屏地區」；「先生・先・生」；「讀書・讀書」；「曹永洋・鍾玉澄合譯」都是。

　　而最可懷疑的用途，却還是「用在外國人名音譯成中國文字

的姓氏與名字之間，以便讀者容易識別，不發生錯誤。」把這一點專用在外國人名姓之間，顯然也是獨創，可是它從開始到現在就受到排拒，一直穩不住陣腳，一般人使用起來，都是時有時無；我對這一點的使用，經過實驗後作了結論：「無中生有，作繭自縛，和化誤我，不去何待！」

學術探討貴容忍，看法仁智不同，作法有無並見，這是很自然的事，我對這一「點」只寫了短短兩百字，刊載在《翻譯天地》十六期上，輕描淡寫，以「馬克吐溫」和「碧姬芭杜」為例，「點」到為止，證明這個音界號可有可無，它像是一則小小幽默，却是真有其事，以為對這一點的探討可以告一個段落，用與不用，會隨各自的抉擇了。

我那篇短文中，提到這一點「可有可無」，是指述一種現象，它過去如是，目前如是，將來也可能如是。但絕不是立論的原則，要使翻譯能往「學」的途徑上走，這種依違兩可，自由心證的論點是站不住腳的；而我個人的看法與做法，都主張「不用這一點」。

標點符號的功用，西方在探討上分成兩派，「聲律派」(Elocutionary School)認為標點是句子長短停頓的指示，使讀的人知所遵循。而「章句派」(Syntactical School) 則認定標點的主要作用，在使章句的文法清晰。英文中，自從十七世紀末以來，後一派已經佔了上風；可是中文則不然，以前中文其所以不需要標點符號，是由於文言文的結構 (The grammatical structure of written Chinese was such that no punctuation was required.)。只因為白話文的崛起，語文漸趨一致，標點符號的功能才能相得益彰，四四方方、整整齊齊的中文字句，到了語氣該停

的時候便有一個標點，看起來、唸起來都十分暢快，可是「音界號」却破壞了這種結構。不論是中國人外國人的姓名唸出來，根本就毋需在中間間斷，任何人聽過電視與廣播中的「丹尼爾凱利」、「約翰齊佛」都十分順耳，然而在文字上加了這麼一點，看着看着，彷彿「噹」的一聲，忽然在「丹尼爾」與「凱利」中間；「約翰」與「齊佛」中間，釘上那麼一根釘子；或者就像是猛不防被人在脖子上勒了一把，無形中在這裡要懋一口氣，非常不舒服。如果人名多，「忠實」的譯人又譯一個滴水不漏，像下面這一段吧：「英國自從喬弗瑞・喬叟用詩歌敲開了文學之門，經由文藝復興時代的大師威廉・莎士比亞，而至約肯・班揚，而至約翰・德昂；玄秘詩派領袖羅伯特・赫里克，亞歷山大・包普，丹尼爾・狄福，山姆爾・里查遜，亨利・費爾汀，再到珍・奧斯登，查理斯・狄更斯，湯姆斯・哈代，然後到唯美主義的奧斯卡・王爾德，喬治・穆爾，和社會主義的代言人喬治・伯納・蕭，哈巴特・喬治・威爾斯，約瑟夫・康納德，安諾德・柏奈特，約翰・高爾斯華綏等，也都是順着時代精神的變遷，彼此影響，而演變下來的。」半句扼一把，一句兩根釘，把人掐得面色發白，釘得頭腦發炸，看這種文字真是活受罪，使人想到用這種方式譯人名：「何苦！」

　　我國譯人名，自古的原則便是「名從主人」，稱呼一隨主便。以《高僧傳》中的攝摩騰、竺法蘭、耶連提黎耶舍、支婁辨識、曇訶辨羅、達摩笈多………不但名姓，連國名都在內。以後的史頁中，如《遼史》的耶律圖魯意、蕭阿魯帶、奚和朔奴；《金史》的阿勒根沒都魯、黃摑考古本、顏盞門都、紇不烈志寧；《元史》中的移思揑兒、石抹孛迭兒、澗澗不花、阿剌兀思剔吉

勿里………名字不爲不長、不爲不怪，但是除開學人專家，誰會、
也誰要知道孰名孰姓？新版標點的二十四史，也不在這些人的姓
名間加點，只要一口氣唸得下來便對了。

清末西學東漸，迻譯西方人名多了起來，嚴復譯名便有兩種
方式。一種是「入於中國則中國」的模式，把姓譯在名前，如
John Stuart Mill 譯爲「穆勒約翰」，Adam Smith 譯爲「斯密
亞丹」。另一種方法則爲了避免譯音過長而專譯姓氏，如 Charles
Robert Darwin 譯「達爾文」；Thomas Henry Huxley 譯「赫
胥黎」；Francis Amasa Walker 譯「倭克爾」。梁啓超則反嚴幾
道之道，照西人的名先姓後來譯，例如譯 Jerem Y. Bentham 爲
「佐理迷邊沁」；譯 John Stuart Mill 爲「約翰穆勒」；譯 Sir
Thomas More，爲「德麻摩里」；此外也是只譯姓氏，如康德、
笛卡兒、孟德斯鳩、亞里斯多德………大致在清末民初，迻譯西
方人名，經過前賢的嘗試與探索，已經爲後人啓迪了兩種可以通
用的模式。而專譯姓氏的懶辦法，更是憬然於譯西人名姓不能照
本宣科了，而要依我們中文的簡便，一觔斗翻出了逐步死譯外國
人名的死胡同。

天下事八九成要靠聰明人，靠他的活力、進取和創造；一兩
成要靠懶人，靠他的無爲、省事、寧人；唯有自視甚高，不屑於
回顧歷史，而又偏偏勤快的人，往往把許多事情搞得節外生枝不
說，還留下難以善後的後遺症。翻譯外國人的姓名，擯棄已有的
成規不走，偏偏要多那麼一點，就是這些人的創作，結果走了三
四十年的寃枉路，依舊行不通。

白話文和標點符號通行以後，翻譯界自是一番新局面，嚴
復、林紓的譯作，當然不放在後起之秀的眼裡，即連對筆端常帶

感情的梁啓超，覺得他那種譯筆也不入調，甚至連他們在人名翻譯上覓覓尋尋走出來的一條路，也不再試了，而想自闢蹊徑。當時西化的風氣正興，像張資平、郁達夫的小說中，都是一片的 H市、S鎮、B君、L女士………譯人名而來上一個中英合璧，更是順理成章的事；於是 T.S. 艾略特、R.M. 愛默生………便應運而生（這種譯法迄今還有人效法）。後來也許有人想到「翻譯，就是把他種語文的作品，為不同背景的讀者而再創作的藝術。」依然夾雜了原來的文字，要你翻譯作甚？可是，譯成「維・雨果」似乎不像話，和式的「維克多・雨果」從茲發揚了。

　　有人或許辯稱名姓間的這一點，是標點符號有了以後才產生，以前的譯法作不得數。其實，西文中的「句點」有時用在「縮寫」的後面，人名中 Henry James 可以寫成 H. James; 而中文有簡寫而無縮寫，「壓」可寫成「压」，絕不會寫成「厈」那麼為甚麼要割裂中文的語氣，硬生生譯成「亨・詹姆斯」乃至演進成「亨利・詹姆斯」呢？

　　設計標點符號時，私名號對譯西人名姓有很大的幫助，印在人名左側的那一條線，並不是一直連到底，而在姓名之間間斷，Tennesse Williams 排成田納西威廉，這是一種最恰當最合適的標點使用法。可是日本人創始的這種「音界號」流行時，中國跟進的人「如得狂疾」，不但有私名號還要加一點，連地名都要加一點。傅雷便是位熱中加「點」的翻譯家，他譯的《托爾斯泰傳》（商務「人人文庫」（1649～1650），羅曼羅蘭寫成「羅曼・羅蘭」，此外如「蘇菲・裴爾斯」、「比哀・勃蘇高夫」；連「柵欄村」（Iasnaia Poliana）這處地名，也都譯成「伊阿斯拿耶・波里阿那」，足見在二十年代時，「加點」風行的盛況。但是在

同時代也有偏能逆潮流的翻譯家，以「非注重翻譯不可」的曾孟
樸，民國十三年覆胡適的長信中，便是「名不加點」的例子。信
中如Abel Remusat 譯「阿培爾婁密沙」；M. Guillaume Pauthier
譯「氌亞姆波底愛」；Stanislus Julien 譯「司塔尼斯拉許連」；
法朗士 Anatole France 譯「阿那都爾佛朗士」。胡適自己也從不
在西人名姓間加點，林語堂從早年的《論語》到《無所不談》，
也是不用「點」的一位，足見這個中西人名中都屬「庶出」的標點
符號，並沒有受到知識界一致的認同。我也可以隨便舉出三本迄
今常銷、也暢銷的書來，證明譯外國人名不加點、不區別名姓，
照樣無礙於思想的溝通──這三本書便是《聖經》、《文藝心理
學》和《飄》。

　　有人認爲「碧姬芭杜」姓名中間不加點，是電影的「陋規，
不足爲法」。那麼愛倫坡呢？喬治桑呢？蕭伯納呢？歐亨利呢？
傑克倫敦呢？拍托黎基呢？歐文蕭呢？勞合喬治呢？還有，耶穌
基督呢？

　　把電影界人名不加點可以行得通的事實，認爲不值得一談，
顯示出知識界一些人自閉在象牙塔裡，與社會疏離的心態。電影
是一種多麼普遍廣泛的傳播媒體，接受它的人從公卿貴婦到引車
賣漿者流，無一不有，任你再長的名姓，電影上依然不加一點而
唸得順、記得住。像上一代的珍娜露露布里吉姐、蒙哥馬利克里
夫特、伊麗莎白泰勒、維吉尼亞美玉、艾維斯普里斯萊、勞倫斯
奧立維、愛德華羅賓遜、寇克道格拉斯、瑪芝麥娜瑪拉、法蘭度
拉馬斯………五個字以下的更不用提了，由於經過電影界這種長
期不着一字的實驗，才使我有信心認爲譯西人名姓間根本不必加
一點。知識份子固然一方面要走在社會思想的前端，有時也要回

過頭來向歷史學，低下頭來跟社會學，抽刀斷流、崖岸自高，只會阻礙了自己的精進。

　　這篇論譯西人姓名間不必加點，省却這多餘一點的文字是供譯人和讀者抉擇的參考。因爲費滋傑羅（「忠實」的譯人必定譯成九節鋼鞭式的「佛朗西斯·史可特·客伊·費滋傑羅」）說得好：「對上智的考驗，便是有能力把握兩種相反的意見，同時依然具有行動的能力。」(The test of first-rate intelligence is the ability to hold two opposed ideas in the same hand and still retain the ability to function.)

　　　　　　　　　　　　──六十八年五月卅一日《華副》

人名難譯

The Woman Warrior 這本書，國內出現了三種譯本，也有了《女勇士》、《女鬥士》、《女戰士》三種書名。這本書的華裔女作家 Maxine Ting Ting Hong Kingston，譯名却都一致；我尤其贊成景翔譯爲「婷婷」，婷字亦作停，又通亭，「停停溝側，皪皪青衣」、「玉顏亭亭與花雙」、「婷婷花下人」，這位掃眉才子的名字好美嘛。我在三月份《書評書目》，迻譯《時代》對這本書的評介，也就沿用婷婷的名。至於姓的翻譯，譯成「洪」(Hung) 有點點兒牽強，但是百家姓裏却只有「洪」與 Hong 接近，大夥兒大着膽子都這麼譯了；只有喻麗清女士謹慎，在「洪亭亭」下，加了一個「譯音」。沒想到夏威夷的消息傳來，她的眞正中文姓名是湯亭亭，這一下眞使人抓了鬮、傻了眼，兩個字兒，栽啦。

一些不做翻譯的朋友，黃鶴樓上看翻船，瞧瞧！中國人連中國人的姓都給譯錯啦，簡直是砸鍋到家嘛，這些人呵，罩不住。

然而，眞正在這裏面打滾的人却都曉得，翻譯，也像任何行業，任何本事一般，那怕你下了幾十年工夫，練就了一身的金鐘

罩鐵布衫，却總有好幾處命門，輕易碰不得。做「譯字」工作的人，也有處阿奇里斯的脚後跟，那就是人名的翻譯。

只有剛剛從事翻譯的人，認爲 John 卽約翰，Peter 是彼得，依此類推，人名譯何足道哉！可是譯得越久就覺得越不是那麼回事，竟原來 John 有時要譯若望，Peter 該譯伯多祿，「大闢」原來就是「大衞」(David)；一個人名的翻譯，必須顧及很多制約的條件，並不是可以一隨己意的事情。

譯人名當然要譯得音正字隨，像美國的小說家 Frederick Buechner 該譯畢克納而不是布克納；Howe 譯「何」；Simon 譯「賽蒙」或者「西蒙」都可以（我覺得「西門」更好，百家姓裏有此一姓嘛）；Beer 也可譯「畢爾」，也可譯「白爾」；Ney 可譯「奈」，也可譯「勒」；Smythe 鐵譯「史邁斯」，沒有第二種發音；可是少了一個字母的 Smyth，譯「史密士」或者「史邁茲」，就得看所要譯的這一個人是誰了。所以，要譯得不出錯，查人名字典是必要的工作。知道了發音，還得查查所譯的人名有沒有既定的中文譯法，譯出來才能爲讀者所接受。

人傑地靈，中外皆然，外國的人名時常和地名聯在一起，遇到這種情形，就必須一併譯出，像 Jesus of Nazareth 宜譯「拿撒勒人耶穌」，而不是「拿撒勒的耶穌」；Saul of Tarsus 是「大數人掃羅」，不是「大數的掃羅」。這種稱謂，在我國「古已有之」，像近世的曾湘鄉、李合肥，便是人地俱稱，以示尊重。

人名的翻譯，人們時常以「約定俗成」作爲準則。其實「約」與「俗」都有時間的因素在，沒有永恆不變的譯名。莎翁的《哈姆雷特》，我們上一代的人譯《漢姆列德》，現代人一看，就覺得怪怪的嘛。「吉訶德先生」以前的譯法是「董吉訶德」；《格林

童話≫連三歲娃娃都知道，以前譯甚麼？您準猜不到「格黎牧」
吧。至於作家譯名的變遷，更可以寫下一部滄桑史，「漢明威」
變成「海明威」，「妥斯妥也夫斯基」成爲「杜斯妥也夫斯基」；
「小杜馬」成了「小仲馬」；「吉本」改爲「吉朋」，這些都還
是小焉者，有些人名則面目全非，不仔細查究是看不出來的了，
像「哥哥爾」之如「果戈里」；「囂俄」之如「雨果」；「留伊
斯」之如「劉易士」；「柴霍甫」搖身一變成了「契訶夫」，「艾
略特」成爲「歐立德」，「佐拉」少了半邊，成爲「左拉」。這
些譯名，以前何嘗不是「約定俗成」，白紙黑字堂堂上了辭典來
着，曾幾何時，又得新編一本人名辭典了。

　　從這些譯名的變遷看，跟着時代走，大致上沒有錯吧。可是
卽令是現在有名的人士，譯名也未見得能臻於一致。舉世同欽的
Solzhenitsyn，中文的譯名不多不少就有十三種：索善尼津、索
忍尼辛、索贊尼辛、索盛尼金、蘇澤尼欽、索茲尼欽、索津涅
辛、蘇參尼曾、索善尼辛、索忍尼欽、索爾森聶辛、素仁尼津、蘇
辛尼津，我自己都採用過兩種，譯「一九一四年八月」時，只記
得陳立進先生在＜晨鐘＞出版的≪集中營的一天≫，便採用了索
善尼津，爲的是對這種開路工作的譯名，表示點敬意。可是後來
譯≪古拉格羣島≫，却不得不改成使用得很廣泛的索忍尼辛，以
求在衆多譯名中，求得統一。尤其我覺得「忍」這個字兒譯得
好，因爲索氏寫道：「以我來說，保持沉默是爲了一個更深遠的
理由，我在這裏喊叫，會有兩百人聽到，但是兩億人如何？模模
糊糊，隱隱約約地，我有一項遠景，有一天我要吼叫給兩億人
聽。」就此一念之「忍」，他的著作在今天才能有三十億人聽到，
足見任何驚天動地的事業，連寫作在內，忍字當頭多麼重要！

　　譯人名不但隨着時間更改，也隨着地域變更，這也是譯人名應當有的認識。以一海之隔的香港，季辛吉是基辛格，布里茲尼夫是勃列日涅夫，巴頓要譯巴登，死掉不久的億萬富豪何華休斯，那裏譯成候活曉士；在國內很熟悉的零零七情報員是占士邦，加萊古柏是加利谷巴，約翰韋恩呢，譯得更妙了「尊榮」。懂得入境隨俗的人，事先下過分析比較的工夫，譯的稿港臺兩地廣受歡迎，無往不利；不懂這個竅門兒的楞頭青，任你譯筆多麼好，編輯一看譯的人名就發生了排斥感：「看不下去了！」

　　光是在西洋人名裏兜圈圈，沒有經過譯東方人名這一關，眞還不容易成正果。譯西方人名，至多是使人看着不順眼，你譯「莫里哀」嗎，我偏用「毛利哀兒」；你說是「米蓋朗基羅」，我譯「邁可安節樂」，它還是地道的發音呢；你們譯「梭羅」，我用「索洛」何嘗不可？反正「華有無窮之字」，你不能批評我譯錯。可是一旦涉及深受中國文化影響國家的人名，要把它「還原」成爲中文，準保一個頭有兩個大，這才感到書到用時方恨少，事非經過不知難了。

　　遇到這種情況，就只有請教專家指引，自己冒失不得。例如三月十四日《時代》上，有一篇＜不可能的任務＞，談第二次世界大戰時，一架日機投彈轟炸美國本土，飛行員迄今健在，各出版公司爭購他的回憶錄。Nobuo Fujita 該譯甚麼？便請教《吾妻吾子》的名翻譯家劉慕沙女士，蒙她指點，才知道是「藤田信夫」；轟炸的飛機命名爲 Seiran 英文注釋是「天朗氣清時山上的霧」(Mountain haze on a clear day.)，原來漢字是「晴嵐」。日本人名與韓國人名的英譯，最大不同點便是姓名的排列順序，韓國如朴東鎭外長 Park 排在第一位，把第一個字譯成姓沒錯；

而日本人却入境隨俗,到了羅馬照羅馬人做，自首相以至於庶人，譯成英文時 ， 一律是名在前， 姓在後 ；像三島由紀夫是 Kumi Mishima, 黑澤明是 Akira Kurosawa ， 石原愼太郎是 Shintaro Ishihara, 倒也整齊劃一，譯的時候姓與名分得清清楚楚。可是越南的人名就奇了，敢情他們的文字拉丁化了以後，連姓名都可以顛倒用呢？吳廷琰總統 (Ngo Dinh Diem)，洋人稱爲「琰總統」(President Diem)，阮文紹 (Nguyen Van Thieu)也是「紹總統」(President Thieu)，北越的武元甲 (Vo Nguyen Giap) 是「甲將軍」 (Gen. Giap) ；南越的阮高祺 Nguyen Cao Ky 是「祺將軍」 (Gen. Ky) ，洋記者採取這種稱呼，藉口「越南姓阮的太多」，沒想到名字也有同一個字兒的，如是又出了花樣，把楊文明 (Duong Van Minh) 封爲「大明」(Big Minh)，以別於陳文明的「小明」，怪的是越南的顯要對這種以名作姓的稱呼，夷然不以爲意；在中日韓三國，如果發生了這種稱呼，不惹出國際糾紛才怪呢。而對從事翻譯的人，這却是一處陷阱，稍一不愼就坑在裏面了。

譯外國人名，已經夠瞧老半天的哪。可是信不信由你，譯人最害怕的，還是把中國人的姓名英譯還原爲中文。古代譯經，就對梵文和華文作過比較，「梵則音有妙義而字無文采，華則字有變通而音無錙銖，」要譯得正確，憑聲音毫無辦法，完全得靠硬桼的常識和豐富的經驗，舉例來說，Mr. Wu 譯甚麼？也許有人說，這不簡單嗎？吳先生嘛。眞的嗎？閣下能肯定它不是伍先生，武先生，烏先生，巫先生，沃先生，還有毋先生嗎？這麼一想，的確不簡單了。Li 並不見得一定是李，也很可能是酈、黎、厲、里、律、栗、列、利任何一姓，Hsu 也有許、徐、胥、須、

續、宿、顯、索八姓，　Chi 有戚、支、綦、稽、嵇、祁、戢、
漆、豈、齊、屐十一姓；Yen 有嚴、閻、焉、延、覃、言、岩、
顏、燕、晏、陰、鄢十二姓，再加上中文名字譯爲英文，名在姓
前，姓在名前，有的是單名，有的另加洋名，有的全用洋名，
一應俱全，誰能譯得十拿九穩呢？ K'ou 譯甚麼？寇嗎？顧嗎？
苟嗎？錯了，他姓「許」，閩南話發音嘛。Ong 也不姓翁，姓
「王」，也是閩南人後裔，Chan 譯甚麼？詹嗎？展嗎？湛嗎？非
也，要譯「陳」，廣東人嘛，至於 Hong 爲甚麼是「湯」，可眞
使我猜不透，姓「香」嗎還差不多，Hongkong 不就是香港嗎？
看起來「唐人唔識唐話」，不但在外國的僑社、唐人街不吃香，
連在國內搞翻譯都混不下去了，粵語補習班眞還非進不可呢。

　　您說，人名容易譯嗎？

　　　　　——六十六年四月十七日＜人間副刊＞

軍曹的譯名

　　七十三年十一月三日晚，我到臺北市社教館，欣賞星星實驗
劇團演出的《偉大的薛巴斯坦》，三小時中，滿座的觀衆深深沉
浸在劇情中，隨着情節的進行而緊張、懸疑、歡笑。

　　劇幕捲起，燈光亮處，全場鴉雀無聲，觀衆立刻被情節引領
「入戲」，進入了一片忘我的嶄新天地，這就是對一齣好戲入迷
的現象。

　　誰是當代的偉大演員，你得向舞臺上去尋覓。同樣的，偉大
的演員泰半出身舞臺，但却念念不忘舞臺，只有在舞臺上，他們
才能淋漓盡致地發揮演技，勞倫斯奧立佛與李察波頓從舞臺進入
影壇，靠電影享譽全世界，然而他們念茲在茲的却是要回到舞臺
上扮演古往今來的角色，才能過足自己的戲癮。

　　劉明小姐與曹健先生，在這齣「偉」劇中飾演那對「藝人，
異人」伶儷，貫穿全劇。精湛的演技，表達出劇力萬鈞，鎮住了
全場；常楓先生與孟元先生都有吃重的演出；整個劇團在趙琦彬
先生導演下全力卯上，綠葉紅花，相得益彰，爲我們舞臺劇運的
中興，創造了燦爛的遠景。

　　尤其使人敬佩的，便是星星實驗劇團這次選擇了一個外國劇本來上演，不但劇中人物演得維妙維肖，栩栩如生，而對話之流暢生動幽默，毫無隔閡感，連「拆白黨」這種口語都溶入了劇中，吳青萍、王錫茝兩位女士的生花譯筆，該居首功，做到了翻譯中「隔而不隔」的上乘境界。

　　如果要說有什麼使人「格格不入」的小地方，便是有一兩個名詞的翻譯「非我族類」，那就是孟元先生扮演的那位陰森可怖的「軍曹」。

　　＜偉大的薛巴斯坦＞一劇，出於美國戲劇家林西與克勞斯之手，原劇本是英文。英文中的 sergeant，譯成「軍曹」却是日文了。換句話說，中文並沒有「軍曹」這個職名存在。

　　Sergeant 原來指「僕人」(servant)，在中古時代，騎士在戰場上作戰，頂盔貫甲，披堅持銳，一定得要專人伺候，這種人便是 sergeant，雖然是騎士的隨扈，地位却比步卒要高。久而久之，便成為軍中介於兵卒與將校間的一個階層了。

　　我國也不例外，秦漢時代，爵分二十等，第一爵「公士」，第二爵「上造」，第三爵「簪裊」，第四爵「不更」，據荀綽＜晉百官表注＞：「自一爵以上至不更四等，皆士也。」所以「在軍賜爵為等級」下，兩千年以來，我國便以「士」作軍中這一階層的稱呼。到了近代，國軍更是奠定了良好的士官 (NCO, Non-commissioned Officer) 制度，區分為「下士」、「中士」、「上士」與「士官長」。

　　「偉」劇的高潮，全在這對「異人」夫婦能否逃出詹德克將軍的府邸。將軍府中，服勤的士兵並不只幾個人，因此得有一名士官統率，我們應當如何翻譯這名 sergeant，才能譯得使人「入

戲」而沒有洋腔洋調的感覺？ 首先要考慮國人對職級稱呼的習慣。

西方多以階級稱人，如巴頓將軍、李德哈達上尉等等。但是我國習慣，大致上多以職務相稱，如張師長、李旅長、王科長，而不稱張少將、李上校或王中校。在軍中，雖可對將領稱「將軍」，但將級以下，以階級稱呼的就只有「上士」及「士官長」了。因此「偉」劇中這位 sergeant，譯爲「上士」或「士官長」，還說得過去。如能譯成「班長」（勤務班長），那名「伍長」（corporal）譯成「副班長」，就更是切合國情了。

我國語文中，怎麼平白夾雜了一個「軍曹」進來，這要歸咎於上一代的翻譯人大多「不知兵事」，抓到一個日文的譯名便上，像電影「約克軍曹」（Sergeant York）便是這麼翻譯的。不只此也，兒時讀《柏林圍城記》，裏面那位老「大佐」，也是日文譯名，我國的譯名應是「上校」。

日文翻譯的名詞， 有些譯得極好， 中文可以引用與已經沿用。 但並不是已經沿用的名詞就可以。 例如「西門町」與「西門」， 「便當」與「飯盒」， 「下女」與「女佣人」， 「坪」與「平方公尺」都是。每一個國家都有本身的尊嚴，官方的名稱尤其要以本國的爲依歸，翻譯時「教育部」與「文部省」， 「財政部」與「大藏省」， 「特任」與「親任」，「委任」與「判任」，「推事」與「判事」， 「公所」與「役場」……這些都要有一番判斷，中爲中，日爲日，分得清清楚楚。把英文的 sergeant 譯爲中文，更不能被坊間的英日字典以及從英日迻譯過來的英漢字典牽了鼻子走:

英　文	中　文	日　文
Sergeant	士官	軍曹（曹長）
Air Force sergeant	空軍士官	空軍曹長
Color sergeant	護旗士	軍旗護衛軍曹
Drill sergeant	教育班長	訓練係軍曹
Master sergeant	士官長	上級曹長
Technical sergeant	技術士	技術曹長
Police sergeant	巡佐	巡查部長

——七十三年十一月十四日《中央日報》〈晨鐘〉

也談日名的漢譯

　　六十四年元月二十六日，《中央日報》駐日記者黃天才先生，在《中副》上寫了一篇＜日本人名地名的「漢譯」問題＞。使國內從事翻譯工作的人受用不淺；譯事艱辛，又加了一個注腳。

　　從事英文中譯的人，不論是爲學業、爲職業、爲事業、爲志業，最頭痛的困難之一，便是在迻譯過程中，遭遇這篇文章中所說「漢字還原」的問題。雖然中日同文，可是人地名一旦譯成了英文，要它恢復漢字面目，那就眞是大水冲了龍王廟，一家人不認識一家人了。

　　日本人姓氏奇多，多得篠崎晃雄編得出《日本難讀奇姓辭典》來，兩萬多姓，讀法五花八門，使我們這些對日文一無所知的人瞠目結舌。以普通姓氏來說，要譯得正確，也還有問題。像 Abe 是譯「阿部」呢？還是「安部」？這種音讀的兩種「還原」，國人看來，還不算離譜，就像《百家姓》中的紀、季、計、及、汲、吉、籍、暨、冀、姬、機一樣，都只是一個 Chi；可是有些還原法，却眞使人摸不着腦袋，譬喻說：Sakai 是「酒井」還是「坂井」？ Goto 究竟是「後藤」還是「五島」？ Iwamura 譯「岩

村」好，還是「岩倉」爲宜？Hata 旣可譯「秦」也可以譯「畑」；譯文書中常見日本人高呼的 Banzai（萬歲）！一到姓就成了「坂西」；Ono 更妙了，竟是小大由之，譯「大野」也可，譯「小野」也成。（一九八〇年多「披頭」約翰藍儂遇刺身亡，國內報紙譯遺孀「大野洋子」「小野洋子」均有。）

　　以譯日本人的名字來說，以前我曾像背誦「楊家將」般，從「太郎」（Taro）、「一郎」（Ichiro）起，一直由「次郎」（Jiro）、「三郎」（Saburo）、「四郎」（Shiro）、「五郎」（Goro）、「六郎」（Kuro）、「七郎」（Shichiro），記到「八郎」（Hachiro）；這種學譯的「描紅」，要想有甚麼幫助，連門都沒有。日本人名中相當普遍的 Takeo，也還不只是三木「武夫」和福田「赳夫」這兩種漢名；像戰前日本銀行界的加藤「武男」和入間野「武雄」，還有岩畔「豪雄」、飯野「毅夫」、堀「丈夫」這五位的名字，音譯都是Takao，我們要把它譯得正確，如果沒有資料，那就眞是等於猜燈謎了。（甚至我猜想日人初據臺灣時，因爲「打狗」音近Takao，所以才易名爲「高雄」。）像這種譯法，毫無準則可循，黃文也認爲「要從拼音來『譯』出日本人名地名的原用漢字，根本沒有可能；至少，也沒有辦法避免錯誤。」怎能不令人擲筆，三嘆「譯海無涯」！

　　要克服這種困難，黃文列舉的補救辦法，都實際可行。此外，治譯的人還要敏於觀察，勤於箚記，隨時製成的卡片，一旦需要時就用得着。例如，倘若美國今年出版一本「叢林二十八年」這類的書，提筆迻譯，就不會把住在巴西的作者，譯成「大野寬田郎」了。

　　這些方法都很費時費事，不過，任何事情要邁向專精，必須

帶三分傻勁，翻譯又何能例外？

————六十四年三月一日《中副》

棋名的翻譯

　　六十八年二月二十四日《華副》上，刊載了楊壁華先生的
<贏家>，在這篇緊湊、雋永的小小說裏，以一個做翻譯工作的
人來說，更發生興趣的倒是有關「西洋棋」的譯名。

　　所謂「西洋棋」，本來出自東方的印度，原名「差托蘭伽」
(Chaturanga)，意譯便是「四軍棋」，指一支大軍中的「象軍」
(elephants)、「騎軍」(horses)、「車軍」(chariots)，和「步
軍」(foot) 四支部隊。大約在公元六世紀前後，流傳世界各
地。但是各地區都略略不同，日本稱爲「將棋」，我國則稱爲
「象棋」。北周（五五七——五八○年）庾信作<象戲賦>，便是
傳入時間的明證；象棋最盛當在宋朝（增加了「砲」）。《揮麈
後錄》上有過這麼一段故事：泥馬渡康王，宋高宗在臨安當了皇
帝啦，陷身虜營的徽宗帝后還不知道，日夕惦念；於是顯仁皇后
用三十二顆象棋子，用黃羅包了起來，把「將」的那一顆貼上康
王字樣，焚香禱告說道：「這一次把三十二個棋子拋下去，如果
康王棋子落進了九宮，一定卽了帝位。」棋子一拋，這顆將棋子果
然落進九宮裏，其他的棋子都沒有；老兩口這才「加額喜芐」了。

「四軍棋」的另一支，經波斯、阿拉伯而到西歐，法文稱為 Echecs；西班牙文爲 Ajedrez；德文爲 Schachspiel；俄文爲 Shakhmat；拉丁文爲 Ludus Scaccorum，英文爲 Chess，無不出自波斯文的 Shah「王」。在歐洲最先都是由上層社會來消閒遣興，又稱爲「王室棋」（Royal Game）；因此根據這種棋的根源，它並不出自西方，而和象棋誼同手足，我們應該爲它正名爲「王棋」；紅花白藕青蓮葉，五百年前是一家啊，哪裏來的甚麼「西洋」？

現代戰爭中，幹步兵最有出息，尊爲「全軍之主兵」，或者「戰場皇后」。可是在古代却大不相同了，不論裝備與戰力，步兵都是弱者，太公〈六韜〉中便有具體的數字說明：「一車當步卒八十人，一騎當步卒八人。」下王棋或者象棋，「卒」代表「步卒」（pawn）也是數目多而戰力弱，王棋中，如果以「卒」的戰力爲一，最高戰力却是「后」（queen），戰力爲九！

不論中外古今，戰陣之事，大忌婦人。爲甚麼專論行軍作戰的「王棋」，反而出了位隨王伴駕的樊梨花、穆桂英，殺法恁地厲害呢？只因它傳進歐洲後，規則、着法都有了很大的改變。「后」原來稱爲 farz 或者 firz，意思就是「士」（counsellor）或者「將」（general）；傳到食色之道冠天下的法國，却把它變成了 fierce, fierge, 和 vierge（處女），因此連性別都改了。

把 bishop 譯成「主教」也是輾轉相傳的錯誤，它原是波斯文中的 pil，也就是象棋中的「象」（elephant）；可是傳到阿拉伯人手中時，由於阿拉伯文沒有 P 這個字母，便把它寫成了 fil，再加上定冠詞，就成了 al-fil。因此義文便是 alfiere，甚至成了法文的 fol 與 fou。我們譯王棋中這一個龍行虎步、縱橫捭闔的

bishop；不論從源譯「象」；從義譯「相」，都比較相宜。

　　同理，「騎軍」（horse）到了歐洲，入境從俗也改譯成了
knight，我們把它譯回來，仍以象棋的「馬」恰當，何必騎士不
騎士呢。

　　至於一般把 rook 譯成「城堡」，更是有悖常情；在一切都
是進進退退的戰場上，那裏還有甚麼靜態的城堡？儘管棋子圓圓
的，實際上它却是取形於一種「印度戰車」（Indian chariot）。
「兵戰用車，其來尚矣！」車軍的優點便是「行則步以爲陣，止
則聯以爲營」，車轅樹立起來便是「轅門射戟」的「車宮轅門」；
我國漢代衞青擊匈奴，以武剛車自環爲營，便是善用「車軍」的
一例；因此 rook 也好，castle 也好，都不宜照字面直譯，譯爲
與象棋相同的「車」，就夠傳神達意的了。

　　在棋子上，王棋與象棋不同，它沒有「士」和「砲」，一
「王」一「后」以外，其他各子成雙成對，侍立兩廂。在「王」這
一邊的稱爲「王相」（KB）、「王馬」（KKt）和「王車」（KR）；
「后」側則稱爲「后相」（QB）、「后馬」（QKt）和「后車」
（QR）。這些譯名如果能由愛好王棋的人士約定，那麼迻譯、
研究、打譜、比賽上，就要方便得多了。

　　當然，文化的交流譯入與譯出同樣的重要；今後我們不但要
研究王棋，更進而要把象棋推廣到全世界去，讓它也成爲一項國
際競技。只是在譯名上則無妨與王棋一致，但要增加「士」
（counsellor）和「砲」（cannon）；最重要的改革，還在捨棄文
字棋子；新加坡在推行圖案棋子，已經是一大進步了；但應當更
進一步採用與王棋相似的實體棋子，才能使異邦的棋迷認爲是公
平的競爭。

　　六十五年三月五日，澳洲人安格蘭德先生，在統一大飯店同
國人下「王棋」，以一敵二十一，把我國棋手一個個殺得手無招
架之力，土臉灰頭，很是掛不住面子。其實中國人的智力絕不下
於任何民族，橋藝的優異表現便是一例，推廣這種鬥智的競技，
正名是一個必要的步驟，有了適合國情的譯名，才會漸漸引起象
棋迷的認同而獲得廣大深厚的基礎，誰敢說若干年後，我國不會
出現王棋界的吳清源和林海峯呢。

——六十八年三月八日《華副》

人人有路到長安

　　棒球季節裏，有一句成語十分流行，每逢一隊先得分，便稱
為「先馳得點」。這句源於日本的棒壇術語很新穎，也使我們的
語文增添了新語彙。只是每一次棒賽，翻來覆去都是這麼一句，
却使人奇怪：我們自己形容佔得上風的成語，像先聲奪人、旗開
得勝、制敵機先、先下一城、拔了頭籌、一鼓作氣、施下馬威、
揮殺威棒……都到哪兒去了？

　　中文的成語辭藻極為豐富，歷經百百千年，有許多依然鮮
活、生動、傳神。有一些竟與西方的成語不謀而合，像「英雄所
見略同」(Great minds think alike.)，「有其父必有其子」
(Like father, like son.)，「隔垣有耳」(Walls have ears.)，
「人要衣裝」(The tailor makes the man.)，「情場失意，賭
場得意」(Lucky at cards, unlucky in love.)，「人多好做事」
(Many hands make light work.)，「敬人者人恆敬之」
(Respect a man, he will do the more.)，「眼不見心不煩」
(What the eye doesn't see, the heart doesn't grieve over.)，
「同行是冤家」(Two of a trade never agree.) 等等，證明人

同此心，心同此理，在觀念的表達上，大致是相通的。

可是，也有許多成語，由於文化背景的差異，我們在翻譯與使用上，不宜於囫圇吞棗，照單全收。近年在中文英譯上貢獻良多的葛浩文博士（Dr. Howard C. Goldblatt）對這一點便有精闢的見地，他認爲：「翻譯家時常誤用了『信』這個詞兒，對原作的一些詞彙和習語——在外國讀者來說了無意義——不肯用富於創意的同義語來譯出。」所以，他主張「翻譯家不能犧牲原著獨到的文體，但也一定要竭盡全力，顯示出作品後面的差異是在表達方式上，而不是思想。」❶ 因此，把「秦晉之好」譯爲 The link between Ch'in and Chin, 不如譯爲 Intermarriage,「執牛耳」譯成 To grasp the bull's ear, 不及 Being the com-mander-in-chief of a federate 來得暢達，「河魚之疾」何必「信譯」成 The river-fish illness, Diarrhoea不更直截了當嗎？反過來說，我們把英文中的 Salt to Dysart, or Coals to Newca-stle 譯成「運鹽到鹽田，運煤到煤港」，不如譯「井邊挑水江邊賣」，把 Damon and Pythias 譯成「戴蒙與比昔艾斯」，固屬無懈可擊，然而得花多少註解？我們雖不必譯成羊角哀與左伯桃、分金的管鮑、互不分離的焦孟，但譯成生死交、莫逆交、刎頸交這些成語，讀者會多麼省事。Samson at Gaza 譯爲「參孫到了迦薩」，中國讀者看過《士師記》的一定不少，但「虎落平陽」四個字兒就夠刻劃出原意來了，何等便捷。爲了譯 A Roland for an Oliver, 引經據典大做文章，到不如現成的「將遇良材」來得簡單、恰當。 "Let them eat cake." 譯成「讓他們吃蛋糕

❶ <文學與翻譯家>，載六五、六、二《中副》。

呀！」很不容易了解引用瑪麗安東妮（Marie Antorinette）這句話有甚麼意義，如果改用晉惠帝的名言：「何不食肉糜？」定會使讀者恍然，中外古今的昏君昏后竟如出一轍嘛。

「遠來的和尚會念經」，西方也有這種說法，A man from other city, and the further away that city is, the greater the expert. 我國語文中也出現許許多多外來的、用典扯不上邊兒的成語。有些人不寫「替死鬼」，而寫「替罪的羔羊」；形容一個人學識淵博，「行秘書」和「五經笥」、「五經庫」都趕不上時代了，要說「走路的百科全書」；不用南柯夢、黃粱夢、邯鄲夢、盧子夢、浮生夢了，開口便是「李伯大夢」；在知識份子羣中，已經聽不到「蕎麥田裏捉烏龜——手到擒來」這種朗朗上口的諺語，只有文謅謅的洋成語：「像熟蘋果般掉下來」。不提小說裏金鐘罩鐵布衫的「命門」了，要引用荷馬史詩「阿奇利斯的腳後跟」，似乎才夠深度。

中國語文一向對外來的成語兼容並蓄，但如果張嘴說話，下筆爲文，動輒就是外來的成語、外國的典故，漸漸忘却了自己文化的根，又怎麼能不彷徨、失落呢？

以「條條大路通羅馬」這句成語來說，它似乎已經在中國落戶生根了。當然，羅馬一度是世界名城，西方文化的中心所在。可是，漢唐以還，不論歷史上、地理上、文化上，中國中心八街九陌九市十六橋十二門的長安，也是天下名都；秦代始修的馳道，也是燕齊吳廣四通八達呀。唐代，四州涪州的荔枝，能在七天七夜以內經棧道、越秦嶺，運抵長安；「一騎紅塵妃子笑」，便是大道便捷的明證。明代兩位大儒——呂坤和王守仁，都有詩詠長安；《呻吟語》卷六有「家家有路到長安，莫辨東西與南

北。」而倡「致良知」的陽明先生，更進而認爲「人人有路到長安，坦坦平平一直看。」勉人立志，在己而不在路，意境何等深遠！

作一個現代國民，引用「條條大路通羅馬」這句成語，固足以顯示中國人天下大同的胸襟；但也宜記住自己的本源和先賢的訓勉：「人人有路到長安。」

——六十六年十一月廿七日《中副》

手放在背後

　　七十一年十月二十三日下午一點，索忍尼辛在臺北市中山堂，發表了來華後一篇感人至深的演說；索氏當場以俄語致詞，而由王兆徽先生譯爲中文。第二天，各報刊出了這篇＜給自由中國＞的全譯文。其中只有一處地方，與我們當時在場靜聆所記的並不相同。

　　索氏提到：「在南韓，年輕的一代和大學生，完全忘記了共黨侵略所帶來短暫的恐懼，而覺得他們所享有的自由似乎太少。可是，一旦當他們『兩手被縛』，被押送共黨集中營的時候，他們就會懷念和重估今天他們所謂不自由的價值了。」

　　那天下午在中山堂傾聽他演說的兩千位人士，一定都會想起來，沒有聽到「兩手被縛」這一句。的的確確，索忍尼辛並沒有這麼說過，他所說的是：「手放在背後」。何以公布的譯文要加改動，以致有悖於原文，這一點值得從事翻譯工作的人加以探討。

　　索忍尼辛在作品中，詳詳細細敍述蘇俄「國安會」(KGB)逮捕、押解人民的書，便是《古拉格羣島》，警衞防止犯人有異動的姿態，動輒叱叫：「手放在背後！」而在《第一層地獄》中，

索氏敍述一個良知未泯的外交官伏恪鼎，被「國安會」逮捕，在監獄中備受凌辱與折磨的過程中，看守員不時對着他叱叫：「手放在背後！」(Hands behind your back!) 這句話在拙譯《第一層地獄》（遠景公司出版）863頁（英譯本自522頁起）、866頁、876頁、886頁、903頁、910頁，前後出現了七次。這次索氏演講詞的英譯中，也是「一聲口令『手在背後。』」(After a command "hands back") 看得出兩種英譯俄文原意都是「手放在背後」沒錯。

索忍尼辛在《古拉格羣島》中，說了一句感慨系之的話：「只有在同一個碗裏吃過的人，才會了解我們。」這的確是至理名言。「手放在背後」已是蘇俄人人都懂的一句，成爲「橫遭逮捕，備受凌辱」的成語了。可是在自由世界，尤其是沒有看過他作品的人，都會對這一句瞠目不解。

所以，翻譯上把索氏原文「手放在背後」，改譯成「兩手被縛」，務求其「達」而寧失於「信」，是一種不得已的作法。實際上也是對索忍尼辛忠實，因爲他所要表達、傳達給中國人的精義，經過點睛之筆，已經完完全全做到了。

　　　　　　　　　　　　　——七十一年十一月六日《中副》

太空交通機

　　一九八一年美國發射太空梭，等於一次小小的「知識核爆」，電視、廣播、報紙、雜誌報導本世紀這一次人類大事，新穎的名詞術語猛然湧到，使人目不暇給。

　　有趣的一個名詞，便是這次升空的「哥倫比亞號」，是「太空車」(space vehicle) 呢？「太空船」(space ship) 呢？還是「太空機」(spacecraft)？中外文字都莫衷一是，以四月十三日《時代》第五十二頁的那篇報導來說，美國三位記者也都把這幾個稱呼交互使用，看起來目前還不可能定於一。

　　譯成「太空車」當然有來頭，這篇文中楊格就說過：「如果有一輛我們信得過的『車』，那就是這一輛了。」太空梭耗資九十九億美元，却兎擱了兩年半，有人挖苦它是「美國的太空爛車」(America's space lemon)，這也是玩車人的行話。

　　說它是「太空船」也有道理，文中稱「哥倫比亞號」為「船」，上面還有「貨艙」(cargo bay)，走的是「航程」(voyage)；兩位太空人都是海軍出身；以前的「阿波羅計畫」都有「登月小艇」，譯太空梭為「太空船」也是順理成章的事。

　　可是從諸多的名詞術語推敲起來，這次探索太空的乘具，譯為「太空機」比較更爲貼切些。楊格和克里朋雖然出身海軍，却都是「飛行員」(pilot)，他們駕駛的「哥倫比亞號」有「機翼」(wing)、有「降落架」(landing gear)、機身上有「發動機」(engine)、有「噴嘴」(nozzle)；這具「飛行機器」(flying machine)，回到「大氣層」(atmosphere)後，「進場」(approach)時要以「滑翔降落」(「死桿落地」deadstick landing)落在愛德華空軍基地上。從這些一連串飛行術語上看，「太空梭」本質上、外形上都是一種性能優異，能進入太空飛行的「飛機」(aircraft)，譯爲「車」、「船」，稍嫌牽強。

　　「哥倫比亞號」在記者筆下，又稱它是「軌道機」(orbiter)，它的正式名稱却是「太空運輸系」(Space Transportation System STS)。至如「梭」(shuttle)這個字兒，並非「象形」，而是「指事」。指這種乘具可以一用再用，在太空與地球間往往來來，擔任起運送人員、物資、器材的交通工作。因此，「太空梭」的翔實譯義，或許可以稱爲「太空交通機」了。

　　　　　　　　　　　　——七十年四月二十六日《中副》

地獄・中土

談《來自地心》書名的翻譯

　　國內有許多位女士先生，具備了做第一流翻譯家的條件，可是他們却吝於「投入」，談得多而做得少，只願在翻譯界作「壁上觀」，這對讀者來說，是一種莫大的損失。

　　老康便是其中的一位，但他却時時關心翻譯，論起翻譯來談笑風生，談言微中。這得力於他對兩種文字都有深厚的修養，又重視「傳播」，討論如何譯得「順口」，時有獨到的見解，所舉的例證都很使人折服。

　　記得近四年前，也就是六十八年二月二十一日，那天下午七點到九點，他曾在中華文化大樓作過兩小時的演說，題目是「舉例談翻譯」。他侃侃而道，深入而淺出，滿座為之動容，那是我所聽過有關翻譯非常精闢、非常精采的演說之一。

　　耶誕夜的先一天，他在《華副》上，又寫了一篇〈有趣的翻譯〉，首先便賣了一個關子，以引起讀者的注意，Translation as intercultural communication in action. 他問讀者：「這句話究竟怎樣翻譯才順口？」

　　老康成竹在胸，才會準備作「且待下回分解」。我預料他一

定會提出出人意料以外的譯法，而且很可能把 communication
創譯爲「氣氛」，這也是四年前他就有過的主張。

不過，他在這一則小小文字中，却在小處沒有留意。

首先，他把 intercultural 的 culture 簡譯成「化」，犯了中文
的大忌。中文雖以複詞廣用，有些複詞却是不能拆開來簡化的。
「昆蟲」可以簡化爲「蟲」，但「中國」却不能簡化爲「國」。
「文化」更不能簡譯成「化」。「化」可以解釋爲「變化」、「溶
化」、「消化」；又可以解釋爲「生」，如「百物皆化」；更可
以解釋爲「死」，如「羽化」、「坐化」；還可以解釋成「丐求」，
如「募化」、「化緣」。把 intercultural 譯成「化際」，不同於「國
際」international、「校際」intercollegiate 那些我們一看便懂的
字兒，一定會滋生誤解或者誤導；英漢字典中既有的「不同文化
間的」，甚至我們另譯「諸文化間的」雖嫌累贅，但不失原意，
我們也看得懂、說得清。「化際」便使人莫知所云了。

老康在這則小文最後一段又說：「最近有一部暢銷書《來自
地心》(*From the Center of The Earth*)，內容是『探索中國大
陸悲慘眞象』的。嚴格地說，這本書名應當譯成《來自十八層地
獄》。『地心』很容易誤導，而且與原義不合。」

老康的看法對了一半，「地心」的譯法的確會造成誤導，的
確「與原義不合」，却並不是指「十八層地獄」。從這一個淺顯
的譯名，看得出做翻譯工作的「步步驚魂」。我們並不敢像老康
那般笑口常開，認爲「翻譯太有趣」，而認爲是「太有刺」，稍
一不慎就鯁在嗓子裡，也就笑不出來了。

五月三十日出版的那一期《紐約時報書評》，首頁便刊載了
兩本報導中國大陸實況書籍的書評。第二本是包德甫的《苦海餘

生》（但是在原書封面上的四個中國字，却是《苦海余生》，這個「余」字既諧音「餘」，又表示了「我」，用得非常妙）。第一本是白禮博的這本書，當時已有《來自地心》的譯名出現了，我却自不疑處有疑，覺得譯成「地心」有問題，最重要的一點，便是可能沒有表達出白禮博所要傳達的原義。

從表面上看，The center of the earth 指地球這個「球體的中心」（gloubular center）；仔細思索，也可以解釋爲「水平面的中心」（horizontal center）。「The Earth」，不一定就譯「地球」，賽珍珠得諾貝爾文學獎的 The Good Earth，我國並沒有譯「好地球」而譯「大地」，便是一個很好的現成例證。

把英文譯爲中文的長期經驗中，使我知道西方許多漢學家，比起我們絕大多數中國人都更爲中國，除了治學方法與文字外，他們引據的思想，引用的經典，清一色都中國化得很。因此我判斷白禮博的 From The Center of The Earth，不是指現代人所知道的「地球」中心，而是我們中國老祖宗在「天圓地方」的觀念中，自以爲我國是「世界的中心」──中土。

因此，我譯了這篇書評，刊載在七十一年七月十一日的《中副》上，採用的譯名便是「我自中土來」。中文書名時常省略掉主詞，但我覺得此時此地介紹、迻譯這一本書，這個「我」字却非加不可。否則「來自中土」就會使人發生錯覺了。

當時，《來自地心》幾乎無人不知，很多朋友對我所取的譯名，反而覺得怪怪的難以接受。更有讀者寫信冷嘲熱諷，還有作者熱心爲文，向報社解釋「地球中心的意義」，而且肯定地說，西洋人寫作，常常引用文學典故，這個標題，顯然是拿但丁的《神曲》作比喻。文章中不但介紹了《神曲》的內容與篇章節款，

每一個名詞下都附註原文以示不妄。

「因此，」這位熱心的作者下了定論：「可知作者把中國大陸叫做地球的中心，就是比喻成地獄的最下層。」他又指出「黃譯《我自中土來》，不能表達作者的原意。」所以他提出獨到的譯法：「中國人受佛教影響深遠，也相信有罪的人死後進地獄，罪越重所進的地獄越深，最重的是第十八層地獄，如把標題意譯爲『我從第十八層地獄來』，或能符合作者的原意，且中國人也易理解而不困惑。」

中國現代有些知識分子，談起西洋文學來如數家珍，至於談中國典故，却以不知爲榮，面對着這位連「中土」都不知道的作者，眞是從何說起。但是我有一個信念，不論舉世滔滔，甚至連我的長官、同事、朋友都道是「來自地心」，我却依然執着於「我自中土來」，只爲的是要爭這口氣，不要讓外國人把國內的翻譯界看扁了。

然而，直到今天，甚至對翻譯素有研究的老康，也公然提倡：「嚴格地說，這本書名應當譯成『來自十八層地獄』。」這種對原作者的誤導與誤解，必須要加以澄清了。白禮博寫這本書，他原意指「自中土來」，而不是甚麼「來自地心」，這件事他已經還了我一個公道。

七十一年十月一日《中國時報》的第九版上，就報導過這一段消息：

「說得一口流利國語的白禮博，昨天拜會華視總經理吳寶華時表示：他對於國內將他的原著中譯本名稱，翻譯爲《來自地心》不甚妥當；《來自中土》當更能切合書名……」

因此，「地心」？「地獄」？「中土」？已經塵埃落定，這

本書譯名的是是非非，已經毋須再作討論了。

——七十二年一月十五日《華副》

《中國大陸的陰影》的譯名

我國翻譯西方文學作品，往往一本書有兩三種譯名並行而不悖，隨便掃掃便是一籮筐。像莎士比亞的《殉情記》與《羅密歐與朱麗葉》；雨果的《孤星淚》與《悲慘世界》；狄更司的《塊肉餘生錄》與《大衛高柏菲爾》；《二京記》與《雙城記》；普希金的《花心蝶夢錄》與《俄國情史斯密士瑪利傳》；大仲馬的《三劍客》與《俠隱記》；史托威夫人的《黑奴籲天錄》、《黑奴魂》、《湯姆叔叔的小木屋》；巴蕾的《彼得潘》、《潘彼得》與《小飛俠》；亞米契斯的《馨兒就學記》與《愛的教育》；梭羅的《湖濱散記》與《華騰湖畔》；費茲傑羅的《大亨小傳》與《偉大的蓋士比》；海明威的《日出》與《妾似朝陽又照君》；《老人與海》及《海上漁翁》；密契爾的《飄》與《亂世佳人》；馬克吐溫的《湯姆沙亞》與《湯姆歷險記》；《赫克芬頑童》與《頑童流浪記》；傑克倫敦《荒野的呼喚》與《野性的呼聲》；阿拉伯故事的《天方夜談》與《一千零一夜》……

這個書單還可以列下去，看得出一本書其所以有不同的譯名，多由於時代的變遷，次由於譯人的見地。例如，莫泊桑的成

名作 *Boule de suif*，黎烈文先生譯爲＜脂肪球＞，一直使我大惑不解；及至後來看到英譯本，把這個短篇小說譯爲 *Ball-of-Fat*，這才恍然大悟，現在如果由我來譯，便會譯成「肥肉團」了，中國人形容大胖子，不也有這種形容詞嗎？所以做翻譯譬如積薪，有些地方能後來居上，便由於經驗的累積，可以看得更透徹一些。

十一月三十日的＜晨鐘＞，刊載得有胡品清女士＜皮影戲中的一章＞。胡女士除開譯出那一「章」以外，在前面「書名之詮譯」與「結語」中，對既有的譯名《中國大陸的陰影》不無微詞。我是這本書的譯者之一，基於「平衡報導」的原則，也應該略就所知，把這本書中譯的梗概向讀者作一個交代。

胡文在結尾中說「也許我們不知道，在遙遠的比國，有我們一些朋友，大公無私地爲我們描畫大陸的眞面貌，就讓我把他介紹給我國的讀者……我不知道他的《皮影子戲》是否有過中譯本……」

從文中看來，胡女士歷年都在文大執教授徒，絃歌不綴，對於出版界的資訊似乎很少留意，其實，西蒙列斯其人其事，我國並不陌生。五年以前，中國筆會的彭歌先生，殷張蘭熙女士、殷允芃女士還到澳洲去訪問過他。而他所寫的《中國大陸的陰影》早在五年前，就已經有過兩種中譯本了。

拙譯的《中國大陸的陰影》，自始卽注明「節譯」，刊載在《中副》上，從六十六年九月二十五日起，連載到十一月三日止，整整四十天，當年十二月更由《中央日報》出版了單行本，迄今銷售不衰。另外一個譯本，則是由金開鑫先生迻譯的「小全譯本」——我說「小全」，因爲還是有少數地方沒有譯，例如第五章

＜官僚＞前，列斯引用了左傳昭公七年「人有十等」的一段——
由黎明文化公司在六十六年十一月出版，迄今也在銷售中。

　　至於胡女士所選譯的這一「章」，其實只是這本書第二章（拙
譯＜大陸行＞，金譯＜八千里路雲和月＞）中的一小「段」，拙
譯略去了歐威爾《一九八四年》這段文字，而金譯則保全。

　　西蒙列斯是比利時人，不只是漢學家，英文與法文的造詣也
是第一流，這從後來他在《新聞週刊》上寫專欄，《紐約時報》
上寫書評，就可以看得出來。他右手寫法文，左手寫英文，《中
國大陸的陰影》兩個版本都出自他親筆寫出，並沒有經過任何人
翻譯。中山北路的敦煌書店得到了列斯許可，發行了這兩種語文
的「臺灣版」，英文版上並沒有翻譯人的名字。因此，我們從英
文版迻釋全書，與胡女士從法文版譯一小段，都是「直接」，根
本沒有甚麼「雙重的失落」。

　　其次，從翻譯上說，把法文譯成英文，再由英文譯成中文，
其中固然可能會以訛傳訛，但也可能撥亂反正。例如我在前面所
舉的「脂肪球」與「肥肉團」，便是一個例子。如果「雙重失落」
說可以成立，那我們今天所閱讀的《聖經》，就可以稱之為「四
重失落」的譯本了。再就責任上來說，翻譯人只能對譯出的文字
負責，如果原文本來有了差錯，却不能妄加翻譯人以「雙重」的
罪名，否則就有失公平了。

　　胡文中說「我强調有些字是絕對不可譯的，像雙關語。」每
一種文化中，都有它的雙關語（pun），如果誠如胡文的主張「絕
對不可譯」，那就是把原文保留下來。這種作法，為專業翻譯人
所不敢取。因為譯文中夾原文，顯得不倫不類，是一件要極力避
免的事。看上去保留原文可以存眞，但也適足以彰翻譯人之短，

這不是把燙手的山芋，又拋給無辜的讀者大衆了嗎？

　　遇到這種情形，便是對翻譯人的一種考驗，務必全力「卯上」，想盡方法要把原文的雙重意義譯出。我記得有一次譯一句勸青年人的話，說與女孩子交往，不要把 together 當成了是 to-get-her。這種拆字格眞使我繞室以旋了好久，最後才想出來，譯成「不要把『相聚』當成了是『想據有』」。

　　十多年前，貝聿銘在波士頓設計了第一幢玻璃帷幕的大廈，落成以後，有些玻璃不耐用，弄成東破一塊，西缺一塊。《時代》上譏稱爲 The Pains Building, pains 與 panes 諧音，又該怎麼譯。苦思良久，才譯成「破離大廈」，取其和「玻璃大廈」同音而異義，差堪與原文比擬。

　　當然，像「東邊日出西邊雨，莫道無晴却有晴」，「晴」與「情」同音異義，的確不好譯，但却不宜「不可譯」。退而求其次的辦法，旣是「雙關」，無妨只譯它一義，總算已盡到最大的力量了。

　　西蒙列斯的*Chinese Shadows*，並不是直到如今，才有胡女士看出來還有影子戲的意義，拙譯第八頁，譯出作者法文版的序，使有如下一段可供襲按：

　　「……我只能描寫一些陰影……而實際上他們所寫的不過是毛共當局爲他們所導演的影子戲……」

　　從這一段序言中，西蒙列斯兼用「陰影」與「影子戲」的含義。如果他用 Chinese Shadow Play，那我們毫無選擇餘地，只有譯「影子戲」或「皮影戲」。但他却採用的是「*Chinese Shadows*」，語涉雙關，那就容得我們只取他的一義了。因此，拙譯與金譯都不約而同，取了《中國大陸的陰影》作書名。

胡女士在五年後的今天，譯本書爲《皮影子戲》，只是譯這句雙關語的另一「關」，與我們所譯的這一「關」遙遙相對。可是她却在文中指我們所譯是「意譯，而且太口號化，同時也失落了雙關語之意義。」

原文只有兩種譯法，像《哈姆雷特》是音譯，《王子復仇記》是意譯；在胡女士眼中，《中國大陸的陰影》是「意譯」，《皮影子戲》也並不是音譯吧？至於口號不口號，翻譯人沒有變更原文的權利，是甚麼就譯甚麼。像惠特曼詩中的「敲吧！敲吧！戰鼓！」「獻給你，呵民主！」「開荒人呵開荒人！」「哦！船長！我的船長！」「聽說我被控訴！」乃至法國文學作品中左拉的《我控訴！》這算不算是口號，應不應該譯出？

西蒙列斯這本「嚴格地批評今日大陸上的情況」的書，譯成《中國大陸的陰影》，達意傳神，毫不晦澀難解，增一字則太長，減一字則太短，容我「護犢子」，實在看不出甚麼字眼兒是口號！

胡女士也和西蒙列斯般，中、法、英三種語文的造詣很高，但《皮影子戲》中，却兩次把法文 ombres chinoises 寫成 ombne，我想，這個字兒也可能是手書與檢字的「雙重失落」吧。

————七十一年十二月廿九日《中央日報》〈晨鐘〉

磁人兒和中國人

英文中有一句 A Chinaman's chance，一般把它譯成「中國人的機會」，《韋氏大字典》的解釋是「勝算微乎其微」（The slightest or barest chance）。

這句話的來源，據喬志高先生在《美語新詮》上說：「相傳十九世紀中葉，美西加里福尼亞發現黃金，白人淘金所剩下來的渣滓，無人過問了，才輪到當地華工去拚命淘瀘。他們發財的機會是微乎其微的，差不多等於沒有，所以就叫做『支那人的機會』。這句話雖然不是存心侮辱華人，也足以反映出中國人在國際社會中一向被認為地位之落後。」（123頁）凡是中國人聽到這麼一句，看到高克毅先生這段闡釋，心裏總會疙裏疙瘩，很不受用。

實際上，a Chinaman's chance 這一句出自大西洋的另一岸，和中國人並扯不上邊兒。據 Lifetime Speaker's Encyclopedia 543 頁的記載：一八二幾年代中，倫敦《每周快報》的一位作家，提到當時的輕量級拳王湯姆史比靈（Tom Spring），認為他挨不起揍，在一場久戰的拳賽中，會像一個「磁人兒」（a china man/a porcelain man）般給打碎。這句話傳開了以後，以訛傳訛，c字改成大寫，就變成「中國人」了。

這句話既出於一八二幾年代，而加州開始移民是一八四一年，發現黃金是一八四八年，知所先後，我們就明白喬先生的說法固然有激起國人發憤為雄的作用，但在考據上却只是「想當然耳」。古人勉人讀書，要敢於懷疑，勤於求證：「字經三書，未可遽真也；言傳三口，未可遽信也。」知道了這句成語的本源和訛誤，我們今後聽到這麼一句，不會臉上掛不住，甚至對自己也可以幽上一默了。

喬先生在書中，把林語堂先生的話「Japan hasn't got a Chinaman's chance of winning this war.」譯成「日本沒有支那人的機會去取得這次戰爭的勝利。」倒不如口語化一些，譯成：「日本要打贏中國嗎？門都沒有。」

另外一句「He doesn't stand a Chinaman's chance of winning this election.」喬先生譯為：「算了吧，你（原譯如此）是沒有支那人的機會中選的。」倒不如譯得通俗一點：「他要當選嗎？八字還沒有一撇呢！」

這種重譯定會使人認為不夠忠實，但既然知道了 a chinaman's chance 是「機會渺茫」，為甚麼不可以用「門都沒有」、「八字還沒有一撇」這些同義的成語，而堅持「中國人的機會」，硬往自己臉上抹黑呢？

英文中形容一個人憨頭憨腦、笨手笨脚，賽張飛、活李逵一個，幹起活來做起事來準保砸鍋的這一號兒人 (blunderer, bungler)，有一句很鮮活的成語來形容，也和磁器 china 有關：「磁器店裏的蠻牛」（A bull in a china shop.），您閉上眼睛都可

以想像出店裏地動山搖稀里花拉的盛況，對這種活生生的成語，不能不擊節讚賞。邱吉爾更上層樓，盛讚美國採取「圍堵政策」的國務卿杜勒斯，也用上這句「磁器」的典故；他把杜卿的「敢作敢爲」說成是：「帶着自己磁器店的一條蠻牛。」(Foster Dulles is the only case I know of a bull who carried his china shop with him. Time 78-02-27-55) 要把這句譯得「中國」一點，似乎只有「愼謀能斷」差擬近之了。

　　　　　　　　　　　——六十七年三月十四日《中副》

萬物之奧

　　一年以來，我譯美國女作家談瑪莉 (Mary Tanenbaum) 的中國文化小品，在《華副》發表的已有八篇之多，每篇字數不過千許，却時常要耗去大量的時間。此中原因之一便是要把她所引用的我國經典勝語佳句，一一譯回中文。

　　她對道家最為傾心，不時引用老莊原句；《莊子》五十二篇，《老子》五千言，按理說縱不能按圖索驥，手到拈來，下下死工夫，仔細從頭看下去，也應該找得到。事實上却不這麼簡單，問題出在翻譯上；也就是西方人治漢學，觀點與方法和我們並不盡相同。

　　最近我譯「跨者不行」(The Longest Steps) 這篇，這一句的譯文是 He who takes the longest steps does not walk the fastest. 這也是老子一貫的主張：「只要退步柔伏，不與你爭……知其雄，守其雌，為天下谿；知其白，守其黑，為天下谷。所謂『谿』，所謂『谷』，只是低下處，讓你在高處，只要在卑下處，全不與你爭。」所以他認為「步伐跨得最長的人，走得不會最快。」勸人不能自是、自伐、自矜，認為這都是「餘食贅行」。

　　談女士這篇文中又提到《道德經》中，老子曾說過：Tao in the universe is like the southwest corner of the house. 這却把我考住了。因爲談「道」的五千言中，「道似一室西南角」還沒有見過。《莊子》〈知北遊〉篇裡，倒是有「道在稊稗，在瓦甓」，甚至「在屎溺」的宏論；可是在「老子」中，却似乎沒有這種說法；翻閱好幾遍，始終不得要領。迫不得已，只有「退步柔伏」了，寫信去問，「解鈴還須繫鈴人」，這才知道她確有所本；根據的是韋理 (Arthur Waley) 所著《道德經在中國思想中的地位》(The Way and Its Power:　A Study of The Tao Te Ching and Its Place in Chinese Thought, pp. 218, Grave Press Inc.)，這句便是第六十二章的首句：

　　「萬物之奧。」

　　《老子》注釋本，漢代以還達五百餘家，對這一句大都以「奧」爲「藏」。《河上公註》：「奧，藏也。」《王弼注》：「奧猶曖也，得庇蔭之解。」直到最近的商務版《老子今註今譯》，都解釋成「道是萬物的庇蔭」。

　　可是外國人研究中國的經典，都知道「經術之不明，由小學之不振」。所以他們對字義的看法很謹愼，甚至拘謹。韋理認爲「奧」是「房屋的西南角」，採後漢劉熙《釋名》一書中，對「釋宮室」所下的定義：「中央曰『中霤』；東北隅曰『宧』；東南隅曰『窔』；西北隅曰『屋漏』；西南隅曰『奧』，不見戶明，所在秘奧也。」所以他還在這一句加了一條脚註：「家庭祭祀的所在，家務聚集的中心地點。」(Where family worship was carried on; the pivotal point round which the household centered.) 不但他持有這種觀點，布勒克納 (R. B. Blakney) 譯

這一句，也是以「奧」爲「家庭神龕中的神」(Like the gods of the shrine in the home.)，却不了解中國「宮室」的西南角，猶「不見戶明，所在秘奧」，普通房屋更是光線最不夠，事物都隱秘而看不清楚的地方，隱喻「藏」的意思，所以他引伸成「道似一室西南角」，反而是我，眞沒有想到「奧」的原來意義上去。

被尊爲「英國一代翻譯大家的漢學宗師」的韋理，他在一九三四年出版這本書時，至少在解釋「奧」這個字兒上，英文語意含混而使後人有了誤解。《釋名》說得很清楚：「西南隅曰『奧』。」隅指屋角，可是西南角有兩處，一處是室內角落，這裏光線最差；另一處是室外的拐角，那裏却是陽光最充足的地方。所以他說的 the southwest corner of the house 使得談文中誤以爲「西南角——那就是說，充滿了太陽與光線的地方嗎？」(……'southwest'' —that is, filled with sun and light?)

「奧」由「不見戶明」而輾轉使人釋爲「充滿了太陽與光線」，竟與原義背道而馳，譯事之難，由此又得了一項實例。如果韋理愼重，四十四年前落筆時譯成 the southwest corner inside of the house，便不會發生這種誤解了。

——六十八年六月廿四日《華副》

譯異國知音

張秀亞女士《心寄何處》一書中，略略提到翻譯，吉光片羽，深得我心。在〈翻來譯去〉一文中，她指出「一個翻譯家不僅要知彼，並且還要知己。知彼，指的是了解原作，以及與之有關的傳統、時代、思想、氛圍、作者的想像、聯想……等等；知己，指的是對本國的文學，也有淵博的知識，不然會往往陷於可怕的錯誤，雖名家亦所不免。」她在文中舉出一位辭世的作家，花了好大力氣「譯」龐德的一首詩，却原來是龐德譯李白的〈送友人〉。於是「青山橫北郭，白水繞東城……」的絕唱，再譯回來就成爲「牆北青青的山，白河繞着城而流……」了。她不禁喟然：「青蓮地下有知，當作何感想？」

治譯，最頭大的事就是這種「翻來譯去」。譯莎翁，翻拜倫，人人都有機會展露翻譯的見解與才華，旁人少有話說。可是把中國文學的東西譯回來，眞個是十譯九中，未必稱奇；一譯不中，妍媸立見，譯錯了想找個地洞來鑽都沒有辦法。

舉一個最淺近的例子：Declaring my inner feelings, Fresh berry, 和 Fisherman's pride 這三句片語，看得清清楚楚，譯成

「宣佈我內在的感覺」、「新鮮漿果」、「漁人的自尊」，應該明明白白了吧，多麼忠實於原句！其實，它們譯的是詞牌「訴衷情」、「生查子」、和「漁家傲」。所以做翻譯的人，遇到引用我國固有的文學作品，總不免戰戰兢兢，因為千目所視，些微的舛誤都無所遁形於天地之間，稍一不慎，就坑在裡面了。

去年八月十日，我在《中副》譯了談瑪琍女士一篇＜歸釣獨悠悠＞，她在文中引用了黃庭堅一句詩：Fishing on the terrace, the shocking sound of water produces daytime sleep.十來字的譯文，就為了把這一句還原，就整整折騰了我一星期，上天入地找原詩出處。起先，我還很科學地定下搜索範圍。從英譯上看，似乎是五言兩句；就題目上說，屬於「漁」，應該找得到；偏覓無着後便擴大範圍，舉凡山谷有關山水、嚴子陵釣灘、舟行諸詩都一一找去，還是找不到；迫不得已，就只有杜撰譯為「把柄釣磯巔，灘聲入畫眠」了。特地在文後註明：「譯者腹笥素儉，山居藏書尤寡。黃庭堅詠＜漁父＞、《十八家詩鈔》中有七律三首；《古今圖書集成》＜漁部＞有＜鷓鴣天＞一闋，均無此句，因作者即將來華訪問，匆遽中此譯純出杜撰，唐突我家涪翁不少，尚懇隆延先生及師友有以正我。曼哈坦引句而蘭溪踟躕，山谷詩『愚智相懸三萬（十）里』，寫實也。」寫下這一段，一方面是打個圓場，另一方面真是希望有朋友賜告出處。《中副》主編王理璜女士還打趣我，說道：「黃先生，說不定你譯的比原作還要好呢。」其實，我心裡有底，敢這麼想嗎？這一句若不找出來，寢食難安，便把《黃山谷詩集註》從頭到尾一篇篇、一句句往下唸。這段期間，真使我讀了涪翁不少好詩、名句，像：「妙在和光同塵，事須鈎深入神，聽它下虎口着，我不為牛後

人。」「行要爭光日月，詩須皆可絃歌，着鞭莫落人後，百年風轉蓬科。」還找出一段疑案：一首＜謝人惠猫頭笋＞詩，《古今圖書集成》列爲東坡詩，却又在山谷集中出現，兩詩只差了「鞭」與「籩」不同，不知道究竟是誰所作？然而，我要找的依然「雲深不知處」。直到琦君女士在紐約間及引這一句的張隆延先生，解鈴還是繫鈴人，原來這一句出在＜題松風閣詩＞：「釣臺驚濤可晝眠」。獲得琦君信後，心裡才一塊石頭落了地；聊以自慰的是，七個字竟讓我譯對了三個嘛。但「灘聲」和「驚濤」可就差得太遠了。

　　最近也是譯談瑪珂的一篇，捅出了紕漏。四月六日，《華副》刊出那篇＜畫卽是詩＞，第三天便接到隱地的電話，告訴我「畫中有詩，詩中有畫」不是王維說的；我趕忙查書，連忙謝謝他的指示「完全正確」。

　　按照常情，譯人對於原文的出處正誤，不應該有甚麼責任。但事實上，我與作者有了一面之緣，近年來，魚雁往還，切磋琢磨得不少；何況以王維性情的恬淡，絕不會「推銷自己」，我一時疏忽沒有查證，更是愧對讀者與友人了。

　　鍾邦統先生在《王維的生卒年》中，還提到年代的考證，瑪珂原文中只有699～759，我做翻譯有個自我作故的想法，遇到西元年號，如果不妨礙行文，便儘可能把我國的朝代年號列出，使人一目了然。所以我就添上了「唐中宗嗣聖十六年至肅宗乾元二年」的解釋。

　　王維死年，瑪珂原文當有所本。據鍾先生的考證，有《舊唐書》與《新唐書》兩說，認爲「則新史之書爲優也」，大有見地。至於生年，鍾先生以爲應採「當權派」武后的年號聖曆二年。認

爲「嗣聖」這個年號「僅曇花一現，便消失在歷史的長廊」，這句話
却大有商榷餘地。武后雖然廢中宗爲盧陵王，「幽之」，但二十一
年之後卽帝位依然是他，這段期間，自可認爲是「嗣聖」年號的
繼續，就正朔的觀念上說，以嗣聖十六年訂爲王維生年，並沒有甚
麼不妥。再說，武后的周朝廿一年中，年號改了十八次，文明、
光宅、垂拱、永昌、載初、天授、如意、長壽、延載、證聖、天
册萬歲、萬歲登封、萬歲通天、神功、聖曆、久視、大足、長
安，讀這一段歷史，光是年號都令人頭昏眼花，足以想見武后得
國後心理上的不平衡；王維是唐人，自然以唐的年號爲恰當，何
必以周年。

　　譯談瑪琍的小品，雖然有這許許多多的艱難，我却以此爲
樂。張秀亞女士有一篇＜異國知音＞，雖然談德國的赫曼赫塞，
我覺得如易「他」爲「她」，也是這位自由中國友人的寫照：

　　「她說，她不僅寶愛中國的文學，以及中國的人文生活同精
神，而她更以之爲心靈的寄寓之所。她不認識中文，生平從未踐
履中土，而藉了一些學者的翻譯，看到了這東方古國莊嚴燦爛的
一面……

　　「以一個在迢遠的異域的作家，在時間上隔了二千五百年之
久，竟能對我國的文化了解、企慕如此之深，而若干年以來，身
在此山中的我們，往往忽略了我們寶貴的精神泉源而另外他求；
如今……聽到遠方傳來我們異國知音的言論，更不禁爲之欣然色
喜，那聲音聽來是如此的親切、優美，雖然微細，却是異常清
妙！」

　　希望今後還能聽到這位異國知音的清妙之音。

　　　　　　　　　　　　——六十七年六月十日《華副》

情到深處無怨尤

　　民國六十年，「西格爾旋風」吹襲臺灣，他那本《愛的故事》不但在美國暢銷，中文本的銷路似乎也同樣暢旺。以只有四五家書店的花蓮市來說，居然就有七種版本出售。一部小說而能在同一時間中，出現這麼多的譯本，真是一種少見的可喜現象；證明了社會上看書與買書的人很多，好書仍然非常受歡迎。

　　西格爾這本轟動太平洋兩岸的書，主題並不在闡明愛情是甚麼，而是用一句平易近人的語句，道出了愛情「不會」如何：

"Love means not ever having to say you're sorry."

　　這句話該怎麼譯才能譯得妥貼、傳神？是一個深饒興味的問題。我翻了翻手頭這幾種版本，參考了一下譯林諸君子的譯法。

　　黃驤先生譯：「愛情的意義是你永遠不必說你很抱歉。」（純文學出版社）

　　吳友詩先生譯：「愛情的意義是永遠不需要你說抱歉。」（仙人掌出版社）

　　陳慧玲先生譯：「愛情的意義是你永遠不必說你很抱歉。」（新世紀出版社）

陳雙鈞先生譯：「愛的意義是永遠不必說你很抱歉。」（正文書局）

鄭川先生譯：「愛情的意義是你永遠不需要你說抱歉。」（馬陵出版社）

黃有光先生譯：「愛是用不着說對不起的。」（新潮文庫）

六位先生的譯筆，小異而大同，都極忠實於原文，可說毫無瑕疵，要想超邁他們，談何容易？然而，我在七月號《拾穗》上，讀到佘小鶯先生另一種譯法，雖然只有寥寥七個字，但在表達這一句的涵義上說，堪稱絕妙好譯：

「情到深處無怨尤。」

佘譯的妙處，便是放棄了「信譯」的路子，而採用了中文讀者最熟悉、最容易領悟的七言句，使得這句看來渾然一氣呵成，了無斧鑿的痕跡。

其次，我國的詩人詞家，不乏有關愛的名句，但前輩古人，大都用「情」而不用「愛」。諸如「你儂我儂，忒煞情多。」「此情可待成追憶」「此情惟有落花知」都是。佘譯 love 爲「情」而避「愛」，便在求「用句」與「遣字」間的配合，達到了統一的和諧。

西格爾這句深含愛情哲理的話，相當於柳永詞中「衣帶漸寬終不悔，爲伊消得人憔悴。」這種「不悔」，是愛情中的無上境界，不是一般「傷情處，高城望斷，燈火已黃昏。」乃至「空持羅帶，回首恨依依。」把愛情與哀、怨、甚至恨交織在一起的人所能領會到的。佘譯中不惜以「情到深處」四個字來襯托這種境界，深深表達了作者所寫的愛，並不是一般泛泛的、庸淺的感情；而「無怨尤」三字，也委婉地表達了原作「爲了摯愛而永不

歉疚」的含義。

　　有人說過：「翻譯如女人，忠實的未見得漂亮，漂亮的未見得忠實。」這句俏皮話似乎一竹篙打盡了一船人，翻譯如女人，也有既忠實且漂亮的，不過都如空谷幽蘭，要看你如何去覓覓尋尋，七分追求，還要帶上三分造化，從佘譯的這一句，更證實了我的信念。

　　名譯當前，應該知難而退了。但我覺得譯事一如其他學問，惟有在彼此切磋琢磨中才有進境，如果要我譯這一句，只有另闢蹊徑採「意譯」的方式，譯得文一點該是「至情無悔」，譯得口語化一點，便是「真愛就會認了。」可是不論在傳神達意上，或者是美的感受上，卻都比不上佘譯這句楚楚動人、撼人心弦的：

　　「情到深處無怨尤。」

　　　　　　　　　　　　——六十年六月十七日《中副》

以誠建軍

　　在陳幸蕙小姐大作《軍校教師手記》的〈崇廉山莊〉一文中，提到「美國西點軍校的學生，若考試作弊，不論情節輕重，一律開除。」這是的的確確的事實。

　　美國西點陸軍官校，成立於一八○二年七月四日，剛開辦的前十五年中，只是紈袴子弟就讀的一所平凡學校，一直到了一八一七年，一八○八年班畢業的工兵科柴爾上校 (Col. Sylvanus Thayer) 於歐洲留學兩年後，返美出任校長，決心以普魯士人的紀律來訓練學生。他在任十六年，使西點官校脫胎換骨，不但成為第一流的軍事學校，也是第一流的理工學院。這所官校雖以「國家、職責、榮譽」為學生終生奉獻的目標。但學生在校期間，距報「國」盡「職」之途尚遠；受訓期中，只有先從「榮譽」做起。

　　柴爾校長為學生訂定了很簡短的「行榮譽」之道，十分簡單，易知易行，對作人作事應遵守的規矩，寫得明明白白，他的「榮譽守則」 (Honor Code) 是：

A cadet will not lie, cheat or steal.

　　我國一般譯為「官校學生不說謊，不欺騙，不偷竊。」但我認為在這裡把 cheat 譯成「欺騙」，語意含混而不夠明確，難道說謊不是欺騙嗎？

　　實際上，「榮譽守則」的「三不」，各有其特定範圍，分別指學生在說話、求學、與人際關係中，所必須具備的基本操守。因此，適當的譯法似應為：

　　「官校學生不說謊，不作弊，不偷竊。」

　　古往今來，舉世都以考試作為甄選人才、評定等第的一種辦法。考試而能作弊得逞，人世間不公平的事莫此為甚，會對社會與國家，造成莫大的損害。西點官校尤其重視，所以特別以「不作弊」作為學生求學考試時，必須遵守的鐵則，只要犯了這條，立刻開除，毫不徇情。

　　一九五一年那年，西點官校發生考試作弊案，涉及的學生達九十多人，其中卅七人是橄欖球校隊隊員，由於夾帶小抄，悉數開除。

　　一九六六年，又有四十二名學生因作弊開除。

　　嚴禁學生考試作弊，校方懸為天條，雷厲風行加以禁止，但是西點官校淘汰率高達百分之三十六，還是免不了有學生鋌而走險。要完全依賴校方與隊職官來巡察糾彈，實在力有所未逮；因此到了一九七二年，把「榮譽守則」修改，增加一條，成為「四不」：

　　「官校學生不說謊，不作弊，不偷竊，不容忍任何犯這種錯的人。」（A cadet will not lie, cheat, or steal, or tolerate those who do.)

　　最後的這一條，加重了學生的警覺與責任，獨善其身並不

夠，還要檢舉、清除學生團中有這樣過失的同學，達到嫉惡如仇，恥與為伍，才能保持團隊的精純，發揮精誠團結的力量。

因此，在一九七三年便有廿一名學生考試作弊，或者沆瀣一氣、寬容作弊（condoning cheating）而遭開除。

當然，崇尚自由、倡導個人主義的美國，尤其是一批甫離高中的十八歲男孩子，要他們檢舉同學的作弊並不自然，而必須由校方逐漸灌輸這種觀念。以西點陸軍官校來說，新生入伍後，對於「榮譽守則」，就有小廿五時的課程。

這種「榮譽守則」的遵行，不僅只是西點陸官一校而已。以海軍官校為例，一九七四年，便有七名學生因為「天文航海」考試中作弊開除；成立歷史遠較陸官、海官為晚的空軍官校，一九六五年開除了一百零九名作弊的學生（無獨有偶，其中便有橄欖球校隊隊員廿九人）；一九六七年，由於偷洩試題，開除四十六人；一九七二年，由於考試作弊以及知情不報的學生，開除了卅九人……

誠正是治平的基礎，這是放諸四海而皆準的道理。美國便以此來建軍，尤其注重官校學生的「四不」品格。但認定的標準，也不完全由校方及隊職官決定。自從一九一六年起，西點官校便由學生組織了一個「自覺委員會」（Vigilance Committee）來調查學生涉嫌作弊的事情；到後來為了制衡，另由校方隊職官十四人與學生十六人合組「榮譽委員會」（Honor Committee），以評定學生違反「榮譽守則」事件，而委員會主席由學生擔任。這名學生必須公平正直，而不必「品學兼優」；以一九七六年班來說，全年班八百卅五人，而擔任榮委會主席的安徒遜，畢業成績是第七五七名，但他在畢業典禮中所接受到的掌聲，遠比任何人

為多。

「榮譽委員會」處理得最多的倒不是作弊而是說謊，說謊認定的標準，不以大小而有區別。皮鞋沒有擦過而說擦過了，一經調查確定，這名學生的學業就此完結，沒有折扣好打。

為甚麼官校學生要有這麼嚴格的「四不」操守？最大的理由因為「兵者，國之大事」，出不得半點差錯；軍官如果謊報、虛報、捏造，便可能造成戰敗、軍覆、國滅的悲慘後果。西點官校教官常用這個例子告誡入伍生：一名連長以無線電通知一名排長撤出演習區，排長眼見排內士兵疲憊不堪，不能動彈，便要全排在區內休息，在無線電話中報告：「調動完畢」；連長認為這一排人已經撤出，砲兵展開實彈射擊，這一排人便統通被砲彈打死了。

因此，「榮譽守則」的目的，在使美國官校學生一個個「說話可靠，行事正直」。他們畢業後進入部隊，雖然只佔軍官團人數的一成，但是「西點陸官的影響，宛同一杯水中的一滴藍墨水，體積不大，却影響了整杯水。」麥克阿瑟終其一生，都以身為西點學生為榮，巴頓稱西點為「聖地」；泰勒稱西點：「有點兒像教會，它不屬於每一個人，僅僅屬於眞正賦有天命的人。」他們對於在校、以及終生奉行不渝的「榮譽守則」，都一致表示贊同。誠如一九七六年擔任西點校長的巴瑞所說：

「這是一種十分苛求的守則，但是戰場也是一處極其苛求的地方。」

複數的表達

英文與中文的相異處，複數的表達便是其中之一，值得譯人仔細推敲。有些人遇到譯複數名詞，不管三七二十一加上一個「們」字就算過去，弄得「們」字氾濫成災，似乎它已是「翻譯體」的特徵之一了。

一般人以爲，中文對名詞複數的表達似乎並不注重，試看下列這一句：

「賈母素日吃飯，皆有小丫鬟在旁邊拿着漱盂、麈尾、巾帕之物。」（《紅樓夢》第四十回）

拿着漱盂、麈尾、和巾帕等，顯然不是一個人，然而這裏的「小丫鬟」與單數同形，並沒有甚麼區別。又如：

「那走路的人走在這裏，遠遠就聞着這狗肉香的撲鼻。」（《濟公傳》第十五回）

「早起我就看見那螃蟹了，一斤只好稱兩個三個。」（《紅》卅九）

街上行人，當然不只一個；螃蟹論斤稱，也不會只有一隻，然而他們它們却沒有複數的形式。但我們却不能以這種例證說明

中文沒有複數的表達方式；相反的，中文表達複數的詞彙與方法非常豐富。

一、同位名詞

「那些不得志的奴僕，專能造言誹謗主人。」（《紅》九）

「惱的是那狐朋狗友，搬弄是非。」（《紅》十）

「敬的是忠臣孝子，救的是義僕節婦。」（《連環套》）

奴與僕，狐朋與狗友，以及忠臣孝子義僕節婦，詞雖異而義相近，兩兩並列，就表達了複數的形態。

二、疊　　詞

「人人都說你沒經過、沒見過的。」（《紅》四十）

「一個個兄弟下山去，不曾折了銳氣。」（《水滸傳》第四十六回）

「趁早兒一個個引頸受死，雪我姐家之仇。」（《西遊記》第卅五回）

「但見一個個文彩閃灼，好看異常」（《紅》廿六）

「又見有喬松四樹，一樹樹翠蓋蓬蓬。」（《西》卅六）

「一齣齣的泥人兒的戲。」（《紅》六六）

「就見一對對蝴蝶直奔後堂飛。」（《濟》十三）

「樁樁受辛勞，件件受熬煎。」（《逍遙津》）

「把幾間房幾畝地典給村裏的大戶，又把傢傢伙伙的折賣了。」（《兒女英雄傳》第七回）

「人人」指人的複數，「個個」也可指物，「樹樹」言其多而不必指數字；「齣」、「個」、「樁」、「件」原是單數，但

重複使用「一齣一齣」、「一個個」、「椿椿件件」就成了複數。
「傢伙」是單件，「傢傢伙伙」就成了多件了。懂得運用中文特
有的疊詞來做翻譯，有些難以譯得傳神的地方便可迎刃而解。

三、複數詞彙

中文用以表達複數的詞兒很多，最常見的便是「等」了。

「我等眾人來投大寨入夥，正沒半分功勞。」（《水》四八）

「某等因見君侯右臂損傷，恐臨敵致怒，衝突不便。」（《
三國演義》第七五回）

「此真可恥可惜之事，吾等寧死不辱。」（《三國演義》四
四）

「你等大呼小叫，全不像個修行的體段。」（《西》二）

「命爾等手打燈亮火把，直到大街之上。」（《盜宗卷》）

「汝等在此頑耍，待我去來。」（《西》三）

「這些閒雜人等，也到不了跟前。」（《兒》四）

「其餘事體，自有夥計老家人等措辦。」（《紅》四）

「眾工匠人等聽真，相爺有諭。」（《濟》十六）

另外一個常見的詞兒便是「眾」，不過它的使用法與「等」
迥異，「等」用在名詞後，而「眾」用在名詞前：

「眾人見他這般有趣，越發歡喜。」（《紅》三七）

「眾師兄請出個題目。」（《西》二）

「只因天氣炎熱，眾位千金都出來了。」（《紅》二九）

「眾軍亂上，剁成肉泥。」（《水》四九）

「見燈火輝煌，眾小廝們都在丹墀侍立。」（《紅》七）

「衆清客都起身笑道：『老世翁何必如此？』」（《紅》九）

「廟中衆僧皆起來喊，不好了，快救火。」（《濟》三）

「衆位好漢請了，我們正要趕路。」（《兒》十一）

「金鐘打罷玉鼓吹，衆文武三呼萬歲。」（《三上殿》）

「嘼一聲衆神靈細聽分明。」（《賢孝子》）

　　此外還有：

「列」——

「列公皆知聖賢之書。」（《逍遙津》）

「列位所爲何事，起得這早。」（《逍遙津》）

「列位攔路不放前行，却是爲何？」（《兒》十一）

「列位神差略慈悲慈悲。」（《紅》十七）

「諸」——

「不瞞諸師兄說，一則是師父傳授。」（《西》二）

「曹」——

「吾欲爾曹如聞父母之名。」（＜馬援誡諸子書＞）

「使君已死，我曹亦俱死耳。」（《後漢書》）

「輩」——

「師父傳與我輩，我輩要遠繼兒孫。」（《紅》卅六）

「渠輩今日所要求者。」（《嚴幾道年譜》）

「夥」——

「你這夥作死的毛團，不識你孫外公的手段。」（《西》卅五）

「只見法場西邊，一夥使槍棒賣藥的，也強挨將入來。」（《水》卅九）

「班」——

「祝朝奉親自率引着一班兒上門樓來看時。」（《水》四九）

「但見院裏一班逃學的孩子，正在那裏捉迷藏耍子。」（《兒》，首面）

「昆」——

《禮記》＜月令＞「昆蟲未蟄」。戴傳，昆者，衆也。

「簇」——

「遠遠的一簇人在那裏掘土。」（《紅》廿五）

「後面屋下，一簇人在那裏賭博。」（《水》四八）

「撥」——

「這撥毛神，老大無禮。」（《西》五）

「是山寨中第二撥軍馬到了。」（《水》四七）

「彪」——

「忽見山傍閃出一彪人馬，當住去路。」（《三國》七一）

「只見一彪軍馬從剌斜裏殺出來。」（《水》四七）

「一干」——

「一干風流孽鬼下世。」（《紅》一）

「嚇的賈赦賈政一干人不知何事。」（《紅》十六）

「一行」——

「當下都引一行人進莊裏來，再拽起吊橋，關上了莊門，孫立一行人安頓車仗人馬。」（《水》四九）

「那起」——

「那起壞人的嘴，太太還不知道呢？」（《紅》三四）

「也怨不得那起同窗人起了嫌疑之念」（《紅》九）

　　以上這些表達複數的中文詞彙，有些只宜於文言，不宜於現代；但是有三個字兒在白話中以表達中文的複數，却無往而不利。

　　最常見却也最爲譯人所疏忽的一個字便是「兒」，把它附着在名詞後，就形成了複數型態（A particle often attached to a noun in collective or plural sense.）像花兒、草兒、米兒、糖兒、魚兒、肉兒……**❶**。

　　「這園子除他們帶的花兒。」（《紅》五六）

　　「我餵雀兒的時候。」（《紅》二七）

　　「到了年下，都上城來買畫兒貼。」（《紅》四十）

　　「兒」字如指作單數，大致前面有「數字」：

　　「將個磁硯水壺兒打得粉碎。」（《紅》九）

　　「哥兒替奴才回一聲兒吧。」（《紅》十）

　　「只見一個骷髏兒立在裏面。」（《紅》十二）

　　因此，運用「兒」字來表達複數，使用時必須留心。

　　其次，可以用來表達「人」的複數形態，便是「的」字了，就像下列的例句：

　　「也有言語鈍拙的，也有舉止輕浮的，也有羞手羞脚的，也有不慣見人的，也有懼貴怯官的。」（《紅》十四）

　　「校尉的，亂棒打死！」（《逍遙津》）

　　「嘍囉的，打座！」（《連環套》）

　　「誦經的，放下經卷，跟我回西方去也。」（《西》一〇〇）

---

❶　《林語堂當代漢英詞典》一一六〇頁。

　　表達「人」複數的字兒中，使用得最廣泛、最久遠的，就還得數「們」了。不論是第幾人稱，上迄老爺小姐，下至小子丫鬟，都可以加「們」字以表多數。不過只有兩點宜注意：

　　第一人稱多數的表達，不把對話人包括在內該說「我們」；連對話人也都包括在內可以用「咱們」（偺們）。

　　「我們四首也算想絕了，再一首也不能了。」（《紅》三七）

　　「○們清水下雜麵，你吃我看。」（《紅》六五）

　　其次，「們」不能加於帶有鄙視意義成分的詞語後，像「強盜」、「小偸」、「漢奸」就是這種字眼②。

　　就字兒論，「們」在中文中表達「人」複數的意義，出現的頻率最高。像：

　　「俺們這裏人人都耽着三分驚險。」（《老殘遊記》第六回）

　　「姊姊又是高就現成之物，並非教吾們代爲施送。」（《鏡花緣》第八十四回）

　　「賈政回家早，正在書房中與相公淸客們說閒話兒。」（《紅》九）

　　「沒的小的們四五個人，都眼花了不成？」（《醒世姻緣》五一回）

　　「親友們來，憑他是誰，都回他說我不能接待。」（《兒》十五）

　　「宮女們與娘娘更衣者。」（《西施》）

　　「我也咐吩丫鬟們，在後花園操演。」（《得意緣》）

　　「今日這廝們廝殺，不可輕敵。」（《水》四九）

---

❷　黃宣範著《翻譯與語意之間》二四〇頁。

「徒弟們，你看這面前山勢崔巍，切須仔細。」（《西》八五）

「我兄弟們同死同生，吉凶相救。」（《水》六三）

「太太們又不是常來的，娘兒們多坐一會子去，纔有趣兒。」（《紅》八）

「只得蹭上前來，問：『太爺們納福！』」（《紅》六）

從以上的例例證證看來，中文對名詞複數的表達，要求並不嚴格，卽使不用複數，依然流暢明白。可是，白話文推行一甲子以來，譯人下筆都有了名詞單複數的顧慮，足見中文文法由散漫而趨於嚴謹，是一種可喜的進化；無妨豐富詞彙，博採多法，使譯文更趨於鮮活生動；免得讀者批評，說翻譯的文字左也「們」來右也「們」，不知道變化變化。

不過，「們」的本身無罪，它並不是歐化中文的產品，而是中文原有，用以表達「人」的複數用得最普通的一個字兒，套句現成的廣告詞兒：

「請安心使用！」

　　　　——原載六十八年三月一日《翻譯天地》十五期

```
********************************
*                              *
*      依 義 不 依 音          *
*                              *
********************************
```

慎用音譯

一

就中西文字加以分析，最早的一位當推南宋高宗時的「夾漈先生」鄭樵，他在《通志》的＜論華梵＞三篇中，把梵文和中文作了一番比較：

「梵書左旋，其勢向右；華書右旋，其勢向左。

梵以編絯成體；華以正錯成文。

梵則一字或貫數音；華則一音該一字。

梵以橫相綴；華以直相隨。

梵人別音，在音不在字；華人別字，在字不在音。

梵有無窮之音；華有無窮之字。

梵則音有妙義而字無文彩；華則字有變通而音無鎺銖。

梵人長於音，所得從聞入；華人長於文，所得從見入，故天下以識字人爲賢智，不識字人爲愚庸。

梵書甚簡，只數個屈曲耳，差別不多，亦不成文理，而有無窮之音也；華書制字極密，點畫極多，梵書比之，實相遼邈。」

他的觀察精闢獨到，八百年後的今天，依然可以適用。從事「譯字」工作的人，從「華人別字，在字不在音」上，可以省悟出一條必須服膺的重要原則：

「愼用音譯！」

二

兩種文化相互接觸，必然會發生激盪，「譯言」與「譯字」兩方面，便會產生大量的新語彙。中文在肆應這種衝擊上，最能表現出它的潛能和靭力來，頭等頭的辦法就是新字的創造。

據鄭樵的統計，華字在宋代爲兩萬四千二百三十五字，以六書分類，象形、指事、會意、轉注、假借的字數，一共才及十分之一，而「形聲」類爲二萬一千八百一十字，爲華字的百分之八九・九九。因此，歷代譯界先賢，自徐光啓、利馬寶、徐壽、傅蘭雅……以還，就以「形聲」的方法，增添了氫、氧、氮、氯、哩、吶、吋、嚩、鎂、鈷、鐳、鋱……許許多多新字。

第二種辦法便是採取「意譯」，這一方面以嚴復爲代表。當時「新理踵出，名目紛繁，索之中文，渺不可得，即有牽合，終嫌參差，譯者遇此，獨有自具衡量，即義定名……『物競天擇』、『儲能効實』諸名，皆由我始……」清末西學東漸，士大夫之流以音譯爲潮流，liberty 稱爲「里勃而特」；freedom 說成「伏利當」；justice 譯作「扎思直斯」。他對這種作踐本國文字的風氣，痛心疾首，却不能不說得委婉一點：「又惜吾國之譯者，大抵夐陋不文」，毅然決然開風氣、走難途，對名詞的迻譯專務意譯。所以他譯 physics 爲「格致」；politics 爲「致平」；sociology 爲「羣學」；nature of the social science 譯成「喩

術」；difficulties of the social science 譯作「知難」；intel-
lectual 譯爲「智該」；emotional 爲「情」；objective diffic-
ulties 爲「物蔽」。縱令這些譯名並沒有通行到現代，可是他敢
於逆潮流，撇開音譯的捷徑，超出於時代以前；人人都知道他
「一名之立，旬月踟蹰」的敬業精神，却很少有人知道譯壇這位先
知當時所受的心理壓力。所以，他說：「我罪我知，心存明哲」，
這種有擔當的氣魄，在譯學界樹立了千古不滅的楷模。

　　譯名的第三種途徑，便是音譯了。中文「一音該一字，一字
有一義」，大致上誰都知道，可是除開研究字學的人，對「華則
字有變通而音無錙銖」，並不有十分深的認識。一般字典也很少
把同音字排列在一起，像踏、沓、揭、楊、拓、禑、蹋、錫、
遏、達、撻、嗒、闥、躂、邋、噸、獺、漯……初試譯筆的人，
甚至學有專精的人，很可能疏忽華字音同而義異的特色，只求音
譯的便捷，甚且認爲「苟音譯之說，學者採之，一名既立，無論
學之領域，擴充至於何地，皆可永守勿更。」更是忘記了歷史的
教訓：音譯的變動不居，是它的後遺症之一。

三

　　名詞代代在邅變，而音譯成名變化更大，可能成爲音相符而
字相異，使得後代乃至同代的人了不相識，必須花費很大的時間
和努力去適應、去考究、去查證。

　　譯名與常名不同，它經由少數人「約定」乃至譯作人的「創
造」而成，再傳佈給大衆「俗成」。過了一段時候，往往另有新
見，認定以前的用字不妥而另約新名。因此，中文內的音譯譯名
最屬變動不寧，往往因時間而異，因地域而異，甚至因人而異。

以人名來說，一經「約定俗成」，似乎不該有什麼變化了吧？實際上，也難持久遠。《元史》中的伯顏不花，也作巴顏布哈；穆罕默德古譯「嗎喊叭德」；人種始祖母夏娃，我國古籍記載爲「阿襪」；哥德寫成「哥塞」；拿破崙爲「那波倫」；梁實秋先生譯《莎翁全集》，西撒一名，引起了紛紛議論，都爲凱撒作辯，其實我國以前的譯名是「貴撒爾」；舉一個最近的例子吧，我們眼睜睜看見寫《荒原》的艾略特變成了歐立德。

我們現在使用的地名，業已經過了許許多多變化。我很佩服上兩代的人，逕譯格陵蘭爲「青地」。歐洲的地名，古籍上的記載與目前的標準大異其「字」。多瑙河以前是「大乃河」；西班牙是「以西把尼亞」；法國是「拂郎察」、「佛狼機」；挪威是「諾勿惹亞」；丹麥是「大泥亞」；愛爾蘭是「諳厄利亞」。在東方，印度昔稱「天竺」、「天篤」、「身毒」；高棉以前是柬埔寨，而我國史頁上記載爲「甘孛智」、「激浦」。甚至維吾爾族都有另外四種名稱：「畏吾兒」、「畏兀兒」、「委兀兒」、「畏無兒」。

在器物上，只要一落音詮，就紛擾不已。漢代和番的王昭君，帶去的琵琶壞了，要番兒重造一具，造倒是造出來了，只是小了一點。昭君笑着說道：「渾不似嘛。」因此這種樂器不叫小琵琶了而叫「渾不似」，以後竟在記載上有了「和必斯」、「火不思」、「虎撥思」、「吳撥四」、「琥珀詞」五種名稱。西域的笳管，竟有「觱篥」、「篳篥」、「悲篥」、「悲栗」、「觱栗」五種不同的譯名(見六十五年元月廿八日朱秉義先生<中副小簡>)。無論任何宗教，都是「定於一尊」，經典上的名稱應該一致，然而遇到音譯也使人目爲之眩。佛教中的「須彌芥子」，就有須

彌婁、修迷樓、蘇迷樓三種譯法；地獄的音譯，也有泥犂、泥
黎；浮圖、浮屠、佛圖、佛陀、佛本是一義；摩睺羅、摩睺羅
伽、莫呼洛迦本是一神；桑門卽是沙門；涅槃就是泥洹；比丘尼
就是苾芻尼、苾芻；南無、南謨、南摩、那謨、曩謨、納莫、南
膜，只是一義……玄奘大師被國人尊爲譯界至尊，他的翻譯成就
前無古人，後無來者；可是他主張的「五不翻」，在佛教經典中留
下了大量的音譯譯名，後世竟有了多種寫法，這却不是他所預料得
到的情況。胡適先生稱讚孫吳時代的僧康會：「在建業翻譯《六
度集經》八卷，用太山獄、太山地獄、太山等等中國民間宗教慣
用的名詞，來翻譯梵文的『捺落迦』nataka 與『泥犂』niraya
……是佛教早期傳教士的『方便法門』，是值得我們宣揚研究
的。」從這一段，看得出胡先生對佛經「格義」譯法的贊同態度，
也就是對音譯持疑。

四

　　音譯的另一項缺點，便是阻礙了思想的溝通；換句話說，是
執着在「信」而忽略了「達」的功用。
　　佛教的《金剛般若波羅蜜經》，計有秦鳩摩羅什、魏菩提留
支、陳眞諦、唐玄奘、義淨等五種譯本。以沒有慧根的非佛門弟
子來說，要能誦讀明瞭，音譯譯名便是重重難關；像「阿耨多羅
三藐三菩提」，經中凡二十九見，翻閱字典還可以知道是「無上
正遍知」、「無上正遍道」、「無上正等正覺」解；可是經末的
「眞言」完全是梵音：「那謨薄伽，跋帝，鉢羅若，鉢羅蜜多
曳……」如果不得高僧碩儒的指點迷津，靠自修是絕難澈悟的了。
　　基督教的《聖經》，也保存得有希伯萊語的音譯句子，但却

巧妙地加以註釋，無礙於查經時的心領神會。像「馬太／瑪竇福音貳柒，四六」（西方的《聖經》，在中國有兩種版本，譯名並不盡同，更證明了中文音譯的難於一致）和「馬可／馬爾谷福音壹伍，三四」中，記載了耶穌臨死前的喊聲，譯成中文，就有四種不同的句子：

「以利，以利，拉馬撒巴各大尼？」

「厄里，厄里，肋馬撒巴黑塔尼？」

「以羅伊，以羅伊，拉馬撒巴各大尼？」

「厄羅依，厄羅依，肋馬撒巴黑塔尼？」

即使把這一句的原音保存下來，Eli, Eli, lema sabachthani? /Eloi, Eloi, lema sabachthani? 對中國人又能起甚麼感應？耶穌所喊的，便是「詩篇／聖詠集第廿二首」首句：「我的神，我的神，為甚麼離棄我？／我的天主，我的天主，你為甚麼捨棄了我？」（My God, My God, why hast thou forsaken me?）有了附加的意譯，讀者就領會出人子在十字架上撕心裂肺的悲愴來了，這是音譯萬難傳達得到的。

五

音譯還有一項副作用，那便是「誤導」（misleading）「俱樂部」（club）和「引得」（index），一向被國人認為譯得「音義雙絕」，但却經不起時間的考驗。最近幾年，時常討論世界危機的 Rome Club，要譯成「羅馬俱樂部」，一定會使報紙讀者以為是甚麼吃喝玩樂的機構，和科學扯不上邊兒，改成意譯的「羅馬學會」便自不同了。

Index 這個字，國內慣常用「索引」。至於哈佛燕京學社出

版的一系列「引得」，實質上是一種逐字逐詞，遠比「索引」詳盡百十倍的「索詞」（concardance），如果不加推敲，貿貿然引進「引得」這個音譯譯名，勢必又會引起界說上的混亂。

　　記得十年前，歌星張美倫小姐從羅馬歸來，一襲前未之見的俏短裙（mini skirt），轟動了臺北機場，新聞中把這種新裝譯成「迷你」，不久它就風行全省，男男女女都「迷」上了。當時只有楊子先生在《中副》寫了一篇＜從迷你談到譯名＞，對這種譯法期期以爲不可；果然不幸而言中，導致了其後幾年語文上不少的混亂。

　　「迷你裙」以後不久，「中裙」（midi）和「長裙」（maxi）跟進；時裝界推波助瀾，掀起了一陣「迷」熱。把 midi 譯成「迷的」、「迷廸」；maxi 譯成「迷西」、「密實」、「媚喜」，甚至「妹喜」。使得一些書刊望譯生義，硬把長及脚背的長裙稱爲「迷地」，而裙邊過膝的却是「迷膝」；追根究柢，還不是音譯惹的禍？

六

　　音譯是一種「必需之惡」，人名、地名、食品，有些的確非用它不可。新譯名詞，却務宜謹慎；譬喻說，火星的兩個衞星 Phobos 和 Deimos 不如藉字源譯成「畏懼」和「疑慮」。月球上的物質 Kreep，逕直譯它爲「鉀罕磷」。一九七八年是美國「小選」之年，stassenization 這個字兒又會出籠，抵制住音義合一「試探選情你最行」的誘惑吧。把它譯成「有選必競」，就符合原意了。

　　只有省悟出中文的優點和缺點，譯名的觀念才會從「音譯」

中突破；目前，音譯的譯名逐漸式微了，可是要做到完完全全的
淨化，可能還要兩代的努力。

　　——有感於 Chinglish 這個字兒所作，我想，它的意譯有一
個現成的詞兒可用：「半吊子」。

　　　　　　　　　　　　　　——六十七年一月廿四日《中副》

義 譯 與 音 譯

　　孫雄先生六十九年二月十二日在《中副》那篇＜也談傳思類
型＞上，對劉厚醇先生所主張的「音譯、意譯合一」，滋生了若
干疑惑。劉文刊載的日期是六十一年元月三、四兩日，距今已有
八年多，還有孫先生仔細加以析論，足見《中副》所載文字影響
力的深遠。

　　探討「傳思類型」的來龍去脈，宜看劉先生所著《中英語文
的比較》（中國語文月刊社，六三年五月出版）；在那本一百七
十頁、近十四萬字的書中，劉先生深入淺出的筆觸，就「一般語
文教科書裏不常有的題材」，把中英語文作了一番比較，博引旁
徵，資料豐富，從「聽、說、寫、讀」談到「六畜成語」，眞個
「衆生種種、五光十色」，讀來趣味盎然，是治譯人士宜備的
一本參考書。五年前我在《書評書目》二十五期＜多少工夫織得
成？＞一文中，便讚揚過這本書「淵博」。

　　淵博是翻譯的基礎，雙語比較是翻譯的技巧，只是劉先生專
治經濟，「並非職業的翻譯人」，只因「一時興起」，引用一些
獨立的例證，爲翻譯人倡導「集意譯與音譯爲一身」，前後一共

寫了四篇。平心而論，他對這個嚴肅的話題「失之於詼諧」，是《中英語文的比較》一書中，說服力較弱的部份。

劉先生寫這幾篇談翻譯的文章，原為了要批評「硬要將『音譯』來冒充翻譯」的方法，只是以夷制夷，總非上策，由「傳思類型」消滅「撞死雷神」，還不都是同根生？何況兩者間的界限根本就是剃刀邊緣。

中英兩種語文浩於烟海，當然也有些音義巧合。像「笨夠了」(bungling)，「嚼」(chew)，「強迫」(compel)，「硬迫」(impel)，「悶糊糊的」(muffled)，「默爾」(mum)，「綁腿」(puttee)，「補救」(patch up)，「理性」(reason)，「弄得」(render)，「惜福」(save)，「色」(sex)，「屎蜣螂」(scarab)，「璽」(seal)，「壯」(strong)，「打獵——呵」(tally-ho)，「吐露」(tell)，「嘀咕」(tick)，「拖」(tug)，富於(full)……不過這類詞兒可遇，但不可求，如果立意在譯名上「集音義於一身」，附會在所難免，反而治絲益棼了。

中文裏外來語最多的部份，倒不是近代西風東漸時人所詬病的「歐化」(Europeanization)，而是自漢以後佛法東來的「梵化」(Sanskritization)。佛經翻譯兼有「義譯」與「音譯」，經過近兩千年的過濾，便分得出這兩種譯法的孰優孰劣了。據梁任公的統計，佛典為中國語文增加了三萬五千個辭語；而「綴語華而別賦新義」的義譯，已經與中文凝為一體。以成語來說，很多便出自佛經：

像「前因後果」(《毘婆沙論》)

聚沙成塔(《法華經方便品》)

講古論今(《金剛心論》)

萬刼不復（《宗門講錄》）

不可思議（《金剛經》）

魚目混珠（《玉清經》）

薪盡火傳（《華嚴經序品》）

天理昭彰（《涅槃經》）

隨機應變（《佛典》）

苦中作樂（《大寶積經》）

指腹爲婚（《毘奈耶雜事卅一》）

憂心如焚（《金光明經》）

想入非非（《佛典》）

事與願違（《仁王經》）

一德一心（《佛典》）

有願必成（《成唯識論》）……

連股票市場上用得耳熟能詳的「買空賣空」，玩「票」的人有幾個會去想這句成語出自《靈迦錄》呢？

　　而一千三百年前，後世崇爲翻譯大師的玄奘，在譯經時首倡「五不翻」的理論，肯定了音譯的地位，力求使佛經大量的梵語，得以在中文裏「原音重現」。玄奘基於對佛法的尊敬，而採取「存梵音而變熟語」的音譯，以爲可以「曲暢玄文，發露眞理」；殊不知世人對這些「借音詞」的認識，會隨着時代而遞減，有時甚至連原音也都喪失無餘。

　　以「南無阿彌陀佛」爲例，這是三尺童子都熟識的一句。而我在十年以前，看到《荒鷲武士》(*Samurai!*) 這本戰爭小說時，其中有一段說到二次大戰期間日軍戰鬥機飛行員在南太平洋的一個基地上，豎起白幡，大書「南無鬥戰勝佛」（齊天大聖孫悟空）；

原文加以解釋：「南無」便是 I worship。看到後方始恍然，不禁面紅耳熱，自慚淺學，被「南無」兩個字兒竟瞞了三四十年。只是心裏奇怪： 中國人而看不懂這麼淺顯中國字兒的意義， 要到見了英文才豁然貫通，這要怪翻譯的高僧呢？還是要怪沒有佛學認識的凡夫俗子？譯成「歸命」、「歸禮」、「敬禮」、「度我」，就曲解原意了麼？目前大法東行，高僧大德正在把佛經譯成英文，這句「南無阿彌陀佛」是譯成音無乖異的 Namo Amitabhah 呢？還是譯成道覺斯民的 I worship Amitabhah 呢？我相信會是後者。不能再蹈中譯過去的覆轍了。

由於中文音同的字兒很多，這兩個字兒也有「南謨」、「南摩」、「那謨」、「曩謨」、「納莫」、「南膜」幾種不同的譯法，可是流行的偏偏是「南無」，所以讀音要以保存了中原古音的閩南話才算正確。就在今年三月十九日，我應朋友的邀請，為圓通學苑住持比丘尼釋天乙的入寂上供照幾張相；中午移靈到火葬場茶毘（火化）時，浩浩蕩蕩的車隊由潮州街到辛亥路，幾輛客車中的僧、尼、優婆塞（男居士）、優婆夷（女居士），沿途齊宣佛號。 出乎我意料以外， 竟不分省籍都唸「南無」而不是「南摩」；證明時日既久，音譯要保存原音也不可能的了。

「歐化」初期，也形成了大量的音譯詞兒，風靡一時，然而旋起旋滅，每出一個音譯詞兒，不久就會有一個義譯詞兒取而代之。本世紀初，義譯與音譯還發生過論戰。主張義譯的容挺公理直氣壯， 認為「其為中土所無者， 則從音……非萬不獲已， 必不願音譯。」擁護音譯的章行嚴招架不住， 先否認了自己說過「譯事以取音為最切。」却又說「是果何如直取西名之永保尊嚴者

乎?」依然脫離不了玄奘「尊重故」的窠臼，其實，凡是對中國文字涉獵較深的人，都知道中文是標義的文字，標音易變，久久會形成失眞、失義、乃至失傳。所以到後來他也豎起白旗，說「足下所擬譯例，就義譯一方，用意極爲周到；愚請謹誌，相與同遵。」也虧得有此一辯，我們這一代才沒有受到百里璽天德 (president)、狄格推多 (dictator)、愛耐而幾 (energy)、亞更 (organ)、披雅娜 (piano)、題非尼荀 (definition)、非羅沙非 (philosophy)、愛康諾米(economy)、梭威稜帖(sovereignty)、立白的 (liberty)、勿黎達姆 (freedom) ……這些音譯詞兒的罪。

中文引用外來語頗多，而我們不大覺得有「非我族類」感的，便是「和化」（Japanization）譯名。日本與我國爲近鄰，在文化交流上可算是一種「反哺」（feedback）；對他們所採用的義譯，我們幾幾乎全盤接受作橫的移植。革命一詞便取自日譯，其他如哲學、經濟學、番號、諸元、進出、兵站、副官、戰役、縱隊、動員、參謀本部、守備、總監、俘虜、游擊戰、權利、資本、條件、意識、靈魂、原始、基本想像……甚至連「馬鈴薯」也是日文。這些譯名我們用得水乳交融，渾然不察出處，絲毫沒有扞格感。

歷來治譯，都有一種想法，認爲把外文譯成中文，不論音譯、義譯，傳達功能上無分軒輊。而我們基於歷史上的經驗，知道中文之所以成其大，便是能對外來語兼容並蓄，但是却排斥外來音。任何音譯詞兒不改「音」歸「義」，時日旣久，便被人遺忘、遺棄，湮沒在故紙堆裏。也可以認定，除開部份專有名詞，以及「我所無」的部份普通名詞外，只有義譯是正譯，也是良譯，

定義精確而不致發生誤解與誤導，不易受時空的影響；翻譯人必須揚棄先音譯後義譯的觀念，遇到新名詞，開頭就力求義譯，不作音譯的打算。而音譯，不論是音義合一，或者純取外音，都只是臨時的、過渡的、不得已而求其次的譯法，是一種劣譯；換句話說，也是一種不純正的中文。由音譯而改爲義譯，是中文必然的、健康的趨向；但不時也會發生有人故意把義譯改成音譯，那只屬於一種廻流，時間久了，自會受到淘汰。

——六十九年五月八日《中副》

從「坦克」說起

自從中美斷交以後，這項外交上的衝擊掀起了國民愛國的熱潮，兩年來捐款建機建艦蔚成風尚，形成了一股洪流；民國七十年發動捐獻「坦克大隊」基金的運動，正如火如荼般展開。只是這個愛國運動的名稱，却值得商榷。

「坦克」這個詞兒，為英文 tank 的音譯，語源出自印度，意思是指「一潭水」 (a pool of water)，轉指儲水的「水塘」 (a small lake: pond, pool) 後來更泛指由人工製造，用以容納、運輸、儲存液體的大型容槽，如水槽、油槽，船內的水艙、油艙，飛機的內油箱、外油箱都是，油輪也稱 tanker。

到了第一次世界大戰，這個詞兒用以指一種「全履帶的密封裝甲車輛，通常配備槍砲，有優良的越野能力、裝甲保護力、火力，以及造成敵方心理的震撼力。」英國最先製造這種新型武器，當時為了保密，稱這種車輛的車身是 "tank"。我國最先對這種車輛也無以名之，便取音譯為「坦克」，後來更音義並用，稱為「坦克車」——在英文中，也的確有 tank car 這個詞兒，只不過却是指鐵路上運送油料的「油罐車」或者「（天然）氣罐

車」——但是四十年前,在國軍軍語中卽已正名爲「戰車」,至今並沒有作廢;此外,國軍正規部隊,尤其裝甲部隊,目前也沒有「大隊」的編制;所以「坦克大隊」似宜正名爲「自強戰車營」方稱允當。

就「自強」來說,最最重要的還是民族精神的自強,有本國堂堂正正的名稱不用,還沉湎在半個世紀以前採用的外國音裏,未免與「自強」精神相違背。以文字論,中文是世界上唯一標義的文字,除極少數必須接受原音外,做一個現代自脅自立的中國人,翻譯文字應當儘可能採取義譯,才是自重自強的先決條件之一。

從翻譯上說,名詞翻譯的第一條原則便是「依主不依客」,用最通俗的話來說明便是「說行話」;翻譯把外文變成中文,這只是一種過程,目的却是要讀者能夠接受,尤其是那一行的讀者。「行家一開口,便知有沒有。」運用恰當的名詞術語,使所需要的聽衆讀者許爲「在行」而不發生排拒感,是做翻譯的人必須終生服膺的一個原則。

文人論兵常常違反了這條規律,冠蓋雲集的酒會中,筆掃千軍、豪氣干雲的學者常向煌煌將星把酒縱論用兵形勢,口口聲聲「坦克」「來福槍」………如何如何,將軍舉杯盛讚:「先生所見極是!」肚子裏却在說:「老百姓!」人際關係中,常常因爲這種說了「外行話」而不投機;翻譯譯出了「非我族類」的字句,而受到行家的拒斥,儘管在情理之中,但說服力就無形中減少甚至減消掉了。

或許有人說,這是一個民間發起的運動,用「坦克大隊」更能表現出「鄉土」味兒呀。說這種話的人,更是忽略了現代戰爭

的特質，　今天在臺灣的一千七百萬人同舟一命，「退此一步，
即無死所」，　軍即是民，　民即是軍；　我們的兵役制度比不上以
色列，　也比得上瑞士，　二十歲以上男人沒有當過兵，　幾幾乎乎
「未之有也」，這是我們在臺灣臥薪嘗膽三十年生聚教訓的成果之
一；　一旦動員召集，　可以舉國皆兵，　也是我們復國建國的硬底
子、眞本錢。整體上看還能分甚麼軍民？這麼一個簡簡單單的名
稱，怎麼能「在營」稱戰車，「在家」稱坦克，一分爲二，各有
各的說法？這年雙十國慶，有建國七十週年的閱兵大典，山搖地
動的裝甲雄師，浩浩蕩蕩在閱兵臺前馳過，我們稱它是「自強戰
車營」呢？還是「坦克大隊」？連一個名詞，一個軍語，都不能齊
一、不能溝通，看似一件名詞上的小事，但是見微知著，這却是
生活條件脱離戰鬥條件的一個例子。

　　七十年四月二十七日，　姜龍昭兄在《中副》上寫了一篇＜
「第一」代替「掛帥」＞，談到中共慣用的新名詞，「也漂洋過海
在此地猖獗起來」。這點我深深有同感，這種「語文統戰」的蔓
延，何止甚麼「我蓋屋，你放心」、「業務掛帥」、「抓緊路線」、
「挑燈夜戰」………這一套，連好好兒的「公尺」都不用，却用
上了《鏡花緣》中林之洋的清腸稻──「米」；身爲中華民國的
教師，不以奉中華民國的紀元爲榮，反而對着學生繞着彎兒說甚
麼「多少年代的第幾年」………而「坦克」這個詞兒更是中共的
軍語！這種小地方，並不見得人人都可以察覺得到，用來或係無
心，聽起來却令人驚心，發起一個蔚爲全民愛國的運動，在命名
上却務必要有涇渭分明的敵情觀念吧。

　　世人盛讚我國三十年來經濟上的成就，却從沒有人提到國民
對軍事心態上逐漸丕變：我國自宋代以後重文輕武，士不言兵，

民間更是流傳：「好鐵不打釘，好男不當兵」的俗諺。而今，不
止兵役制度普遍推行，而且坊間有關軍事的圖片書籍也極盛行，
像彩色的《戰翼》、《戰車》………這些專集銷路都很暢旺；民
間這種對軍事方面的興趣，還不只限於青少年，就我所知，學人
中馬幼垣先生對中國海軍史的研究，畫家林惺嶽先生對德國名將
及歐戰的研究，都已卓然成家；而王惟先生以攝影博學會士與大
學系主任之身，却對拿破崙及滑鐵盧戰役有獨到的研究，蒐集中
外資料之豐，可以成立一間小小圖書館………這是國民重武自漢
唐而後僅有的好現象。如果政府能因勢利導，對這種趨向加以指
導獎助，便會使我國的「國防社會教育」這一環更加充實了。

　　由於「坦克」這個並不恰當的譯名，竟能廣事流傳，我覺得
應該有一本好的軍語字典問世。做翻譯工作，常常遇到「天文律
曆、地理藝文、譜牒世系，典章沿革」，這些問題都是「專門絕
學，非一人所能精」；所以譯人手頭必備的工具書，至少要有下
列十種詞典：

　　　　聖經　　莎劇
　　　　人名　　地名
　　　　動物　　植物
　　　　醫藥　　運動
　　　　法律　　軍事

　　當然，工具不厭其多，但初步有這十種，已經勉可應付譯事
上的需要了。目前前面九種詞典與參考用書，坊間大致都有了，
唯有好的軍語字典却付闕如。

　　五十三年六月，國防部出版過一套《美華軍語詞典》，陸海
空勤各成體系（容我這個專事翻譯人推薦，以「空軍之部」為最

好）。只是這一套十册（含「飛彈及太空飛行之部」）過於龐大，不便携帶；尤其它是「公用圖書，列入交代」，對外概不發售。而民間對軍事又確有興趣，一些不合格的軍語字典也就在市場出現。偶然翻到一册，眞個是「開頭便錯」，第一個字兒 AAA (antiaircraft artillery) 居然譯成「對空砲兵」，其餘便可想而知了，如果這種魚目混珠的工具書都能大行其道，又怎麼能說一般英漢字典把 tank 譯成「坦克」不是呢？

　　我們急切希望有心人能當仁不讓，毅然決然挑起這個重擔，向社會提供一部權威、統一的軍語字典來。

——七十年六月廿日《華副》

奶昔與雪克

在一家家雨後春筍的速食店和咖啡館中，有種乳白、莓紅、淡黃各色的奶製品出售。它比牛奶稠，不能倒進嘴裏喝，比起冰淇淋又稀軟得多，可以用吸管吸，味道十分香醇甜美。事實上，這種奶品便是鮮奶與冰淇淋的「攪和」，英文原名便是「調奶」(milkshake)。而臺北市竟有兩種截然不同的名稱，相距不到一百公尺遠的兩家大店，一家稱為「奶昔」；一家稱為「雪克」。看似風馬牛不相及，其實是同一種東西。

美食是精緻文化之一，不但表現在用料調味烹調製作器皿盛置的過程，也貴乎有一個相宜的名稱，使人發生美好的聯想，增添品嚐的情趣；翻開中西菜單食譜，便可證明這一點。現代人口福不淺，引進了這麼可口的一種奶製品，却配上這麼俗惡不堪、不登大雅之堂的名稱，真是倒人胃口。不過，一年之內竟能有兩種名稱並行不悖，足證它上市不久，並沒有深入人心，還來得及替它物色一個體面的好名稱，使它在中國語文中安身立命。

我認為就這種奶品的英文原義，應當正名為「調奶」，就它的形狀可取名為「稠奶」，或者創造一個「奶漿」，反正不離原

文的 milk。我們也可以用美好動聽的名稱，例如「雪漿」、「冰液」、「瓊漿」作招牌、廣招徠，都未嘗不可，中國人一看便知道。這又不是甚麼專有名詞，何必用「昔」？何苦用「克」來凌虐自己的同胞，造成文字上不必要的污染。這麼個普普通通的名稱都譯不出來，而要借重原音，難道中國的翻譯人都不見了？

或許有人認為，「奶昔」這個名稱，香港沿用已久，並沒有發生溝通上的問題，香港能，我們為何不能？香港有許多長處，值得我們虛心學習，只是在那裏的同胞，近百年來在異族政府的長期統治下，並不重視中文。華洋雜處中，為了便利而採用了很多音譯的字彙，如波（球）、波士（老闆）、士的（牛排）、的士（計程車）、巴士（公車、客車）、士多（商店）、士擔（郵票）、士啤（備份）、燕梳（保險）、卡士（角色）、T恤（運動衫）……這許許多多現炒現賣的「原音重現」，徒然在中文內自樹藩籬。儘管它在當地可以大行其道，但我們是我們，造句譯文，取法乎上，又何必回過頭來學這種蒼白貧血的語彙呢？

百多年前，我國與外來文化接觸伊始，也都一度從音譯學英文，可說盛極一時，下里巴人都能琅琅上口，有歌為證：

來是「康姆」去是「谷」，
廿四銅鈿「吞的福」，
是叫「也司」勿叫「拿」，
如此如此「沙鹹魚沙」，
真崭實貨「佛立谷」，
靴叫「蒲脫」鞋叫「靴」，
洋行買辦「江擺渡」，
小火輪叫「司汀巴」，

「翹梯翹梯」清吃茶，

「雪堂雪堂」請儂坐，

烘山芋叫「撲鐵禿」，

東洋車子「九力克靴」，

打屁股叫「班蒲曲」，

混帳王八「蛋風爐」，

「那摩溫」先生是阿大，

跑街先生「殺老夫」，

「麥克麥克」鈔票多，

「畢的生司」當票多，

紅頭阿三「開潑度」，

自家兄弟「勃拉茶」，

爺要「發茶」娘「賣茶」，

丈人阿伯「發音落」。

那時，不但引車賣漿者流，羣起以學些洋涇濱英語爲謀生之需，知識分子更是把許許多多英語，囫圇吞棗連同原音收用下來，在中文內留下了好多爛攤子——不必要的音譯——到今天依然收拾不完。有些人涇渭不分，動不動舉英文、日文爲例，說它們收錄了很多的外來語，它們能，爲甚麼中文不能？英文是標音的文字，中文則是標義的文字，兩者基本上就有差異。只要是譯義，中文可以大量吸收，溝通上毫無窒礙；譯音則僅僅限於「此間無」的部分。卽令原先爲我所無的事物，博大精深的中文依然可以用義譯譯得十分妥貼。例如民國十幾年代中的「白脫」、「哀的美敦」與「水門汀」，到後來終於譯成「奶油」、「最後通牒」與「水泥」，便是一例；只是經過先音譯再義譯的一折騰，

我們在溝通與時間上所付出的代價太大了。

　　至於日文則是世界文字中最具有彈性的一種，既有標義的
「眞名」，還有標音的「假名」，要接收外來語，兼有中文與英
文的長處。中文要學得像日文，必須把我們的注音符號，編成
「正」「草」兩體，仿效日文的「片假名」與「平假名」，納入
常用的國字體系內，那也就像日文一樣，在外來語的引入工作上
無往不利了。只是這種方式行得通嗎？

　　何況，日文現在外來語之多，多達一萬一千多個詞兒，已經
到了氾濫成災的地步，「外來語辭典」年年增編，都還容納不下
日新月異的名詞；要閱讀報刊，只有藉助這種辭典才能了解，等
於國內有國，文字內有文字，學日文的都能深切體驗到這種困
擾。既然外來語辭典中能用「眞名」的漢字來解釋，爲什麼不一
開始就用漢字，省卻這種兩道手續呢？這當然是日文的問題，也
正是我們不必重蹈的覆轍。

　　英文與日文中的外來語，最低限度還表現了一種泱泱大度，
對世界各種文字兼容並蓄，並不偏頗；而我國近代的外來語，却
絕大部分都是英文，幾乎成爲英文的尾閭了，英文中平平常常的
字，都有人音譯，這豈是堂堂正正有「天下一家」思想的中文應
有的迎拒態度？中國文字該清理清理了，中國知識分子也該清醒
清醒了。

　　法文也是標音的文字，但對外來語的介入，視等國家大事，
每年要由國家研究院的院士會議討論通過，才能在法文中「正式」
使用，態度何等愼重！維護本國文字的純正，促進溝通的功能，
又有甚麼不好？法國能，我們爲甚麼不能？

　　以前我對音譯的氾濫以「侵入」來形容，跡近推卸翻譯人的

責任，因為外國語文本來就存在；而是把守文字第一線的翻譯人，有些定力不夠，一見新的外文字彙，就亂了方寸，自獻降表的結果，「一片降旗出石頭」，外語的音譯詞兒，能不浩浩蕩蕩湧進中文的領域中來嗎？這些人始譯之時，莫不振振有詞，認為中文何嘗有這種詞彙。舉例來說，最近有人一口認定 bus 只宜譯「巴士」！「信不信由你，電腦中現在也有『巴士』了。」在電腦術語中，把 bus 譯為「公車」，固屬是笑話，但譯成「巴士」，就能傳達出原意來嗎？據七十二年二月教育部頒發的「電子計算機名詞」，bus 在電腦中的正確譯名是「滙流排」。足證倡譯「電腦巴士」的那位先生，只圖音譯便捷，為自己的偷懶卸責，卻忽略了只有義譯才能發揮傳神達意的功能。

倡導音譯之士，還有些患了中文自卑症，有種似是而非的觀念，認為要藉這一種方式，教育中國讀者以適應多元文化的世界。「杯葛」一詞在中文中冒了出來，便是這種心態的產品；要破這種觀念非常容易，你問持這種說法的翻譯家，「杯葛」的確是其來有自的典故，然而英文中這麼使用，但並不構成我們生吞活剝，一定要中文讀者也接受這種典故的理由。試問，中文中的「何以解憂，惟有杜康」，你能把中文的「酒」譯成 Duhkang，去教育英文讀者，訓練他們懂中國的典故嗎？

如果他回答說：「不能。」那你也可以告訴他：「我也只能接受『抵制』，而不接受『杯葛』；談翻譯，中英文立足點地位平等，既不自大，也不自卑，用不着屈己從人，就這麼簡單。」

今天，惡劣音譯的橫行市場，奶昔、雪克之類，都還只是小焉者。對這種「滔滔者天下皆是也」，知識分子不能坐視不理，甚至自悲無力。伏爾泰說得好：「五千萬人說一件錯事，它依然

是一件錯事。」有些音譯即是庸譯，對付這種譯名，首在鳴鼓而攻之的「破」，繼在爲它設想一個恰當的譯名來「立」。翻譯人維護中文，關懷中文，就在這種小地方做起。

　　這種在譯名上清積弊、批逆鱗、干衆怒、收拾爛攤子的工作，爲智者所不爲，也會爲當世人所笑所棄所厭。但在爲後世子孫造福上，却值得一些傻瓜來甘冒這種大不韙來做。因爲我們也承受過前人的恩澤，試想上一代如果沒有那些倡譯「小提琴」與「鋼琴」的人，我們今天還在「梵啞鈴」和「披雅娜」個沒完沒了呢。

──七十三年五月二十九日〈晨鐘〉

何 必 「巴 士」

　　七十二年元月二日報載：「高雄市政府官員昨天透露，高雄市公共車船處可望在今年春節前，試辦串連式雙節『巴士』營運……市府現正辦理雙節『巴士』報關作業中。」

　　高雄市政府為了解決市民行的問題，力求突破舊觀念，而引進新型運輸工具，這種利民便民的構想與措施值得讚揚。可是堂堂市政機關，公然提倡「巴士」這種取音的譯名，我們却期期以為不可。

　　「巴士」這個詞兒，為 bus 的音譯，是拉丁文 omnibus 的「簡體字」，意思便是「（車）為人人」（for all）。我國一向譯為「公共汽車」，簡稱「公車」，這種譯法之妥貼，可說是「獨此天成，殆無以易。」

　　《韋氏大字典》對 bus 有詳盡的解釋：「一種用以載客的大型汽車，通常按照班次在固定路線行駛；但有時也可以包車行駛特定路程。」（A large motor-driven vehicle designed to carry passengers, usu. according to a schedule along a fixed route, but sometimes under charter for a special trip.）民營汽車公司為了有別於政府的「公車」，而譯為「遊覽車」「客運車」或

「客車」 (passenger vehicle)，也很恰當。英文中關於 bus，有兩句常見的成語：一句是「沒趕上車」 (To miss the bus)，指「錯過了機會」；另外一句 「Busman's holiday」，則是指「有名無實的假日」。看得出 bus 原指載客的馬車，但譯爲「公車」、「客車」，依然與原意吻合。至如學校中的 school bus 則譯「校車」；機關中的則譯「交通車」，都已有確切的譯名。

把 bus 譯音爲「巴士」，出於華洋雜處，中文原不受重視的香港。雖然只有一水之隔，我們看香港的書報很不容易懂，便是文字中的雜沓，既有粵語，又夾外音，十分之鄉土，充分表露了一方格局的地方性，但却不宜於我們去盲目追隨。

受到這種 「港化語文」 的侵蝕，首善之區的臺北市先開其端，公車開放民營時，建設局居然核准了幾家「巴士公司」，讓這種不三不四的名稱滿街跑；時至今日，竟有電視臺教起孩子們「巴士」來，污染了優美的中文；《春秋》責備賢者，當時主其事的官員，實在不能辭其咎。

不過，臺北市政府至少還沒有在官文書上提倡「巴士」這個名稱。而今，「港都」高雄市「港化」更進一步，捨「雙節公車」而不用，而採用「雙節巴士」。此例一開，在高雄市成立計程車行，也可以稱爲「的士行」了，青年商店的招牌可以改成「青年士多」以廣招徠，保險業有了「燕梳公司」多麼受人矚目，郵票代售處也可寫明「士丹代賣」了。我們希望這只是傳聞失實，否則， 高雄市的「公共車船處」， 便可能與香港有志一同， 改爲「巴士費力處」，將來也會有第一位「巴士處」處長出現在市議會，接受市議員關於大「巴」小「巴」加價的質詢了。

方今之世， 交通便捷， 世界人士接觸頻繁， 交談中夾帶外

語，甚至全部使用外語，有時是一種必需，是一種方便，因爲聽的人都屬同一水準，對意義的溝通並無妨礙。可是發而爲文，也這等夾槍帶棒，把不必要的音譯硬生生夾進中文，自以爲得風氣之先，事實上却會爲識者所笑，爲不識者所棄，造成溝通上的隔閡。

中文是標義的文字，只有「此間無」的事物作音譯，才會在中國文字中生根落戶。一旦有了義譯，便會取而代之，不論你用政治上的、經濟上的、宗教上的力量，都制止不了趨向譯義的過程。例如：清代譯「天主教」（Catholicism）爲「特力」，「基督教」（Protestantism）爲「波羅特」，今天還有幾個人知道？「耶和華」何如「上主」；「捺落迦」怎及「地獄」？徐志摩所譯的「沁芳南」（symphony）美則美矣，今天有誰採用？郁達夫一代才子，中英俱佳，他所譯的「喬那利是姆」（Journalism）；還有甚麼「萊斯脫・好塢斯」（rest house），並不是遊戲文字，後人看了只有生氣的份，知識分子怎麼可以這麼謀殺中文？後之視今，猶今之視昔，何必「巴士」？

世界各國交往日益密切，語文彼此的滲透與影響很大，便有一班自命「國粹派」（purist）的人挺身而起，要求剗除外來語文，以保持本國語文的淨化，這個工作談何容易？往往被人譏笑爲「在字面上攻擊風車的吉訶德爺。」（A Don Quixote verbally tilting at windmills.）（譯西班牙人名前的 Don 爲「爺」，請自我始。）

但是，任何一個時代都少不了這種「不識時務」的鄉下佬；瘦馬、銹甲、破槍，「巴士」的牛羣呵！有人衝來了！

——七十一年元月十五日＜晨鐘＞

國 王 的 新 衣

　　有些譯名貌似儼然，實質上却很費解。它不是誤譯 (mistranslation)，也不算劣譯 (bad translation)，我們可以稱之爲庸譯 (mediocre translation)；這種譯中鄉愿，却常能在世間大行其道。

　　翻譯史上，庸譯代代皆有，但久久就自然而然歛跡消聲，被歷史的洪流所修正、所淹沒。然而只有《泰晤士報》這個譯名却愈用而愈盛，使人深饒興味，值得探討。

　　蘇格蘭民族詩人柏恩斯 (Robert Burns, 1759-1796)有警句：「唯時與潮，人不可繫。」(Nae man can tether time or tide.) 所以英國先有《每日潮報》（《中副》六十八年一月二日〈泰晤士報的傳統風格〉一文），後有《時報》，當然也是順理成章的命名。至於 times的譯法，以《聖經》上一句爲例："Can ye not discern the signs of the times?" 兩種譯本分別譯爲：「你們倒不能分辨這時候的神蹟？」和「你們都不能辨別時期的徵兆？」（馬太／瑪竇16：3）不論譯爲「時候」或者「時期」，譯 The Times 爲《時報》，應是正確而正當的譯法。

《時報》既執世界興論的牛耳，世界各地報紙聞風景從，用來做爲報名的少說也有一二十家，我們從來不說《日本泰晤士報》、《香港泰晤士報》、《中國泰晤士報》、《臺灣泰晤士報》，甚至只一洋之隔的紐約，我們也都稱《紐約時報》。爲甚麼對正宗老牌的《時報》，偏要用音譯的《泰晤士報》？把翻譯當作學術來看，不宜於有這種理則，對同一名稱的譯法而有雙重標準吧。

也許有人認爲採取這種譯法，使人一看就知道是英國的時報；其實，《倫敦時報》(*The Times of London*) 更爲名正言順，只譯《時報》也更能顯出只此一家，出類拔萃。《泰晤士報》的譯名可以列入庸譯，便由於它造成了「誤導」(misleading) 和「誤會」(misunderstanding)。人人都知道英國有條泰晤士河，可是「《時報》與泰晤士河」(*The Times* and the Thames) 却是兩碼子事，它們拼法不同，發音各異。這種強使馮京馬凉作一家的譯法，會使中國讀者以爲泰晤士河的原名是 the Times，或者以爲《泰晤士報》的原文是 *the Thames* 了，這不都是庸譯惹的禍？

清光緒二十三年（一八九七年），翻譯界先賢嚴復在天津創辦《國聞報》，發行宗旨「緣起」中，說「略仿英國《太晤士報》之例，日報之後，繼以旬報……」足見對英國這家大報名稱採用音譯，不自今日始。幾道先生當年譯書，力斥時尚所趨的音譯而採意譯，像譯「拜歐勞介」爲生理學，「費拉索非」爲哲學，「葉科諾密」爲計學，那種敢於逆潮流、批逆鱗的勇氣，甚至說出「我罪我知，心存明哲」的話來，值得後人景仰；只是區區一個報名，他反而拋棄原則，用起音譯來，誠屬不可解不可解。

　　然而我們並不能因為有先賢例證可資援用，而放棄正名為意譯的努力。在翻譯中，音譯只是一種暫時的、過渡的譯法；從久遠上看，一個普通名詞的譯名要在中國文字中落戶生根，成為中文語彙的一部份，流傳下去而不會引起誤解，由音譯逐漸改為意譯才是健康的、正確的方向。最近，國內一羣青年畫家揚棄了婦孺皆知的「卡通」，而正名為「動畫」，便是活生生的一項例證。

　　當然，一定會有人引用 a common mistake 或者「約定俗成」來為《泰晤士報》的譯音作辯護。伏爾泰說得好：「如果有五千萬人說一件錯事，它依然是件錯事。」至如以「俗成」為定名的依歸，也值得商榷；探討知識只有從識、從見、從證據，不可能有「吾從衆」的道理吧？

　　《泰晤士報》這種譯法並不妥當，知道的人很多，可是也像對國王的新衣一般，又何必說穿它？相沿久久，竟成了習以為常的用法。唯有傻不愣登的娃兒，才敢大膽說上一聲：

　　「其實它甚麼都沒有呀！」

——六十八年三月《翻譯天地》

靠車與路車

　　國民所得增加，顯著的現象便是車輛日增。家家戶戶有了車，整個社會都發生改變；連帶的，由於汽車而帶來許許多多新語彙，紛至沓來地進入了我們的日常生活。

　　今天在臺灣，買車不難開車難，開車不難停車難。每每一家人歡歡喜喜開了車進市區、上市場、看電影，到了目的地，只見一片密密麻麻五顏六色的車海，了無隙地可停，繞樹三匝，無枝可依，要停就得停在遠處，只得乘興而去，掃興而歸。

　　生意人腦筋動得快，臺中有家食品公司，創辦了美國式的 drive-thru service，開車的人不用下車，進入車道對着餐牌點叫食物飲料，再把車開到出納窗口，便可一手交錢一手拿貨。這種快餐店適應人口漸增的車族，買賣雙方都有好處；開車的人節省了時間，包括了找車位、停車的時間，也省下了在店中排隊等位置的時間；何況車子本身就是自己一方小天地，沙發、音響、空調一應俱全，坐在裏面舒舒服服，不下車更可省下停車費，走到哪裏吃到哪裏，多麼方便。在店方來說，不必要大的店面與停車場，節省了空間，減少了裝潢、維持、服務的開銷，有幾條車

道自然有人聞香下馬，而且向車窗交貨，銀貨兩訖，無虞簽賬，
財源滾滾，宛同高速公路的收費站，何樂不爲。

　　這種行業會日開日多，是可以預料得到的事。只是這家店把
這種服務方式音譯爲「得來速」，却是一種現炒現賣的速食文化
表現，值得商榷。drive-thru 意思就是「開車通過」，源於「開
車進來」(drive-in)，雖是地地道道的美國進口貨，却不宜於這
種直通通硬生生的音譯。

　　Drive-in 原本只作形容詞，意思爲「不下車便能使用的」
(able to be used without getting out of one's car)，用以形
容連人帶車一起開進去的電影院、銀行、快餐店、冷飲店等等。
但是《韋氏大字典》已經把這個字兒正式提升爲名詞了，定義爲
「一處做生意的地方(如電影院、銀行、冷飲攤)，設計與設備能
使顧客不必下車，便能獲得服務與供應。」(A place of business
[as motion-picture theater, bank, or refreshment stand] laid
out and equipped so as to allow its patrons to be serviced
or accommodated while remaining in their automobiles.)升爲
名詞以後,語文表達時，便可以省略那些銀行、影院、快餐店。下
面這種說法: Let's eat at the drive-in tonight. 也得到認可了。

　　行見這種行業會如雨後春筍般發達，我們應該未雨綢繆，早
早爲它取一個雅俗共賞的正式譯名，而且能把 drive-in 和 drive-
thru 都包括在內。總不能在將來出現一個「『得來速』業公
會」；建設局也頒佈一種「『免下車』業管理辦法」吧。

　　我想到有兩種譯名可以採用:

　　第一種是「靠車」。《說文》，段注今俗謂相依曰靠。drive-
in & drive-thru 的意義，便是人不必下車，也就是人車相連。

《集韻》上也指明「靠，相連也。」「靠」既有依靠、又有相連的意義。這種對人依靠車而不分離的服務業，譯爲「靠車」，較爲合適。

其次，我從 drive 上着想，如果譯「開車」「駕車」，會與既有的詞彙相重複。倒不如譯爲「路車」，用以表示對路上行駛車輛的一種服務業。「路車」較雅，出自《詩經・國風・渭陽》：「我送舅氏，曰至渭陽，何以贈之，路車乘黃。」路車古代指「諸侯之車」，十分高貴，買賣雙方，對這個名稱一定十分受用。

這兩種譯名只是引玉之磚，我相信羣衆的智慧，一定會有更恰當、更貼切的譯名提出來，受到認可，成爲中文內的新語彙。目前，我們對「靠車快餐」「靠車電影院」「路車銀行」……也許還很陌生不習慣，但有了妥當的譯名預爲因應，一旦有這種服務大量出現時，就不會只能抓住英文譯它的音了。

——七十五年一月七日《聯副》

貨幣單位譯名的改革

我國對外國貨幣單位的譯名，相沿以音譯爲多，如「鎊」、「馬克」、「法郎」、「披索」，和「里拉」等；意譯如「美元」、「日圓」、「韓圜」；也有些貨幣譯得很費解，如泰幣單位不譯「巴特」而譯爲「銖」，可是「銖」以下的單位「蘇吞」，沒有從古制譯爲「粂」、「粟」或「黍」，而譯成港幣的「仙」。

過去對幾種強勢貨幣採用音譯，好處是一眼就知道是那一國的錢。可是目前我國的貿易額逐年增加，貿易對象遍及全球，再加上美元的衰退，油元的興起，如果還沿用譯音的方式，行見沙烏地阿拉伯的「里雅」、南非的「難得」、巴拉圭的「加培尼」、荷蘭的「吉爾德」、波蘭的「茨勞特」，都將進入我們的生活範圍，幾十種貨幣林林總總的譯名，豈不令人頭大？

新興國家的增加，與我國貿易額的擴張，固屬是貨幣單位譯名，到了必須改絃更張的階段。最主要的，貨幣的譯音還會導致觀念上的混淆。目前全球以「法郎」爲單位的有二十國，以「鎊」爲單位的有十三國，以「披索」爲單位的有八國，名稱雖一，價值却差得很遠。像最響噹噹的瑞士「法郎」，一塊值純金〇‧二

〇三二二公克，而盧安達的一「法郎」，却只值〇‧〇〇八八八六七一公克，懸殊得太多。此外像肯亞的一「先令」，比起土耳其的一「鎊」還要貴得多呢。

民國二十二年，國民政府明令改「圓」爲「元」，「元」便成爲我國貨幣單位的定稱。我們從事翻譯工作的人，何妨以簡御繁，彼此「約定」，今後凡是外國貨幣的單位，不論它原來的音是甚麼，一律改譯爲「元」，再加上國名簡稱以示區別，何等醒目，方便！像「馬克」譯爲「德元」，瑞士「法郎」譯爲「瑞元」，瑞典的「可樂娜」譯爲「典元」，印度「盧比」譯爲「印元」，印度尼西亞的「盾」譯爲「尼元」，使紛歧複雜的貨幣單位譯名定於一，鬆了一口氣的人豈只是擔任貿易工作的主官、主管、和老闆？

儘管英國的貨幣制度，爲了適應世界潮流也改了十進制，但要我們從「英鎊」的觀念，一下子改爲「英元」，却不是一蹴可幾的事！任何一項新觀念，都需要一段心理上的適應時間，但是我們推動簡化外國貨幣譯名的人，總得先跨這艱難的第一步。

——六十四年六月廿一日《中副》

貨幣單位的翻譯

今年，行見我國的對外貿易額會超出四百億美元大關，與貿易息息相關的外國貨幣與名稱，也就會越來越多，越來越亂。以辭書爲例，五十七年四月的修訂臺一版《辭海》，還列出四種貨幣單位——法國、英國、美國、日本——的譯法；六十七年四月出版的《劉氏漢英辭典》，與六十九年最新增訂臺一版《辭海》就已各列出六十七種了。只是却都一字不譯，劉氏大概沾了「英」的便利，可以以外文辭書爲由，把這個燙手的山芋拋還給讀者，還說得過去；而《辭海》是一部學術水準很高的中文辭書，也不知道該如何翻譯，只有原文猛錄，足見對舉世繁多貨幣單位的譯法，已經使得界定名詞的學術界束手，問題非同小可。

這個死結與財經金融有關，但是却要從另一個角度 —— 譯學 —— 下手來解決。我國語文中，外國貨幣單位其所以雜亂無章，無法善後，出在相沿成習，積重難返；雖然這兩三百年來試用過諸多的翻譯方式，可是却沒有「以我爲主，觀照全局」的氣魄，以致一條條路子都走進了死胡同。

有些貨幣單位習用僑居地的稱謂，像泰國的baht譯爲「銖」，

印尼的 rupiah 譯爲「盾」；這種辦法顯然收不到統一譯名的效果。

　　中文的特色便是「同音字」（homophone）很多，利用這種辦法解決音同體異的名稱，是翻譯的上乘技巧。我國以「元」爲貨幣單位，寫日幣單位爲「圓」，韓幣爲「圜」，便是一例，只是及此而斬，難以爲繼。元的同音字不少，但能用在區別各國貨幣的字兒並不多，蚖、黿、蚖、猿、猨、蜿會誤以爲獸；芫會誤以爲草；垣、轅、橼會誤以爲物；園會誤以爲地。近人將南非的「難得」譯爲「斐鋈」，恢復了以重量單位作貨幣單位譯名，義符而音異，「鋈」音爲ㄨㄛˋ而非ㄙㄢˊ，也無法行得通。

　　最方便的翻譯方式，便是舍己從人用音譯了；外國人叫甚麼，我們就寫甚麼。國家積弱不振時，市場上全是幾種強勢貨幣的天下，鎊也、法郎也、盧布也、比索也、里拉也，倒也不太複雜。只是而今形移勢轉，我國逐漸走上貿易大國的階段，十年後的貿易額每年將臻致兩千億美元，要主動和全世界一百二三十個國家打上交道；照音譯的方式走下去，貨幣單位的譯名越來越雜，竟形成了譯文溝通表達的瓶頸，到了非突破不可的階段了。

　　六十四年六月廿一日，我在《中副》寫過一篇〈貨幣單位譯名的改革〉，提到「過去對幾種強勢貨幣採用音譯，好處是一眼就知道是哪一國的錢。可是目前我國的貿易額逐年增加，貿易對象遍及全球，再加上美元的衰退，油元的興起，如果還沿用音譯的方式，行見沙烏地阿拉伯的『黑雅』，南非的『難得』，巴拉圭的『加培尼』，荷蘭的『吉爾德』，波蘭的『茨勞特』，都將進入我們的生活範圍，幾十種貨幣單位林林總總的譯名，豈不令人頭大？」當時有朋友認爲我以波蘭的「茨勞特」爲例，顯得牽

強；　可是曾幾何時，　豈止「茨勞特」，　連捷克的「可魯納」，
東德的「馬克」，　南斯拉夫的「狄娜」，　匈牙利的「佛倫納」，
自從六十八年十一月三十日的直接貿易後，都已湧入我們的語文
裏，推波助瀾，更形複雜，足見音譯的路子不能再走下去了。

　　我當時，以及現在倡議的解決辦法，便是既要統一這幾十種
貨幣單位的譯名，由難趨易，自繁化簡，還要「一眼就知道是哪
一國的貨幣」，就只能走譯名的正道取義譯；「對任何外國貨幣
單位，不論原來的音是甚麼，一律改譯為『元』，再加上國名簡
稱以示區別。」

　　後來有人打圓場，稱讚這種「捷便清晰之辦法」，但却打上
折扣，建議保持法郎、鎊、馬克、盧布幾種強勢貨幣的譯音。這
種「調人」工作在政治上可以調和衝突，解決學術問題却不能求
諸折衷。宋代朱子說：「學者工夫只求一個是……如此方做得工
夫，若半上落下，半沉半浮，濟得甚事？」果然，在這五年半的
「催化時間」中，幾種強勢貨幣單位的音譯還是因襲故常，其他
雖則摒棄了音譯，却譯成了「幣」，如瑞典幣、荷蘭幣……反而
又誤入歧途，多走一段寃枉路。

　　各國「貨幣單位」(monetary unit) 正確的義譯，應為「──
幣的元」簡稱「──元」，絕不能略元而稱幣 (money)；譯
「幣」是翻譯上的錯誤，正如我們不能把「公升」譯成「液體」
一樣。就理則說來也不通，雖然貨幣學上，把「貨幣單位」稱為
「本位貨幣」(standard money)，但是白馬非馬，「本位貨幣」並
不是「貨幣」，理由非常明顯。我們其所以犯了這種雙重失誤，
便是「元」這個「單位」，在「多數」時可以省略所致。舉例來
說，我們可以講：「這輛五門新車要新臺幣三十萬。」或者「三

十萬新臺幣」都說得通。但絕不能這麼說:「打一次電話要丟下新臺幣一」或者「一新臺幣」,從這項簡單的實驗,就知道「元」不能譯成「幣」了。

貨幣單位譯名從這些覓覓尋尋中,由於途徑不得當,左衝右突,始終不容易做到全面的、徹底的解決;因此,只有依照前人譯「大賚」爲「美元」的義譯方法,才會走上坦途。

美國的貨幣單位爲 dollar, 來自德文的 taler, 爲 joachim-staler 這個字兒的略稱。原指「聖約阿基姆斯大爾市」 (Sankt Joachimsthal)——現在稱爲「亞基莫夫市」(Jachymov)——是捷克波希米亞省西北的一個鎮市,以最先鑄造德國的銀幣聞名,這種銀幣稱爲 taler, 美國立國後便棄 pound 而以dollar 爲貨幣單位。我國最先的譯法,也把它與英國的鎊,法國的法郎,德國的馬克,俄國的盧布般,音譯爲「大賚」,「大賚」這個詞兒出自《論語》:「堯曰:『周有大賚,善人之福。』」cent 則譯爲「生脫」,舊版《辭海》便記載得很清楚,此外還有譯「打拉」的。足見改譯「美元」, 時間當在民國二十年前後, 自茲對外國一種強勢貨幣單位的翻譯,已開始脫離音譯而取義了;這一件事與國民政府在民國二十二年「廢兩」與「改圓爲元」的措施,是前賢在攸關國計民生觀念上、作法上的三項突破,「民至於今受其賜」,一點不假!

因此,把外國貨幣單位的譯法作徹底的更改, 從「美元」的經驗上說行得通,試以現在的譯法與建議的譯法列表比較:

孟加拉塔卡	孟元
埃及鎊	埃元
愛爾蘭鎊	愛元

法國法郎	法元
西德馬克	德元
印度盧比	印元
印尼盾	尼元
以色列歇克爾	以元
義大利里拉	義元
日圓	日元
肯亞先令	肯元
韓圜	韓元
馬來西亞林格特	馬元
荷蘭吉爾特	荷元
菲律賓比索	菲元
南非難得	斐元
瑞士法郎	瑞元
瑞典克隆那	典元
英鎊	英元
蘇俄盧布	俄元

至於「元」以下的單位，分別譯成「角」及「分」，如：

英國先令	英角
英國辦士	英分
法國生丁	法分
蘇俄可刻百	俄分
德國芬尼克	德分

採用新的譯法，可以做到淨化中文，「老嫗易解」的程度；從此把兩三個世紀累積起來的一籮筐這些音譯名稱，都掃進故紙

堆裏去；使我們的下一代，免得受這種不必要音譯的凌虐。

說一丈不如做一尺，我在近年譯作中，就採用了這種新譯法。《里斯本之夜》中譯西元、葡元，《西線無戰事》中譯德元，《凱旋門》中譯法元，《古拉格羣島》中譯俄元……這不是力務新奇，而只是個人對翻譯知識的誠實。

我國在七十年代，正邁向開發國家行列；外國貨幣單位譯名，已經到了非改不可的時候了。我們敬佩前人譯「大賚」爲「美元」的智慧，却要埋怨他們爲德不卒，如果那時便鼓吹全面更改，就不要拖上半個世紀了。

唯其如此，與其由下一代來改，不如由我們這一代來動手！

——七十年四月一日《華副》

貨幣譯名該改了

近日許多報紙上都有整幅廣告，刊載一種跨國「信用卡」，持用的人可以在一百四十多個國家通用。圖案便是這種「塑膠幣」的實質大小與形狀，二十七種卡的下面，附以這些國家的「貨幣單位」。但是從翻譯的觀點來看，除開左上角那一張，把 U. S. dollar 譯成「美元」非常正確以外，其餘二十六種貨幣單位的譯法，似乎都有問題。

翻譯外文的目的，就是要準確傳達原義，使使用本國文字的人「懂」。因此，譯入時必須「以我為主」，決不可主客易位。舉例來說，滿語的「阿卜喀」，蒙語的「騰格里」，西番話的「那木喀」，回語的「阿里滿」，英語的「斯凱」，法語的「斯耶爾」，德語的「希默爾」，譯成漢字則都須「依我」為「天」，不能用原音代譯。

中文之所以成其大，便在於河海不擇細流，能廣泛容納外來語，然後經由時間加以篩檢淘汰，予以保留，成為中文的一部分。

我們對世界各國的「貨幣單位」譯名，也應該採取「從我」

與「淨化」的新譯法。試看那天廣告只列舉的二十七種貨幣單位中，有些從「客」，如日圓、韓圜、泰銖；有些則從音，如鎊、馬克、法郎、匹索、克諾、盧比亞、蘭德、里拉、盧比、克朗尼；有些更根本譯錯，把「貨幣單位」(monetary unit) 譯成「幣」(錢 money)，等於把「公升」譯成「液體」。舉一個最淺近的例子，便知道譯「幣」錯得不可思議，我們能說「打一次電話要投一新臺幣」嗎？

筆者於六十四年六月二日在《中央日報》<知識界>上，首倡「貨幣單位譯名的改革」開始，連續三次，呼籲改革貨幣單位的譯名；英鎊改稱英元，法郎改稱法元，里拉改為義元，吉爾特改荷元，蘭德改斐元……「以做到淨化中文，老嫗易解……使我們的下一代，免受這種不必要音譯的凌虐」。

香港翻譯家何偉傑曾在他的<譯林信步>專欄中，十分贊同我的見解，但却悲觀地預測這種呼籲會如「野地裏的呼喊一晃而逝」。但我覺得改革的時機，反而愈來愈見成熟，今天已不只為下一代着想了；外滙開放，環球觀光，我國國民與全世界各國的經濟接觸更見密切頻仍，更進而要以豐富的外滙存底，在舉世的經濟市場上與羣雄逐鹿，我們對世界一百四十多國貨幣單位統一譯法的要求，已愈來愈為需要，愈見迫切。該是改的時候了！

——七十六年十月三日《民生報》

貨幣譯名過五關

十月三日，筆者在＜民生論壇＞發表＜貨幣譯名該改了＞一文，十一月三日便得到中央通訊社社長潘煥昆先生賜函，對這項「研究，極感興趣，以簡御繁之原則極值得採用，已將原件交本社國外部參考運用。」十二年來，我這種微弱的「曠野呼聲」，終於有了回響，衷心至爲快慰。

有了全國最重要的翻譯單位之一的回應，改革貨幣譯名只算是踏出了一小步，今後還有阻礙重重的五關，有待我們合力同心，一一克服。

任何改革，必須有學理作根據，有實驗作證明，才能「袪疑」而後動，謀定則不懼。改革貨幣譯名，遵循了名詞翻譯的原則：「從主」，任何外國貨幣單位翻譯成中文，自然要譯成「元」；其次則爲「從義」，只有譯成「元」，才能使國人懂它所代表的意義。就實驗上說，美國貨幣單位，由最先從音的「大賽」、「打拉」、「生脫」、「仙」改譯成從義的「美元」、「美分」已經一甲子，老嫗能解，證明改音譯爲義譯是可行的。

第二關則爲「破阻」，任何一種改革與進步，都會造成一部

分人的傷害，因此而滋生抗力。貨幣單位譯名的更改，爲兩百年來未有之大變，清末「買辦譯」的餘毒，已深植人心，尤其一些知識分子，他們並沒有想到、甚至懷疑過「鎊、先令、辨士」還有第二種更好的譯法。具體而言，如果改譯爲「英元、英角、英分」，那坊間所有的字典、百科全書、教科書、文學翻譯，乃至個人的思想與表達，便會在更改後「瞬間老化」，被目爲「舊」，自會羣情憤激，抵制更改，自是意料中的事。

第三關則爲「畢功」，爲了適應潮流，但還能保持旣得的利益，便自會有人出來打圓場，希望甚麼都可以改，但「鎊、馬克、法郎、里拉」等「強勢貨幣」，暫時保留原狀。這種「折衷之道」是政治運作中的藝術，但在學術上，則爲鄉愿，因此這一次我們不改則已，要改便應「畢其功於一役」。

第四關爲「定名」，困難雖少，但必須經由協調產生共識，例如印度與印尼、瑞典與瑞士、伊朗與伊拉克、東德與西德，他們的貨幣單位，該如何區分？但這種情況難不倒中國人，我們以魯晉區分山東山西，以湘鄂辨別湖南湖北，對外國貨幣單位採取「約定」的名稱，與人無損，與我有利。這一關只須經過協調，便可以通過，但却必須廣爲宣傳，如南非的「難得」，便應爲「斐元」，而非「斐鍰」。

最後一關，也最重要的一關，便是「宰相關」了。貨幣單位譯名牽涉到教科書、外滙、銀行掛牌、傳播媒體……必須由政府統一公布實施，才能發揮功效。或以爲俞院長出身財經，任中央銀行總裁多年，對外幣譯名必不忍更改，但我認爲俞院長擔任戶部尚書時，只負責國庫的調度支應，在本位上不需要更改，但出任了變理陰陽、心懷天下的相國，尤其是全中國有史以來最最

國富民豐時代的宰相，也定會有民國廿二年國民政府「廢兩改元」般的大氣魄、大手筆，毅然決然改革所有外國貨幣單位的譯名，以開拓國人在世界經濟舞臺逐鹿的國際化胸襟。

　　　　　　　　　　　　——七十六年十一月廿日《民生報》

公 忽 與 微 米

Micron 這個字兒的中文該怎麼譯？

翻閱了坊間多種英漢字典，發現一項有趣的事實：老小老小，老一點的、小一點的英漢字典，都沒有收錄這個字兒，越新出的解釋越精確。

幾本新字典都在 micron 項下，以中文註爲「一百萬分之一公尺」，至於甚麼名稱，却沒有列出來。

如果我們查英漢字典，要查 meter 這個字兒，列有許多新舊定義，把這個字兒界說得十分精確：

一、經過巴黎，從北極到赤道的四千萬分之一。

二、以地球子午線四分弧之一千萬分之一爲度的單位。

三、氪 85 同位素在眞空中所發橘紅色光 1,650,763.65 次波長。

四、光在眞空中，在兩億九千九百七十九萬兩千四百五十分之一秒時間內，所行進的距離。

這些定義，在科學上愈來愈明確，絲毫不差。可是，英漢字典上譯不出它的名稱「公尺」來，對讀者又有甚麼用處呢？

　　由於這些字典「釋義而未列名」，而 micron 在現代科技中又頻頻出現，所以有些科技文件「病急亂投醫」，便譯成「微米」。其實，照長度單位十進制計算，「公微」應當是一千萬分之一公尺，而不是一百萬分之一公尺。

　　我們可以看出，micro 與 micron 是兩個字兒，micro 可以譯「微」，而micron 則否，不能混爲一談。

　　micro 源於希臘文 mikros，意義爲「細、微」，又作爲單位的百萬分之一，以表達量的細微程度。以數學的符號來說，代表 10^{-6}。中文根據「算法統宗」的「小數」：分、厘、毫、絲、忽、微。譯爲「微」非常恰當，所以「微安培」（microampere）便是電流的百萬分之一安培；「微法拉」（microfarad）卽電容的百萬分之一法拉……

　　「微」既代表百萬分之一，爲甚麼「一百萬分之一公尺」的 micron，不能稱爲「公微」？

　　公制的長度單位爲「公尺」，依序下來爲公寸（decimeter）、公分（centimeter）、公厘（millimeter）、公毫（0.1 of a millimeter）、公絲（0.01 of a millimeter）、公忽（micron）、公微（0.1 of a micron）……

　　因此，micron 在公制中的正確譯名應當是「公忽」，而不是一公尺 10^{-7} 的「公微」。

　　民國十八年二月十六日，國民政府公布「度量衡法」以前，作爲公制的 meter，有過不少的音譯：如邁當、密達、米達、米突、咪、米；甚至仿效英制的「呎」，而創設了一個「粎」，可說衆譯紛紜，莫衷一是。

　　直到「度量衡法」中，揚棄了舊有的音譯，而採用新頒的義

譯，由公里而至公厘，完全遵照公制的十進制，秩序井然，譯名
妥貼天成，燦然大備，符合了中國既有的長度單位，眞可讚爲
「再無以易」。

當時，我國既要能採用世界上最前進的制度，奠定現代化的
基礎；也要在翻譯上促進溝通，使民衆能親和接近這種新制度，
而不產生排拒感，以免扞格不入，譯名十分困難。

由於五千年來，儘管朝代各異，名稱有殊，但度量的基本單
位却始終爲「尺」。如黃帝時代以九進位的

縱黍尺（廿四‧八公分）

商尺（卅一‧一公分）

周代的璧羨度尺（十九‧七公分）

秦尺（廿七‧六公分）

新莽尺（廿三公分）

隋尺（廿九‧五公分）

唐尺（卅一‧一公分）

宋尺（卅‧七公分）

元尺（卅‧七公分）

明尺（卅一‧一公分）

清營造尺（卅二公分）

以及民國時代與「公尺」雙軌並存的「市尺」（卅三‧三三公
分）。證明我國自古以來，卽使在元清兩代的異族統治下，也沒
有廢除「尺」的名稱。國民政府採用 meter 而譯爲「公尺」，煞
費苦心。在過渡時期，雖以「公尺」爲名，但一到推行既久，國
民養成了習慣，便要廢除「市尺」，也要除掉「公尺」的「公」，
以示中華民國現代採用的度量單位「尺」，全長一百公分，是歷

代以來最長的「尺」，也是全世界統一的長度單位。

　　五十七年前，國民政府頒布公制時，當時世界科技的精密度，並不太需要「公厘」以下的單位。但我們的老祖宗，却早早為子孫留下了「小數」的一系列名稱，可作精密計算，現在便用得上了；百萬分之一公尺便是「公忽」，何需依傍「米制」，用那種半音半義的「微米」？即令是一公尺的億億分之 10^{-18}，在「米制」計無所出，只能譯為「分微微米」，而「公制」應付裕如，依然可以賦與毫不混淆的適當譯名：「公漠」。便由於「公尺」下還有：公寸、公分、公厘、公毫、公絲、公忽、公微、公纖、公沙、公塵、公埃、公渺、公漠這些單位名稱。

　　惡紫奪朱，在我國的公制中，不宜使用「微米」；micron 該正名為「公忽」了。

——七十四年十一月廿七日《中副》

一 制 兩 譯

談 公 尺 與 米

七十四年十一月二十七日，我在《中副》上發表了一篇＜公
忽與微米＞，從翻譯的觀點探討，認爲 micron 這個英文字兒，
在中華民國的度量衡體制中，不能隨隨便便譯成「微米」，正確
的譯名應當是「公忽」。metric system 是全世界通用的度量衡
制度，但在中文的翻譯上，名稱却不一致。五十八年以來，中華
民國都採用「公尺」這一系列的譯名。而中共却採用「米」爲譯
名。爲了區別起見，我們可以把這兩種譯法，分別稱爲「公制」
譯名及「米制」譯名。我在那篇文字中，就翻譯與實用的觀點，
肯定了「公制」譯名的優點：「由公里而至公厘，完全遵照公制
的十進制，譯名妥貼天成，燦然大備，符合了中國既有的長度單
位，眞可讚爲『再無以易』。」

由音譯而義譯

過了不久，便有文字自美國寄來，越洋討論，力言「米制」

簡單合理，易學易記，應該選擇「米制」，廢棄「公制」。

　　公制的十進制「簡單合理」，是舉世所公認的優點，但與譯名無關，並不能構成此揚彼抑的問題。因此，我們所要探討的，便是譯「公尺」與譯「米」，兩系列譯名孰優孰劣的問題。

　　首先，就譯學上來說，中文是標義的文字，新事物進入中文，起先往往採取音譯以求其「有」；使用既久，便改採義譯以求其「達」；進而在中文內定位，成為中文的一部分。因此，音譯一時雖為先進的，但一旦有義譯取代，便成為落伍的，埋葬在歷史灰燼中，沒有人記得起來了。

　　因此，中文的外來名詞，有時由音譯過渡而到義譯，是一種必然的過程，試以幾個譯名為例：

　　　　茶毘──火化

　　　　優婆塞──男居士

　　　　淡巴菰──菸草

　　　　巴力門──國會

　　　　懷娥鈴──小提琴

　　　　德先生與賽先生──民主與科學

　　　　……

　　這些譯名的演變，在在顯示在中國語文內，外來語的音譯終於回歸義譯的不可遏抑。

　　在民國十八年二月十六日，國民政府公布「度量衡法」以前，meter 這些字兒已在我國以音譯的姿態出現。「吾當拖四十二生的之大砲而轟之！」這句話當時其所以轟動一時，便由於使用了「生的」，使人莫測高深所致，其實就是「公分」(centimeter)。那時一系列的音譯方興未艾，甚麼密里米突、生的邁當、特西米

突、邁當、密達、特克邁當、海克邁當、基羅邁當……面積則有
密理米突街害、米突街害……體積則有密理米突朱勃、特克米特
朱勒……容量則有密理米脫爾、特西米脫爾、啓羅米脫爾……紛
紛出籠，似乎要救中國，必須採用這一系列「全盤西化」的譯音
不可。

　　然而，當時也有許許多多神智清明，崇而不媚的中國人，細
細查究這種體系名稱的本源，察覺 meter 的原義指「度量」，這
旣是一種「長度基本單位」，中國五千年來便有「尺」存在，採
用這種前進的制度，根本不必假借音譯來自外於中國文化。它的
長度雖然超出了歷代所有的尺，但中國由周尺（十九·七公分）
到清營造尺（卅二公分），歷代都在加長，是一種自然的趨向。
全世界都採用這種制度，達到了中國天下爲公中「車同軌」的
大同理想，命名爲「公尺」，實屬至當的譯名。

　　這個頒佈已近一甲子的「度量衡法」，歷經四十三年三月廿
二日、四十四年四月六日，以及七十三年四月十八日三次由總統
令加以修正，燦然大備，其中最能表現出我國立法自尊的精神，
便是摒棄了在法令公布前一切混雜的音譯。

　　因此，在「公制」譯名的歷史上探討，它的發展與譯學原則
一致：由音譯進化而到義譯。

終將消失的不當音譯

　　至如中共所倡導「米制」譯名，動機非常之「唯心」，它膽
敢斬斷中國五千年來使用的「尺」，而走回頭路用音譯的「米」，
一部分爲了愚民而指鹿爲馬，要使中國老百姓心理上誤認爲「米
制」新，中國傳統的「尺」陳舊、落伍，不應存在，而推行上所

憑藉的是高壓的行政力量。

　　一個政權憑行政的力量來推行不合乎中國語文的音譯，中共之前也有元、清兩朝的異族統治時實施過。遠的不說，試看有清一代兩百六十多年，全盛時的文治武功可追漢唐，但在強制推行音譯的名詞，只因拒絕改成義譯，却是徹底失敗。以幾個音譯的名稱爲例：

牛彔

甲喇額眞

和碩格格

阿蘇

拖沙喇哈番

巴圖魯

戈什哈

額眞

筆帖式

謀克

　　今天，知識分子中，除開唸中國史的人以外，有幾個知道這些名詞的涵義？足見這些音譯的名詞，違背了中國語文的鐵則，不到八十年就消失在故紙堆中，沒有人理會了。

　　「米制」的譯名同樣的也逃不過歷史的法則，尤其，中國民族精神的興起，必將使它們在中國語文裏消逝，任何行政力量都無助於它的命運。

如法「泡」製的米制

　　那位「越洋倡米」的作者，他認爲「米制」譯法「高明」，

我們可以聽聽他的高見。

在度量衡制度中，必須有一個「基本單位」，對太大與太小的數量，也就有「輔助單位」出現。「公制」中以「公尺」為基本單位，「公里」與「公厘」則是輔助單位。然而，這位鼓吹「米制」的先生，認為這種譯法不對，應該改譯為「千米」與「毫米」：

「從字眼上看，我們看不出『公里』與『公厘』，對『公尺』有甚麼關係，而與它們相對的兩個英文字，却是複合名詞，kil$_o$ 表示一千，kilometer 當然是一千米；milli 是千分之一的意思，millimeter 顧名思義自然是千分之一米。按這個原則組織起來的複合名詞，用來命名輔助度量單位，真是簡單而又明白，在中文裏我們是不是可以如法泡（原文如此）製呢？答案是：當然可以，如果我們把公里改稱為『千米』，不就合乎這個原則了嗎。」

談到「複合名詞」，中國人固優為之，造字六書中的「形聲」，稱得上是老祖宗了。例如梅、桃、李、杏，卽使是剛學中文的老外，一看字形有「木」的部首，就知道它們屬於果木。可是，我們能不能用中文這種方法，改革其他的語文，使它們也「書同文」，接受這種優點呢？英文與法文中的梅、桃、李、杏，何妨學學我們中文，改拼成prunewood, peachwood, plumewood, apricotwood; abricotbois, pruneaubois, pechebois, ponachebois, 一眼便知道字根屬「木」，多麼方便！

這種意見一定為「識者」拍案大笑，目為痴人說夢：「怎麼能妄以自己語文的特點，來更改別國的文字？」這句話也正是我所要問的：「那你為甚麼要以英文的這一套，要我們中文如法『泡』製，硬生生編成一套『米制』譯名呢？」

　　一個中國人居然不懂「公里與公厘對公尺有甚麼關係。」那我相信他的一生「精確」得十分累。叔梁紇、子魚、子思，一般人怎麼知道和孔子有血親關係？應當廢止稱名，而改稱「孔丘之父」「孔丘之子」「孔丘之孫」多麼明確！時間以「秒」為單位，怎能看得出「小時」與「分」對「秒」的關係？應當廢止；三小時改稱為十點八「千秒」，二十三分改稱為一點三八「千秒」……時間上只有「秒」與「千秒」，該是多麼「簡單明白」！

　　中文中的「里、引、丈、尺、寸」，我國幾千年來，雖「三尺之童」都知道是長度，國小學生都不會誤解為重量或容積的單位。然而「米制」譯名千方百計所要廢除的，卻正是這五個「長度單位」，而死死「堅持」了一個音譯的「米」不放，認為「米」這個外來音才是長度單位。

　　（中國人吃米已有七千年的歷史，都知道米的大小。然而只有《鏡花緣》第九回中，多九公「曾在海外吃過一粒寬五寸、長一尺的米，煮出飯來，雖無兩丈，吃飯後滿口清香，一年總不思食。」使得林之洋恍然大悟：「怪不得今人射鵠，每所發的箭離那鵠子還有一二尺遠，他卻大為可惜，只說：『差得一米。』俺聽了確實疑惑，以為世上那有這樣大米，今聽九公這話，纔知他說差得一米，卻是煮熟的清腸稻。」我想，這是譯「米」的出處了。）

　　「唯米派」既然知道 kilo 是一千，milli 是一千分之一，但為甚麼不知道 meter 的原義就是「度量」呢？要「全盤西化」便宜徹底來上一套音譯，廢止中文的「千」與「千分之一」，稱為「基羅米」與「米力米」，忠實於原文不說，還可以與外人直接溝通，何等完美！為甚麼還要「猶抱琵琶半遮面」，借重義譯，

弄成不中不西半音半義，來作爲一種通用的制度呢！

提倡「米制」的人還會指出，儘管「公制」的「里、引、丈、尺、寸」表示出了長度，但說到「公忽」，誰知道這是長度還是重量？何如「微米」一看就知道是長度。其實這是一種「大貓鑽大洞，小貓鑽小洞」的想法，我們以英文中的 pound 爲例：究竟它是貨幣單位，還是重量單位？「唯米派」一定說：「我要看上下文，才知道它指的是甚麼。」中文何嘗不是一樣，公尺、方公尺、立公尺，要附加形容詞的「方」與「立」，才能把長度、面積、體積分得清清楚楚；「長一公微」「重一公微」也可以區分得明明白白，難道會發生甚麼錯誤？

大 數 與 小 數

「唯米人士」還認爲：「米制」命數法名稱齊一，每隔三位加上一個「字首」(prefix) 便代表了另一個數，大小數可達 10^{18} 與 10^{-18}，就是它的特色，中文哪兒比得上？

Metric system 的「小數」字首爲拉丁文，如 deci, centi, milli,「大數」則用希臘文，如 deca, hecto, kilo。而在大數 10^6 以上與小數 10^{-3} 以下，每三位另以一個字首作區別，例如以 giga 代表 billion(10^9)；以 tera 代表 trillion(10^{12})；以 peta 代表 quadrillion(10^{15})；以 exa 代表 quintillion(10^{18})。

其實，中國文化何嘗沒有「用甚小之名，顯無限之數」的命數法，這並不是「古已有之」的自我安慰，而是鐵生生的事實。以小數來說，可達 10^{-20}；大數更可達 10^{68}，已超越了英文中的 vigintillion(10^{63})（僅有英文的一個 centillion[10^{303}]，中文還沒有這樣的「大數」名稱相比擬，但却並不是無法表達）。

　　中文的「小數」，以一分爲十厘，一厘爲十毫，一毫爲十絲，一絲爲十忽，一忽爲十微……與公制精神吻合。在長度中，由於「尺」爲基本單位，尺下尙有寸，故長度的小數可以達10^{-21}。因此我在拙作「公忽與微米」中，指出 micron 在「公制」中應譯爲「公忽」（10^{-6}），而不是10^{-7}的「公微」。

　　中文的「大數」與英文不同，英文以三位爲一節，另定名稱。如 sextillion(10^{21})，septillion(10^{24})，octillion(10^{27})……中文則「以四位爲一程」，也就是在「萬」以上，十萬、百萬、千萬以上爲「億」（10^{8}），十億、百億、千億以上爲「兆」（10^{12}），十兆、百兆、千兆之上爲「京」（10^{16}），依序還有垓（10^{20}）、秭（10^{24}）、穰（10^{28}）、溝（10^{32}）、澗（10^{36}）、正（10^{40}）、載（10^{44}）、極（10^{48}）、恆河沙（10^{52}）、阿僧祇（10^{56}）、那由他（10^{60}）、不可思議（10^{64}）、無量數（10^{68}）。

　　列舉出宋代謝察微「算經」與明代程大位「算法統宗」中這些「小數」與「大數」，旨在說明我們老祖宗留下來的宏廓大數與精確小數，其精密度並不遜色於任何一種文化，以改正「唯米派」的一項錯誤前提：他們認爲中國的數學落伍，中文的命數法無法表達 metric system 中的大數與小數，而非採取「米制」譯名不可（最近才出版的一本字典中，便將 exa (E)音譯爲「艾」，peta(P) 音譯爲「拍」，tera(T) 譯爲「太」，giga(G) 譯爲「吉」，nano(n) 譯「奈」，pico(p) 譯「皮」，femto(f) 譯爲「飛」，atto(a) 譯爲「阿」，這種譯法使人掩卷太息，具見一些譯人的迷失，完完全全數典忘祖，成了「中國文化敗家子」，只知有彼而不知有己了。）。

　　對照「公制」與「米制」譯名的附表，便可見「米制」爲了

要將 micron 譯成「微米」而不惜削足適履，硬生生將「寸」犧
牲掉；在「微米」以下的單位，又對中文的「小數」名稱一無所
知，譯不出來，就只好自創「新猷」，來上「毫微」「微微」
「毫微微」「微微微」這種既不是英文，也不是中文的譯法了。
「知新」而不「溫故」的人，怎麼可以從事翻譯、創建制度，來
誤導後代，而爲子子孫孫訕笑「不學」呢。

我在「公忽與微米」一文中，將中國文化中的「小數」提出
來了，「唯米派」又有一番說詞：「我們眞正需要這許多單位名
稱嗎？他們果眞是毫不混淆的名稱嗎？誰能記得住一公沙究竟是
幾分之幾公尺呢？公塵與公漠是熟（原文如此）大熟小呢？」

學術討論旨在探討眞理，談數，「不辨積微之爲量，鉅曉百
億與大千」？人們需要與否，混淆與否，記憶與否，大小與否，
並不能否定中國文化內大數與小數名詞的存在。反過來說，「唯
米派」決不敢對英文作同樣的指責：「我們眞正需要這許多單位
名稱嗎？sextillion 和 septillion，mega 和 meter 果眞是毫不混
淆的名稱嗎？誰能記得住一 nanometer 究竟是幾分之幾公尺呢？
attometer 與 femtometer 是『熟』大『熟』小呢？」

摧殘中國文字的「米制」譯名

「米制」譯名的最大禍害，便是摧殘中國文字。

美國鼎鼎大名的科學作家艾西莫夫 (Issac Asimov)，在最
近一篇文字中慨然指出：「數字式手錶出現，固然是一種進步，
使小孩容易認識時間，却也喪失了知道『順時鐘方向』(clo-
ckwise) 與『反時鐘方向』(counterclockwise) 這兩個字兒的意
義；對生活中方向的旋轉，增多了認識的困難；也不會了解：五

十九秒以後，怎麼會是零秒。」所幸，人們都已知道數字錶導致的缺失，刻度錶在市場上已東山再起了。

「米制」的譯名，出於一些「有科技無人文」的人士所創建，完全不顧這種譯名對中國語文可能造成的傷害。他們「唯米是尚」，已把「里、引、丈、尺、寸」從中國人的日常生活裡一筆勾消。如果一任這種「米制」蔓延，我們後代的子子孫孫，對中國文化的認知都會發生困難了。像「行百里者半九十」「可以寄百里之命」「可以托六尺之孤」「無尺寸之膚不受焉」「枉尺而直尋」……這些話都不會懂，甚至連「得寸進尺」「沒有分寸」「寸有所長，尺有所短」「寸金難買寸光陰」……這些成語都不會使用了。關心中國語文的人，能對這種危機坐視不理嗎？

英國人寧可不要印度，却不願意放棄莎士比亞；中國人寧可不要「米」，也不願拋棄使用了五千年的「里、引、丈、尺、寸」。只有「公制譯名」，便達到了既採用先進制度，又不損害中國文字的雙重目的。

公制與米制譯名對照表

	英文	數字	公制譯名	米制譯名
10^{18}	exameter	1,000,000,000,000,000,000m	千兆公里	千兆千米
10^{17}	100 petameters	100,000,000,000,000,000m	百兆公里	百兆千米
10^{16}	10 petameters	10,000,000,000,000,000m	十兆公里	十兆千米
10^{15}	petameter	1,000,000,000,000,000m	兆公里	兆千米
10^{14}	100 terameters	100,000,000,000,000m	千億公里	千億千米
10^{13}	10 terameters	10,000,000,000,000m	百億公里	百億千米
10^{12}	terameter	1,000,000,000,000m	十億公里	十億千米
10^{11}	100 gigameters	100,000,000,000m	億公里	億千米
10^{10}	10 gigameters	10,000,000,000m	千萬公里	千萬千米
10^{9}	gigameter	1,000,000,000m	百萬公里	百萬千米
10^{8}	100 megameters	100,000,000m	十萬公里	十萬千米
10^{7}	10 megameters	10,000,000m	萬公里	萬千米
10^{6}	megameter	1,000,000m	千公里	千千米
10^{5}	10 myriameters	100,000m	百公里	百千米
10^{4}	myriameter	10,000m	十公里	十千米
10^{3}	kilometer	1,000m	公里	千米
10^{2}	hectometer	100m	公引	百米
10^{1}	decameter	10m	公丈	十米
度制基本單位	meter	1m	公尺	米
10^{-1}	decimeter	0.1m	公寸	分米
10^{-2}	centimeter	0.01m	公分	厘米
10^{-3}	millimeter	0.001m	公厘	毫米
10^{-4}	0.1 millimeter	0.0001m	公毫	絲
10^{-5}	0.01 millimeter	0.00001m	公絲	
10^{-6}	micron	0.000001m	公忽	微米
10^{-7}	0.1 micron	0.0000001m	公微	
10^{-8}	0.01 micron	0.00000001m	公纖	
10^{-9}	nanometer	0.000000001m	公沙	毫微米
10^{-10}	0.1 nanometer	0.0000000001m	公塵	
10^{-11}	0.01 nanometer	0.00000000001m	公埃	
10^{-12}	picometer	0.000000000001m	公渺	微微米
10^{-13}	0.1 picometer	0.0000000000001m	公漠	
10^{-14}	0.01 picometer	0.00000000000001m	公模	
10^{-15}	femtometer	0.000000000000001m	公逡	毫微微米
10^{-16}	0.1 femtometer	0.0000000000000001m	公須	
10^{-17}	0.01 femtometer	0.00000000000000001m	公瞬	
10^{-18}	attometer	0.000000000000000001m	公彈	微微微米

標準局的雙重標準

　　七十七年二月六日及八日，《中央日報》刊出經濟部在七十六年十一月二十七日頒布的「度量衡器製造及修理業之檢校設備標準」。由於這是一種「令」，自然期望國民「一體遵行」，可是其中出現的幾個長度單位名詞，却與國家目前的制度不符，使人費解。

　　我國採用舉世通用的 metric system，有兩種譯法。一種取義譯，把長度單位的 meter 譯為「公尺」，在學理上說，屬於「縱的繼承」，沒有與我國固有的長度名稱脫節；另一種則音譯為「米」，完全採用原文的音，及另加「詞冠」(prefix)，則是「橫的移植」了。前者譯名可以稱為「公制」，後者則為「米制」。四十年來，海峽兩岸各行其是，但「米制」由於背離中國文化，以及譯名不夠週延，近年來已受到學者的批判。擁「米」派則指斥「公制派」「以人文觀點強行干預科學觀點」堅稱譯「米」才合乎科學要求。換句話說，他們認定度量衡的單位譯名純屬科學界的事，豈容人文界置喙。

　　在這兩種截然不同譯名的體制下，經濟部中央標準局在這一

道「令」中，表現了「技術官僚」的「折衷」之道，millimeter (mm) 變成了「毫公尺」，micron 成了「微公尺」；看起來遵循公制，實際上却瞞天過海，採用了米制的方法，誠屬富於「闖」意，要闖學術界這一關。不過我們眞希望知道，他們是不是把kilometer 改成了「千公尺」；decimeter 改成了「寸公尺」。

　　不過，經濟部中央標準局本身的職掌，爲管理全國的度量衡制，它在法令內、辭典中、教科書上，黑紙白字，既已規定了「mm」的中文爲「公厘」，爲甚麼悄悄兒搖身一變，一下子竟改成了「毫公尺」，而社會毫無所悉。標準局竟大搞其雙重標準，老百姓何去何從？

　　更改制度，茲事體大。經濟部務必要向全體國民說明，才有一個交代，使國人有所遵循。否則，這就是眞正的「一國兩『制』」了。

——七十七年二月廿二日《中副》

譯 名 宜 愼

在人類使用原子彈四十週年的今天，却爆發了另外一枚威脅人類健康的氫彈——AIDS。這種絕症初起時，一度以爲是「斷袖疫」（gay plague），只會在男同性戀人士中發生；然而科學家發現，這種起源於中非的性病，也因爲輸血、注毒、性接觸，已在異性戀中流行，並且禍延下一代的稚子嬰兒了。病例以幾何級數每年兩倍的速度增加，終將蔓延及於全球，每一處都可能遭受這種「世紀毒」的侵襲。

到目前爲止，AIDS 迄無特效藥可治，染病以後只有坐以待斃的份兒。美國「疾病控制中心」的傅南西斯博士認爲：「這種病會使一九六幾年代以來的『性革命』告一個段落。你可以拿自己的命甘冒疱疹或者 B 型肝炎的險，但不能冒這種病的險。」

舉世各國對這種絕症無不憂心忡忡，風聲鶴唳，投入了大量的資源從事研究、預防與醫治，謀求對抗。

中文將這種性病，根據原文 Acquired Immune Deficiency Syndrome 譯爲「後天免疫不全症候羣」，意義夠週詳的了。問題是這個名詞在新聞上出現的頻率愈來愈繁，英文可以用「簡稱」

(acronym)，逕稱爲 AIDS，中文能不能也譯出一個旗鼓相當的簡明譯名來呢？

就全名來看，「症候羣」譯得比較累贅，syndrome 本是希臘文，原指「跑在一起的動作」，後來引伸爲「動物或者植物某種病症、障礙的一羣徵候或者跡象」。這是醫學上的專門名詞，中文便有徵候簇、徵狀羣、複合徵狀、複徵、綜合病徵、症候羣等好幾種譯法。其實，任何醫師提到這種病時，總是說 this disease，不會說 this syndrome，「候羣」兩個字兒，我們能省則省吧。正如我們把 Anginal Syndrome 稱爲「心絞痛症」；把 Parkinsonian Syndrome 稱爲「巴金生症」一樣。

再簡略一點，「不全」兩個字兒也可以略去；acquired 則不能省，它指「後天的」，也指「病從外入」而「獲得的」；與原發性的「先天免疫不全症」相對，光說「免疫不全」，分不出先天的與後天的。如果簡稱「後天免疫症」，大致上還看得出來是「免疫」系統上有了症狀了，而且是從外界得來，縮爲五個字仍不失原義。

能不能再省略一點？像 NATO 那麼譯得非常簡潔，逕譯「北約」，久久社會也就接受了這個簡稱。如果再簡化一點，我認爲毋妨譯成「後疫症」，也不失爲一種辦法。

最近有人倡導，把 AIDS 音譯爲「愛滋」，這種譯法違背了翻譯名詞以義爲上的原則不說；而且把本世紀視同「天譴」的傳染性性病，偏用人間最寶貴最尊重的詞兒「愛」相連，似乎比擬於不倫。人類自作孽而蔓延的這種絕症，怎麼能肇錫以如此佳名，這種性病是爲「愛」而「滋」嗎？中文中同音而貶義的「曖」「礙」「隘」，爲甚麼不用？

　　如果眞要用音譯只有「黑死症」庶幾近之；倘若再要找一個音義相近的譯名，「黑疫症」也未爲不可。這兩種譯名取「症」而不用「病」，便是求與號稱「黑死病」的鼠疫有別。

　　「必也正名乎！」譯名是一件大事，千萬要愼重對待，率爾操觚，社會會受到損害，我們豈可不愼！。

——七十四年九月八日《美華報導》

正　譯　名

　　正當全世界為本世紀黑死病的 AIDS 惶惶不可終日時，國內却有「處士橫議」，捨棄既有的「後天免疫不全症」不用，而另起爐灶，替這種性病創造一個美麗動聽的名稱「愛滋」，連「症」都不附加。這兩個字兒再譯成英文，便是 spreading for love，這種譯名只有少數人欣然引以為慰，如果以之示舉世最前衞的人士，恐怕都要瞠目結舌，推為宗師了。

　　把 AIDS 譯為「愛滋」，這是名詞翻譯中，有悖原則的一個好例證：第一，名詞以義譯為上，這個名詞已經有了正確的義譯，而且行之已久，毫無必要再用音譯來造成語文中的混淆、溝通上的紊亂。第二，違背了我國儒家「正名」的思想，故意為惡疾而彰善名，顛倒了社會價值的認同標準。第三，少數譯人忽略了慎思明辨的功能，但務新奇，隨意把這種惡劣的譯名廣事宣揚，忘記了本身的社會責任。

　　譯名，不是小事，不能以遊戲人間的態度出之。中國文化的綱維，即在正名。「名者，大理之首章也。」儒家是是非非善善惡惡，主正名即在循名以責實，如果名實不符，是非真偽善惡，

便沒有公認的價值標準了。

　　對 AIDS 的正確譯名「後天免疫不全症」，如果嫌它長，也可以有短的譯法。要音譯，譯成「曖滋症」、「曖恥症」、「黑死症」、「隘滋症」、「礙恥症」、「曖死症」……都未爲不可。從這些紛紜不一的名稱中，也可以看得出，中國語文中的同音字多，音譯難以齊一，不如義譯的確切。但退一步說，甚麼都可以用，却不能以人間神聖尊貴的「愛」字，與這種惡疾作名稱。

　　請不要以「約定俗成之謂名」，來爲「愛滋」作辯護，認爲現在大家都用開了，　誰都知道了，　它就應該在中文內有一席地了。荀子＜正名篇＞中，還有下一句：「異於約則謂之不宜」，這個「約」就是原則。「名，言之善，則悅於人心；言之惡，則恞於人耳。」面對廣大而不知就裏的民衆，我們該爲這種號稱人類健康核彈的不治之症，取一個十分動聽而可親可近的名稱呢？還是產生震撼恐懼，　愼加戒備防範的名稱呢？像「愛滋」這種違反了學理與道德原則的譯名，我們還能默爾而息，聽任它「俗成」下去嗎？

　　　　　　　　　　　　　　　——七十四年九月十一日《華副》

談 AIDS 的 譯名

　　我在＜正譯名＞一文（九月十一日《華副》）中，提綱挈領就說明了「不應用『愛』字作惡疾的名稱」。與「愛」同音而具有貶意的字兒，計有「噯」「礙」「隘」三個可供音譯選擇，排列組合起來，有九種音譯可供採用：

　　　　噯滋症、礙滋症、隘滋症

　　　　噯死症、礙死症、隘死症

　　　　噯恥症、礙恥症、隘恥症

　　如果還用「黑」作音譯，更可增加：

　　　　黑死症、黑滋症、黑恥症

　　這十二種譯法，我們一眼便可以看得出來，全是對「後天免疫不全症」含有貶意的譯法，我想除了少數人以外，沒有人樂意見到這種性病，在中文字裏有一個可親可近的「愛滋」之名。

　　然則，另外一種愛死症，是否可用？從翻譯的立場上看，這個譯名較「愛滋」略高，但譯音譯意則互相含混，從譯音上來說，AI 既譯為「愛」，DS 怎麼能譯為「死」，而不用「滋」、「恥」，要譯「死」，那就得一個字母一個字母的譯，應該譯成「厄噯的

死」。

　　或謂「愛死」，就是「他們愛死，就讓他們去死吧。」其實這只是這個詞兒的第一義。

　　「愛死」就字面上看也可以譯爲「爲愛而死」 (To die for love)。

　　「死」(die) 這個字兒，不論在中文英文，另有「極其」 (extremely) 的意義。指「『極其』頑强而不變通的傢伙。」此外還有「累死了」 (dead tired) 「等死了」(die for waiting) 這一類句子，證明英文中，「死」並不只限於「魂斷離恨天」的一義。

　　至於中文把「死」當做「極其」，更是比英文廣泛得多了，像：

　　　　「好看死了！」 (wonderfully pretty)

　　　　「壞死了！」 (frightfully bad)

　　　　「鹹死了！」 (frightfully salty)

　　　　「辣死了！」 (frightfully hot)

　　　　……

　　因此，「愛死」也可以被人作爲「高興死了」、「樂死了」的同義話，認爲對這種惡疾「愛得要命」的「愛死了」。

　　子貢說過：「壽者人之情，死者人之惡。」古今中外，儘管有仁人志士「勇於就死」，但絕沒有人「愛死」，因此這個違背人性想法的譯名，很容易誤導爲「爲愛而死」與「愛死了」這兩種含義。

　　一個名詞，譯音旣不恰合，譯義又易滋誤解，怎麼可以讓它流傳開來而不加以討論？這種舉世爲之色變的惡疾，究竟該褒該

貶，譯音時豈可不表明態度？在「愛」字邊加個「日」字輕而易
舉，就不會有人曉曉不休了。

　　衞生署對這種病已有了正確、正式的譯名，稱爲「後天性免
疫缺乏症候羣」，這是全名的譯義，但却沒有解決新聞媒體報導
上的困難。一串兒十個字，標題怎麼做啊，左一個「──症候
羣」，右一個「──症候羣」，看起來累不累？因此變通的辦法，
是逕用英文 AIDS，倒也不襃不貶，十分客觀，忠實。但站在翻
譯的立場，一個譯名竟譯不出一個中文，簡直失職丟人；我認爲
毋妨簡譯成：「後疫症」。

一個蘿蔔一個坑

在現代社會，對任何主題的多種觀點，貴在能平心靜氣加以討論。誠以理未易察，事未易明，總要說得說一番道理來，才能使人接受。

外國的期刊報紙，對重大的主題，常常採取「同時平衡報導」，來上一個「蘿蔔」（pro）一個「坑」（con），把贊成與反對的意見，在同一期、甚至同一個版面上刊載出來，雙方的論點鉅細靡遺，使讀者有所判斷，知所抉擇。

例如：最近熱門的「星戰」，眾說紛紜，美國的《發現》（*Discover*）雜誌，便在去年九月份那期，同時發表「氫彈之父」泰勒（**Edward Teller**）的「贊成」，和天文學家卡爾沙岡（**Carl Sagan**）的「反對」；雙方舌劍脣槍，長篇大論，堪稱「世紀的對決」。

去年，國內一窩蜂把「世紀黑死病」的 AIDS，忽然從義譯的「後天免疫缺乏症」，改為音譯的「愛滋」或者「愛死」，風起雲湧，充分表現有些傳播媒體對這種譯法的認同與贊成，但是社會大眾也有權利聽一聽反對這種譯法的聲音。

標義的中文，任何音譯的詞兒，幾乎都會產生意義，所以漢唐佛經的音譯，都在大量同音的字羣中，挑選偏僻、艱深、罕見的字兒來表達，才能使所譯的意義，完完全全與一般中文的意義有所不同。因此，佛經中許許多多「闍」、「爛」、「揭」、「遮」、「摩」、「祇」、「槃」……的組合成詞，才絕對不會使人誤導或者誤解，這種用意，後代譯人應多省察。

翻譯史上有過這麼一段故事：西夏景宗曩霄（一〇〇二～一〇四八年），在慶曆三年（一〇四三年，也就是范仲淹作＜岳陽樓記＞的前二年）時，派遣伊州刺史賀從勗，到汴京向宋仁宗納款輸誠。西夏稱國君為「兀卒」，以前上書宋朝，奉宋為父，都是「男邦泥定國兀卒上書父大宋皇帝」，但這一回却把「兀卒」改成了「吾祖」，當時平章國事的呂夷簡與朝廷大臣，都沒有發覺甚麼不妥。可是在直史館為皇帝修起居注的蔡襄，却認為西夏國的表文譯音用詞不妥，便抗議說：「元昊（曩霄）起先自稱『兀卒』，現在改為『吾祖』，意義就是『我爺爺』，存心侮辱本朝，可謂到了極點；假使朝廷賜他詔書，也稱『吾祖』，這像甚麼話（是何等語邪）？」虧得蔡狀元的一語點破，宋仁宗才沒有稱西夏景宗為「吾祖」。

「兀卒」與「吾祖」譯音相近，但是所代表的意義却迥然不同；因之，譯人為一個名詞必不得已而採取音譯時，選字作詞，務必謹慎，以免造成誤導。

AIDS 要譯得白話一點，便是「惹來的爛病」。正確點說，這是一種性病，其恐怖、狠毒、無藥可治，遠遠超過了淋病、梅毒、疱疹。染上了這種病，護士不肯照料；殯儀館不肯收屍；一個小孩子因輸血得病，許多學童父母都不讓自己孩子上學，這並

不是西方人神經兮兮，反應過度，的確由於這種現代黑死病容易感染，染上以後便死多活少，談虎色變所致。

這種舉世恐怖的惡疾，當代國人却似乎「恃吾有以待之」，不但毫無懼色，而且還喜孜孜創譯兩個親切動聽的名詞「愛滋」「愛死」，不時大字標題，時時醒目刊出，那種歡迎之不暇的神情，躍然紙上。

無論多麼巧為辯白，這種性病是「愛」嗎？我們不懂為甚麼好端端的「後天免疫缺乏症」不用，要創譯這種不適當的音譯。

把 AIDS 譯成「愛滋」，顯而易見是對這種惡疾的「蘿蔔」；譯成「愛死」，也沒有考慮到這個譯名所造成的誤導。除開可能使人誤為「為愛而死」「愛得要死」「愛得死脫」外，還有目前盛行的曖昧含義。說穿了，這是男女床第間一種貪愛纏綿所發出的聲音。

也許，有人會為這種譯名辯護，認為這只是巧合。但我們反對這種譯名的人也可以問：為甚麼你不譯「厄曖的死」呢？為甚麼不譯「曖滋」「曖死」呢？

目前，「愛滋」與「愛死」氾濫成災，甚至連為民眾「作之師」的社教機構，也堂堂皇皇在大門口貼起「愛滋病」來了。九百四十三年前蔡君謨的話：「是何等語邪？」近代人也許聽不入耳，那麼就借用《玫瑰玫瑰我愛你》中的一句吧！

「做老師的人，這款莫斯文的話也講得出口，實在不像話！」

—七十五年二月二日《聯副》

語 文 餿 水 油

《聯副》今年初曾經呼籲讀者作者共同參與「保衞中文」，在語文素質日趨下游的今天，這種登高一呼，深得我心。

現代文明中，萬事萬物各有其自衞的功能，它的具象便是法則。順乎法則的則可以自由，可行變革，可求進步；逆於法則的有悖功能，則會受到排斥，遭遇抵制。語文也不能自外於這種範疇，因此從法則上探討近代語文的一些病徵以辨是非，才是衞護中文的正道。

由於中西文化的相互衝擊與揉和，傳播工具的迅速普及，目前中文也漸漸在調整適應，起了變化。但也有些人遠離法則，務好新奇，忽視中文的本質，恣肆一己的好惡，把不當的語文透過傳播工具，強迫推銷給受衆，形成文化的污染，這種現象值得我們警惕。

國內在近一年內，少數傳播媒體把 AIDS 改譯成「愛滋」與「愛死」，我期期以爲不可，先後發表了＜譯名宜愼＞＜正譯名＞＜談 AIDS 的譯名＞＜一個蘿蔔一個坑＞四篇文字，便因爲這種譯名既違背了翻譯的原則，違反了名詞翻譯的原則；更使人遺

憾的，這也違棄了知識道德的原則。

　　這種譯名與餿水油並無二致；第一，它毫無所本，沒有學理的根據；第二，急功近利，只圖現成；第三，圖利少數人，却不管社會大眾的噁心與死活，罔顧以後可能造成的副作用與後遺症。

　　翻譯的原則雖則言人人殊，但一致受到認同的，則為嚴復在四十四歲（清光緒二十二年，一八九六年）譯《天演論》自序中，所說的「譯事三難：信、達、雅」。九十年來屹立不移，還沒有遭遇其他翻譯原則的挑戰。

　　就翻譯的首要原則「信」來說，把 AIDS 譯成「愛滋」與「愛死」，可說南轅北轍，與原義相差了十萬八千里，明明是一種疾病的簡稱，如何可以譯成一種十分感性的稱謂，對原文了無忠實可言？

　　我曾經說過：「最忠實的譯卽是不譯。」如果翻譯人一時想不起該如何忠實譯出這種疾病，在英文逐漸普遍的今天，逕自寫出 AIDS，並不會造成受眾的誤解與誤導。有許多傳播媒體不論口頭或文字的內文與標題，便都採取了這種作法。

　　次就「達」來說，這種譯名並沒有使讀者了解原文所要傳達的意義。英文中有許許多多「簡稱」（acronym），如果譯音則無法溝通，所以 NATO 不譯「那拖」而譯「北約」；OPEC 不譯「歐佩克」而譯「油組」；NASA 不譯「那撒」而譯「太空總署」；WHO 不譯「火」而譯「世衞組織」；SST 不譯「斯斯梯」而譯「超音速客機」……這類譯名不勝枚舉，旨在求「達」。而「愛滋」與「愛死」，反其道而行，只是音的複製，辭不能達意；正如梁任公所斥責的：「全採原音，幾同不譯。」如果這也算翻譯，那這種工作也實在太輕而易舉了。

幾道先生所說的譯事之「雅」，以現代的話來說，便是修辭要「恰如其分」。原文獷悍，譯文便要粗野；原文高尚，譯義也要雅致，總求如影隨形，銖兩悉稱。AIDS 只是一種科學名詞，不褒不貶，而用「愛」去美化，譯得毫無理由，導致讀者產生想像的空間而誤解了原義；這種矯揉造作，豈得稱之爲「雅」？

名詞翻譯也有它的原則，今天學術分科精密，術語名詞層出不窮，譯名是否得當，自應以行家所譯的爲準，這也就是「依主不依客」的首要原則。衞生署已經公布，將 Acquired Immune Deficiency Syndrome 譯爲「後天性免疫缺乏症候羣」，外行人就沒有資格、也沒有必要去越俎代庖，另取其他譯名，造成認知上的混亂。要用簡稱，也只能在全名中簡化爲「後疫症」。

譯名的第二個原則爲「依義不依音」，中文爲標義的文字，只有譯義才是正確的譯法：AIDS 的每一個英文字兒，中文都有正確的意義，也毫無採取音譯的必要。

「文須有益於天下。」顧亭林對知識分子的期許，在現代來說，也許陳義過高，但最低限度，我們應該使自己的作品對社會大衆無害，這是一種很基本的知識道德。

我相信創作「愛滋」與「愛死」譯名的人，最先也只是興到拈來，取其新奇能引人注目，但從沒想到它可能在社會上引起的副作用。

以「愛滋」來說，明明白白指出這種惡疾因「愛」而「滋」生；「愛死」則有「做鬼也風流」的暗示，使得得了這種性病，或將來可能傳染上這種暗疾的人，理直而氣壯。我國知識分子竟前衞得造出這種口孽，怎麼不令人跺腳？

盡人皆知，「愛死」也是兩情繾綣時的一種囈語，有些言情

小說中便「愛死」之聲不絕。而我們有一些傳播媒體，羣相以「愛死」頻作標題，煽情到了這種境地，有沒有想過，社會大衆對傳播媒體自誓以「民族道德」與「社會責任」爲己任的諾言，產生「信心危機」？

　　餿水油案有「消費者文教基金會」的調查揭發，靠消費大衆的警覺，才能消聲匿跡。然而對「語文餿水油」的氾濫，作爲傳播媒體既無虞口誅，「身後事情誰管得」？也不必懼後世可能的筆伐，受害的媒體受衆就只有自求多福，退避三舍，才能免於這種污染，才能免得下一代的青少年受到影響了。

　　這一年來「愛滋」與「愛死」的大行其道，在我國翻譯史上，將是斑斑污點的一頁。

　　　　　　　　　　　　　　——七十五年八月一日《聯副》

AIDS 應譯為「曖滋」

近一年來，為了 AIDS 的譯名，眾議紛紜，有的主張用「愛滋」，有的倡用「愛死」，我對這兩種譯法都期期以為不可，曾為文五篇，從翻譯的學理上，從媒體的社會責任上，探討這兩種譯名的未見允當。國立編譯館館長曾濟羣先生，在去年十二月份《中央》月刊〈提升文化水準〉一文中，也認為「把 AIDS 稱為『愛死病』『愛滋病』，卽遠不如譯成『後天免疫力缺乏症』要來得貼切明晰。」

然而，行政院衞生署防疫處處長莊徵華，在七十五年十二月廿六日宣布，決定將 AIDS 俗名統一訂為「愛滋病」，希望各界採行，以利衞生教育的推廣。莊處長是政府衞生大員，他這種宣布，無疑的是一種正式「認可」，遭受抨擊已久的「愛滋」譯名，遂如河之潰，大肆氾濫在國內許許多多平日號稱謹嚴的文字媒體上。

莊徵華處長在處理這件事上，太過操切。任何一種名詞，都有學名與俗名之分，衞生處只能謹守學名，不必決定俗名。例如預防「瘧疾」，這是官方正式的學名，便不宜把「打擺子」「發

寒熱」等俗名作統一的打算。現代新名詞的成立有賴「先約定而後俗成」，卽由學有專精的人士決定了正確的譯名而後推廣俗成，萬不可反其道而行，以俗名喧賓奪主。衞生署旣然已把 AIDS 譯成了「後天性免疫缺乏症候羣」，却沒有適應能力把它簡化爲「後疫症」來推廣，反而要用外行人所譯的「愛滋」，更顯得太阿倒持，缺乏擔當了。

　　預防重於治療，這是現代醫療衞生的大前提，「防疫處」之設首重在「防」，心防更是第一課，而莊徵華處長却自毀長城，逕自鼓勵「各界採用『愛滋』，以利衞生教育的推廣」。文字上十分顯明，說這種疾病「因愛而滋」，使罹患這種性病的人，有了一個十分振振有詞的藉口。創造這種譯名的人固屬別有用心，爲甚麼以對抗這種惡疾爲職志的莊徵華處長，也落進這種語文的陷阱而不自覺？心防先崩潰，防疫就事倍而功半了。然而，他身爲衞生大員，却公然倡用這一個惡劣的譯名，必然逃不過歷史的批判。

　　亡羊補牢，猶未爲晚，莊徵華處長如果要統一 AIDS 的俗名，加強防疫的第一道戰線，先聲奪人，使得預防工作更能有效展開，不使萬千人，尤其是青少年罹患這種惡疾，應該把 AIDS 的俗名，統一爲「曖滋」。

——七十六年一月十二日《民生報》

＊＊＊＊＊＊＊＊＊＊＊＊＊＊＊＊＊＊＊＊＊
＊　　　　　　　　　　　　　　　　　＊
＊　　　　　　　　　　　　　　　　　＊
＊　　依　簡　不　依　繁　　　＊
＊　　　　　　　　　　　　　　　　　＊
＊＊＊＊＊＊＊＊＊＊＊＊＊＊＊＊＊＊＊＊＊

譯 名 識 小

　　中西文化的異同，從人的命名上，也可以看得出一點兒來。

　　西洋人爲孩子取名，常由牧師、神父在教堂爲嬰兒領洗時舉
行，所以名也稱「洗名」(baptismal name)或「教名」(Christian
name)。 我國爲孩子命名，則屬於做父親的專利，「名者，始生
三月之時， 父所命也」。 而且要「名之於祖廟」。 命名的人、
時、與地點，都規定得清清楚楚，十分愼重。

　　我國人爲孩子取名，自古以來便「肇錫以『佳名』」(propit-
ious names)，取其吉利而富有意義。 西洋人命名也是一樣，像
「約翰」便是希伯萊語的「神恩浩蕩」；「菲利普」是希臘文的
「愛馬人」；「貝莉」是法文的「美」； 「茱莉」是拉丁文的「年
輕人」等等。古代希臘人和我國人， 還有取「歹名」(apotropaic
names) 的風俗， 以免孩子名好命旺，鬼神見妬，以致早夭。目
前坊間流通的「姓名學」(Chinese anthroponomastics)，都只談
如何取佳名避歹名， 未免有所偏。 宜於增補一章談談歹名， 這
樣我們就會恍然大悟，何以民間有那麼多「乞食」、「叫化」、
「狗子」、「醜奴」、「罔市」、「罔腰」這類不雅馴的名字了。

西洋人名以外，還有種「親熱的名字」（hypocoristic names），供親近的人稱呼，像威廉稱爲比爾，詹姆士稱爲吉米，約翰稱爲詹尼都是。我國則「男子二十冠以字， 女子許嫁笄而字」， 以字相稱；古羅馬人也相同，除開姓（cognomen）與名（nomen）外還有專供至友相稱的「字」（praenomen）。

然而，我國人名中的「諱」（name's taboo），却是我國文化所獨有。以往，爲孩子命名時，有很多字兒要避開，兒子甫生，就要考慮到孫子輩將來「避諱」的困難了；所以取名「不以國，不以官，不以日月， 不以山川， 不以隱疾， 不以畜牲， 不以器幣。」

古代爲了避父母的諱，不但「口不得而言」，不敢說父母名的那幾個字兒，甚至不敢寫，同音的字兒也避開。忌諱得到了有學位不去考，有官不去做的程度。唐代的鬼才李賀，因爲父親名晉肅，而不去參加進士考試。「文起八代之衰」的韓愈，爲了這位青年才俊避諱，大不以爲然，特地寫了一篇＜諱辨＞說：「李賀父名晉肅，子不得爲舉進士；若父爲仁，子不得爲人乎？」道理雖然明白，可是李賀還是不去考那個博士學位。這碼子事竟無獨有偶，到了宋代，唐朝抗日名將劉仁軌的十一世孫劉熙古，因爲祖父名寶進，也不舉進士，竟自絕了仕祿這條路。

明白古代「名諱奉爲彝憲」的規矩，讀古書就會解決很多困惑。在我國文學中， 司馬遷父親名談， 所以《史記》上沒有談字，他甚至連別人的名都加以移改，像趙談就寫成了趙同。蘇軾祖父名序，所有蘇文中的序都改成引，或者寫作敘。杜甫父親名閑，因此杜詩中沒有「閑」字。有人讀到「鄰家閑不違」；還有「見愁汗馬西戎遍，曾閃朱旗百斗閑。」以爲工部犯諱了。但是

查到古版，才知道原刻爲「問不違」和「北斗殷」，從這些例子看，　如果做考據和版本學這兩門學問，　明白作家所避諱的是甚麼，　會有很大的助益。

　　我國講求人際關係的人，必須「入門而問諱」，以免無意中觸犯主人，賓主爲之不歡。「詩聖」杜甫作詩，對避自己的父諱很謹慎。可是有一次却恃才使酒，口沒遮攔，犯了開府四川、成都尹兼劍南節度史嚴武的父諱，幾幾乎惹上殺身之禍。＜雲溪友議＞中說：「嚴武擁旄西蜀……杜拾遺乘醉言曰：『不謂嚴挺之有此兒也！』武恚，目久之。曰：『杜審言孫子擬捋虎鬚。』……武曰：『與 公等飲饌謀歡，　何至干祖考耶？』……　武母恐害賢良，　以小舟送甫下峽，　幾不免虎口。」　也虧得歷史上有這一段犯諱幾近送命的故事，「詩仙」李白聽到了，爲杜甫額手稱慶，寫了一首＜蜀道難＞勸慰他：「遠道之人胡爲乎來哉？錦城雖云樂，不如早還家。」成了流傳千古的一首好詩。

　　因爲「諱」的重要，我國人命名，祖、父、子的名，一個字兒相同的還偶爾有，如王羲之之後有徽之，但名字中兩個字兒完全相同的，以前絕對沒有。

　　西洋人則根本沒有「諱」的想法，美國有些人取起名字來，喜歡一「名」到底傳下去。父親約翰史密士，兒子也約翰史密士。爲了區別起見，做老爸的在姓名後附加一個「老」(Sr. Senior)，兒子在姓名後加上一個 「小」(Jr. Junior)。如果孫子還是約翰史密士，便得稱「三世」，在姓名後附加一個「3d.」了。比如，曾在白宮輔佐雷根，權傾天下的貝克與米塞，都是「三世」。

　　美國人父子同名之多，多得捷克布拉格市一家報紙刊載讀者來書，問「Jr.」是不是美國所獨有？實際上早在十八世紀，英國

開疆拓土、四世三公的皮特（Pitt）世家，威廉皮特的第二個兒子，也名威廉皮特，那時便有「老皮特」（the elder Pitt）與「小皮特」（the younger Pitt）的稱呼了。法國文豪莫泊桑也寫過一篇小說＜老賀脫特與小賀脫特＞（Hautot Senior and Hautot Junior）。我國也有「大小」與「老小」稱人，只不過有時指父子關係；如隋唐時的「大小尉遲」，指善繪畫的闐國人尉遲跋質那與尉遲乙僧父子；「大小李將軍」指唐代名畫家李思訓、李昭道父子；宋代三蘇，父親「老蘇」蘇洵，兒子「大蘇」蘇軾和「小蘇」蘇轍。但有時指叔侄關係，如「大阮」阮籍，「小阮」阮咸；有時則指同代、同姓、同有名的人士，如詩家稱杜甫爲「老杜」，杜牧爲「小杜」；宋代西夏人稱范雍爲「大范老子」，范仲淹爲「小范老子」。

但是美國人的「老小」，一定指父子關係，只不過似乎鼎鼎大名的人，都是「小」的居多。像第三十八任總統福特（Gereld Rudolph Ford, Jr.）；第三十九任總統卡特（James Earl Carter, Jr.）；衆院議長歐尼爾（Thomas O'Neill, Jr.）；參議員高華德（Barry Goldwater, Jr.）；葛倫（John Herschel Glenn, Jr.）；加州州長布朗（Edmund G. Brown, Jr.）；國務卿海格（Alexander M. Haig, Jr.）；運輸部長路易士（Drew L. Lewis, Jr.）；前聯合國大使楊格（Andrew Jackson Young, Jr.）；飛行家林白（Charles A. Linbergh, Jr.）；宗教家馬丁路德金（Martin Luther King, Jr.）；傳記家班奈特（Lerone Bennett, Jr.）姓名後都附得有「小」。

從這些人名常用的翻譯方式上看，除非父子齊名，蘭桂騰芳——像上一代的武俠明星老范朋克和小范朋克（ Douglas

Fairbank, Sr. & Jr.）——一般都從簡，不但不譯「小」，而且連「名」與「中名」都一併省却，專譯姓氏，我們閱讀時就省事得多了。

　　美國有兩位羅斯福總統，第二十六任的 Theodore Roosevelt，國人譯爲「老羅斯福」並沒有錯，他的一個兒子「小羅斯福」，後來出任過海軍部長與菲律賓總督。而第三十二任總統 Franklin Delano Roosevelt，却只宜譯「羅斯福」，他雖是老羅斯福的遠房堂弟，却沒有父子關係。近人不察，把 "FDR" 譯成「小羅斯福」，便成蛇足了。

　　臺北市有「羅斯福路」，臺灣省則有「麥克阿瑟公路」。麥克阿瑟將軍一家人的姓名，竟祖孫四代相同。擔任聯邦法官的老阿瑟麥克阿瑟，哲嗣爲小阿瑟麥克阿瑟；小麥克阿瑟生了兩個虎子，長子阿瑟麥克阿瑟三世，海軍官校畢業；次子道格拉斯麥克阿瑟，陸軍官校畢業。哥兒倆日後各生了一個兒子，麥克阿瑟三世的孩子取叔叔的名，爲道格拉斯麥克阿瑟二世；而麥帥的兒子，則繼承了曾祖、祖父、伯伯的名，爲阿瑟麥克阿瑟四世。您瞧瞧，要弄明白眞還得想一想呢。

　　從命名上，中西文化大同而小異。西洋人取名無所謂諱，本乎愛而出乎情；我國人取名，過去有諱的觀念，則本乎禮而出乎敬，奠定了長幼有序的倫理觀念。

——七十一年三月十一日《中副》

簡化美國各州譯名

　　譯名簡化，是翻譯進化一種必然的過程。雖則這種過程極為緩慢而不易發覺，但久而久之，反而認簡稱為正名了。例如「美國」的正名應該是「美利堅聯邦合衆國」；「英國」為「聯合王國」；「法國」為「法蘭西」；「義國」為「義大利」……

　　至如國以下的地名，近年也有簡化的趨勢，最顯明的如 Philadelphia，譯成中文唸便是「費列得爾菲亞」，其長其拗口，十分之彆扭；所以已簡譯為「費城」；此外又如 Califonia 譯作「加利福尼亞」，目前也已簡化為「加州」，人人稱便。

　　「費城」與「加州」這兩個簡譯，業已得到正式認可，納入教育部國立編譯館編的《外國地名譯名》中了。目前通用的「麻州」（Massachusetts 麻沙却塞州）與「德州」（Texas 德克塞斯州），相信不久也會列為正式的簡譯州名內。

　　以近代傳播與資訊的發達，為了翻譯與溝通的方便，我認為美國各州的譯名都可以簡化一番，「約定」而後「俗成」，推廣以後，也會像「加州」「費城」般使人覺得方便。

　　簡化這些既有的地名，盡可能宜以譯名的第一個中文為代

表，如「懷俄明州」可簡譯爲「懷州」；「威斯康辛州」爲「威州」……

　　美國州名的中文譯名，第一個字相同的，以「阿」爲首的有「阿拉巴馬」「阿拉斯加」「阿肯色」三州，此外復有雙「德」（德拉瓦、德克塞斯），三「密」（密西根、密西西比、密蘇里），二「內」（內布拉斯加、內華達），三「新」（新澤西、新罕布夏、新墨西哥州），兩「俄」（俄亥俄、俄勒岡），對「佛」（佛羅里達、佛蒙特），「南」「北」兩對（北卡羅萊納、北達科他、南卡羅萊納、南達科他），兩「愛」（愛達荷與愛阿華）要簡化這些州譯名，不能不列出一些原則。

　　我以爲這些原則該是：

　　一、地名簡譯，以音譯爲主，義譯爲從。

　　二、已通用的簡譯優先。

　　三、中譯首字相同的各州，按字母順序排列的第二個州，則以發音的重音爲簡名。重音仍與他州重複，則採另一音，務求五十州各有簡名，並不雷同。

　　四、簡譯以兩三個字爲限。

　　以第一個原則來說，像三個「新」州──新罕布夏、新澤西、新墨西哥，「新」爲義譯，應次於音譯，可以略去，而只譯爲「罕州」「澤州」與「墨州」；但「南北」兩對，如刪去義譯，則州名混淆，因此，北卡羅萊納州仍簡爲「北卡州」，北達科他州爲「北達州」；「南卡州」與「南達州」亦復如是。西維吉尼亞州也簡爲「西維州」。

　　美國州名（含首都）唯一義譯的只有一處，Washington D.

C. 似可譯爲「華府」；而與華盛頓州的「華州」有別。

以第二個原則來說，兩「德」中的「德拉瓦」(Delaware)，雖然排列順序比「德克塞斯」爲前，但「孤星」「德州」通用較早，取「拉」，又與「阿拉斯加州」相重複，因之它只有取第三個字簡譯爲「瓦州」了。

佛羅里達州與佛蒙特州又是雙包案，但在「外國地名譯名」上，前者爲「弗」，後者才是「佛」，因此音雖同而字異，「弗州」與「佛州」也可以區分出來。

依照第三原則，三「阿」之中，「阿拉巴馬」可以佔用「阿州」；而「阿拉斯加」與「阿肯色」兩州，前者還可以取重音簡爲「拉州」；「阿肯色」重音在第一個音節，簡爲「肯」，又與「肯塔基」相重，因之只有簡化爲「色州」。

兩「愛」之中重音都在第一音節，「愛阿華州」的第二、三兩字都有他州的譯名，因此只有把「愛達荷州」譯爲「荷州」，才能分別開來不與他州譯名雷同。三個「密」州，密西根在前，可以用「密州」，密西西比州用重音簡爲「西州」，密蘇里州似可取同音的「米」，因爲世界聞名的該州新聞學院與東京灣受降的主力艦名，過去都以「米蘇里」作譯名。

拙文所擬的簡譯，但開風氣，並非定論，還留待有識有興趣的人士共同參與研討決定，時日漸久，便自「俗成」；如同我國的上海爲「滬」，重慶爲「渝」，河南爲「豫」，湖北爲「鄂」般，成爲一種地理上的通用名稱，與人文上的一般知識，在翻譯與溝通上，就有許多便利了。

——七十六年一月廿四日《華副》

美 國 五 十 州 的 簡 化 譯 名

D.C.	哥倫比亞特區——華	府
Alabama (Ala.)	阿拉巴馬州——阿	州
Alaska	阿拉斯加州——拉	州
Arizona (Ariz.)	亞利桑那州——桑	州
Arkansas (Ark.)	阿 肯 色 州——色	州
California (Calif.)	加利福尼亞州——加	州
Colorado (Colo.)	科羅拉多州——科	州
Connecticut (Conn.)	康乃狄克州——康	州
Delaware (Del.)	德 拉 瓦 州——瓦	州
Florida (Fla.)	佛羅里達州——弗	州
Georgia (Ga.)	喬 治 亞 州——喬	州
Hawaii	夏 威 夷 州——夏	州
Idaho (Ida.)	愛 達 荷 州——荷	州
Illinois (Ill.)	伊 利 諾 州——伊	州
Indiana (Ind.)	印第安納州——印	州
Iowa (Ia.)	愛 阿 華 州——愛	州
Kansas (Kan.)	堪 薩 斯 州——堪	州
Kentucky (Ky.)	肯 塔 基 州——肯	州
Louisiana (La.)	路易斯安那州——路	州
Maine (Me.)	緬 因 州——緬	州
Maryland (Md.)	馬 里 蘭 州——馬	州
Massachusetts (Mass.)	麻沙卻塞州——麻	州
Michigan (Mich.)	密 西 根 州——密	州
Minnesota (Minn.)	明尼蘇達州——明	州
Mississippi (Miss.)	密西西比州——西	州
Missouri (Mio.)	密 蘇 里 州——米	州
Montana (Mont.)	蒙 大 拿 州——蒙	州
Nebraska (Neb.)	內布拉斯加州——內	州
Nevada (Nev.)	內 華 達 州——達	州
New Hampshire(N.H.S.)	新罕布夏州——罕	州

New Jersey (N.J.)	新澤西州——澤　州
New Mexico (N. Mex.)	新墨西哥州——墨　州
New York (N.Y.)	紐　約　州——紐　州
North Carolina (N.C·)	北卡羅萊納州——北卡州
North Dakota (N. Dak.)	北達科他州——北達州
Ohio	俄亥俄州——亥　州
Oklahoma (Okla.)	奧克拉荷馬州——奧　州
Oregon (Oreg.)	俄勒岡州——俄　州
Pennsylvania (Pa.)	賓夕凡尼亞州——賓　州
Rhode Island (R.I.)	羅德島州——羅　州
South Carolina (S.C.)	南卡羅萊納州——南卡州
South Dakota (S. Dak.)	南達科他州——南達州
Tennessee (Tenn.)	田納西州——田　州
Texas (Tex.)	德克薩斯州——德　州
Utah (Ut.)	猶他州——猶　州
Vermont (Vt.)	佛蒙特州——佛　州
Virginia (Va.)	維吉尼亞州——維　州
Washington (Wash.)	華盛頓州——華　州
West Virginia (W. Va.)	西維吉尼亞州——西維州
Wisconsin (Wis.)	威斯康辛州——威　州
Wyoming (Wyo.)	懷俄明州——懷　州

依 新 不 依 舊

翻譯認知的差距

民國五十年左右，我在花蓮空軍防空學校擔任教官，設計了一間「戰術教室」，新穎寬敞，通風取光都很講究，爲了符合指參作業要求，連每一張書桌的桌面，我都要求教材科用花蓮出產的三公分厚檜木板製成，取其光滑結實。在當時來說，算是相當進步的教室了。校長蔣紹禹將軍也很欣賞，有次美國顧問來訪問，便指定到戰術教室作簡報。

主持簡報作業的單位爲聯絡室，他們試映簡報的幻燈片，我在不經意中，看到字幕上把「三軍」翻譯成 Armed Forces，便善意建議說，這個英文字兒的中文意義應當是「武裝部隊」，「三軍」的忠實譯法該爲 Three Services。

機校畢業的聯絡官同仁，不但沒有接受我的意見，反而大不以爲然，堅持說 service 是勤務，如「聯勤」是 Combined Services；又可作服務、服役、業務、事務……他強調自己在外語學校受過訓，從來沒有聽說過這個字兒有「軍種」的意義過。

他反應那麼激烈，出乎我意料之外。其實，只要閱讀美國軍事期刊與書籍的人，一定知道單獨用這個字兒而第一個字母大

寫，便是代表「軍種」；美國人更以 Triservices 為「三軍」；只因他們歷來把陸戰隊(Marine)與海防軍 (Coast Guard) 也算是軍種，不只海陸空三軍，所以後來才發展出 「武裝部隊」(Armed Forces) 這個詞兒來。

Three Services 這個詞兒早已列入典籍，得過諾貝爾文學獎的邱吉爾《第二次世界大戰史》，在卷二的 268 頁第十五章＜海獅作戰＞ (Operation Sea Lion) 中，便有：

七月二十一日，「元首」與三軍首長會議。
On July 21, the heads of the three Services met the Fuehrer。

從那次經驗中，我才體認出在翻譯上，會有認知的不同而在見解上發生歧義甚至誤解，乃致誤會。那位聯絡官畢竟是小老弟，如果他也是二次大戰期中生長的一代，出身是兵科而有相同的讀書經驗，就不會堅持 service 非「軍種」了。

二次大戰期間，德軍一度橫掃歐陸，把英國的「遠征軍」趕下了海，邱吉爾在《大戰史》中的第二卷，便有第五章＜救出敦克爾克＞ (Deliverance of Dirkerk)，專記那一次撤退。從一九四〇年五月二十七日起到六月四日止的八天中，一共撤退了三十三萬八千二百二十六名官兵。

戰爭史上，大軍敗而不潰，前有大海，後有追兵，不但沒有「兵敗如山倒」，反而能井然有序的撤退，保全了主力作東山再起的本錢，這種戰例十分罕見，舉世矚目。尤其邱吉爾在全師以

退後，發表了一篇＜英國的決心＞（Britain's　Resolve），措詞
有力，決心堅定，不但當時激奮了新敗後英國的士氣民心，更遍
播全球，成了傳誦一時的雄文。和林肯的＜格的斯堡演說詞＞
般，這寥寥一百七十個字兒的一篇，也成了我背誦過的英文名作
之一。

「即令歐洲大部分的土地，以及許許多多古老有名的國家，
已經淪陷或者也許會陷入秘密警察，以及納粹統治下所有醜惡部
門之手，我們不會投降，不會失敗，而會繼續作戰到底。

我們將在法國戰鬥；我們將在海上及大洋戰鬥；我們將信心
日增，兵力日強，在空中戰鬥；我們要保衞我們的海島，不論付
出甚麼代價；我們將在海灘戰鬥；我們將在登**陸地**區戰鬥；我們
將在鄉野、在街巷戰鬥；我們將在山地戰鬥，**我們決**不投降。

即令──我半點兒都不相信──這個海島，或者它的一大部
分爲人征服餓死，到那時，我們海外的帝國，在英國艦隊的武裝
與護衞下，還要從事奮鬥，一直到了上帝的大好時機，新大陸會
以它的全部力量，大踏步前來挽救，解放這片舊大陸。」

這篇文字，不但顯示了英國面臨希特勒大軍渡海登陸威脅時，
具有不屈不撓，作戰到底的決心；也以英國的海外守地及美國的
支援，作爲英國人民苦撐待變的希望。文中一連七句 "we shall
fight" 以修辭學上的「複沓」，反復相陳，以加強語氣，鏗鏘有
力，半世紀後追誦，都感到邱吉爾這篇文字的雄渾力量。

今年爲美國大選之年，美國兩黨羣雄競起，爭奪選民。其中

有位拜登 (Biden) 參議員，在演說中時常引用名言而不說明出處，猶如有那麼一位國人放言說「我就說過『食色性也』」一般，引起美國知識分子大譁。有人便投書雜誌糗他：

> Why doesn't Biden just tell his critics: "I shall fight you on the beaches. I shall fight you in the fields and in the streets?"

我見到信中引用四十七年前的邱翁文字，不禁有如遇故知的感覺，不覺大樂，便提筆譯成：

> 為什麼拜登不這麼告訴批評他的人：「我要在灘頭與你們戰鬥，我要在鄉野與在街巷與你們戰鬥？」

誰知道我所譯的「戰鬥」，朋友並不同意，略去了「戰」而只有一個「鬥」字，不禁嗒然久久，這又是一次翻譯認知差距所造成的誤解了。主要由於中文目前的「鬥」，出於中共的「鬥爭」(to struggle against)，比敵對、雙方刀兵相向的「戰鬥」(fight) 含義廣得太多，「鬥」既可以自己人鬥，也可以與敵人鬥；有明鬥，更有暗鬥；有文鬥，也有武鬥……而這篇投書，只因少了一個「戰」字，語意含混，就無法使讀者領略原文出處的含義。

索忍尼辛說過：「只有在一個飯碗裡吃過的人，才會了解我們。」我即使做的是「人皆見之」的翻譯工作，也越來越相信這一句話了。

──七十七年五月二十五日《聯副》

語文代溝與坑人

在最近一次聚會中，公孫嬚談到他一生寫作過程時，自豪於從不停筆與不斷吸收。他說自己時時和青年朋友相聚，汲取年輕人常用的語彙，作為寫作的素材。

郭嗣汾也說，語文時時變動不居，像青年人常使用的「鐵」，已當成了「極其」「非常」意義的副詞，例如「鐵當啦」「鐵不來了」等等，值得寫作的人留意，要張開耳朵來聽，才能對這些表達的意義有所認識，達成溝通。

喜樂不以為然，他說年輕的一代也對上一代的語文發生了隔閡。他用了一個極簡單的例子，舉起一枝圓珠筆（我不用「原子筆」這個詞兒），筆尖在下作寫字狀，他說這是「正寫」；然後把筆倒過來，筆尖在上，筆端向下，他說這叫「倒（ㄉㄠˋ）寫」，而不是「倒（ㄉㄠˇ）寫」。一個玻璃杯倒了，淌了一桌子水，杯口由向上而變成向側，變了九十度，這才叫「倒（ㄉㄠˇ）了」；倘若變了一百八十度，成了杯口向下，這就要叫「倒（ㄉㄠˋ）了」。同一個字兒「倒」，但ㄉㄠˇ與ㄉㄠˋ的意義截然不同，不能混為一談。他感慨地說：「這兩個音的區別，現在連傳播界許多名人全不知道。」

喜樂這一番話，於我心有戚戚焉。我在翻譯生涯中，便時常遇到這種遣字用句難以溝通的痛苦。像英文中 to play a role 這個片語，我有一回譯成「去一個角色」（喜樂說，「角」不能唸ㄐㄧㄠˇ，要唸ㄐㄩㄝˊ/ㄐㄩㄝ）。半夜，校對先生打電話來問我：「『去』在這裡是甚麼意思？」我聽了很高興，難得有這麼「每事問」的青年朋友，便告訴他說是「扮演」的意思。誰知道第二天報紙出來，却赫然改成「扮演一個角色」，使我悵然久久。雖則時過境遷兩三個月後，他又打電話來向我道歉，承認「去」在國語中的確有「扮演」的意義，但已彌補不了我那篇譯文失去的風味了。

又有一次譯書，我譯 sturdy 爲「結棍」，到看校稿時，編輯先生改成了「結實」，我持稿去問爲甚麼要更動？他理直氣壯的說，他唸了三十年的中文，沒有見過這種用法，何況字典上也沒有。我說我運用中文五十多年，至今還沒有摸到中文的邊，怎麼可以以自己有限的經驗，來斷定浩如烟海的中國語文呢？那位編輯咻咻然很不服氣。幸好過了三天，陳若曦在副刊上發表了一篇文字，使用了「結棍」這個詞兒，我剪報寄去，大概才平息了他的悻悻不以爲然吧。

有一回，我譯了一篇有關中西文化的小品，其中談到我國一種最薄的紙，作者用了 the thinnest parchment（最薄的羊皮紙）當然與我國的國情不符，近代雖有「牛皮紙」，但却只是一種象形的名稱，從不像中東一帶畜牧繁盛而用眞正的牛羊皮作紙。我便從權譯成我國以往最普遍也最薄的「連史紙」，誰知道文字刊載出來，誤成爲「速寫紙」，爲之扼腕久久。幾百年前，我國怎麼就會有速寫紙呢？

索忍尼辛對代與代間的溝通，也慨然說過：「一代要了解另外一代很困難。」（It was difficult for one generation to understand another.）誠然，了解雖有困難，却不是不可能。如果彼此都能懷一份欣賞的態度，不對自己所不嫺悉的語文心存排拒，力求認識，便不會造成隔閡，反而會使我們的語彙更爲豐富生動。

我有次譯一句「俘虜了整整一軍人啦。」顯然編校的人，不知道「軍」（corps）是部隊單位的名稱，而把「軍人」當作一個詞兒看待。一定以爲：俘虜了「一（個）軍人」，怎麼可以用「整整」，因此出現在書上的，竟是「俘虜了整整一批軍人啦」，「軍」成了「批」，俘虜了幾萬人一下子少成幾十個人，相差眞不能以道里計。譯的人再跺腳，白紙已印上黑字了。

我譯《古拉格羣島》時，曾譯 coward 爲「孬種」，竟遭編輯改成「懦弱的人」，幸虧道聲出版社社長殷穎牧師是北方籍作家，聽我訴說後，才算及時更正過來。

我在譯作過程中，時常遇到這種語文上的疙瘩，我譯「俊的，村的」，變成了「好的，醜的」；「一隻手抖索索」改成了「一隻手抖顫顫地」，疊詞下還加「地」，也不嫌累贅；「抖索」改成了「抖擻」；「窸窣」改成「綷縩」；「篇」（part）改成「部」；「不甚分明」變爲「不什分明」；我用「糟踐」，他非改成「糟蹋」不可……一篇文字或者一本書譯出來，遇到這些更動，眞是啼笑皆非，不知該怎麼說才好。譯人與編輯無法溝通，各用各的語文來詮釋，不是「代溝」是什麼？

通常人以三十年爲一代，但近來科技進步，一日千里，在翻譯語文上，大致也以十年爲一代了，同一件東西的譯名，可能只

要過上十年，就有一種新譯名出現，以翻譯的書名來說，同是一部名著，只因時代不同，取的譯名也各異，像《慘世界》、《悲慘世界》與《孤星淚》；《婀娜小史》與《安娜卡列尼娜》；《王子復仇記》與《哈姆雷特》……這些都顯示出翻譯主張及語文，隨了時代更異而起了變化。最近，對美國一部小說的譯名，也有了不同的譯法。

美國在二次大戰後，以戰爭為主題的一篇名小說 *Catch-22*，由於對「規章制度」 (establishment) 與人性的諷刺，入「骨」三分， 暢銷久久， 後來又拍成電影， 更使這部名著相得益彰，**Catch-22** 也成為英語的新字，堂堂皇皇納入各大字典，在英語上有了一席地位了。這部小說享譽了四分之一個世紀， 最近更為美國空軍官校作為英語教材，把這部以二次大戰時一個轟炸大隊為背景的小說， 要空官學生加以研讀。 禁得起時間的 「浪淘盡」，就更顯得出此書作者約瑟夫海勒（Joseph Heller）筆下的不凡了。

約瑟夫海勒在二次世界大戰時，真正在轟炸機部隊中擔任過「轟炸員」 (bombardier)， 出過六十次飛行任務，對軍中的規章與弊病，摸得清清楚楚，書中所寫，大部分都實有其事，確有其人。

我對這部小說夙有興趣，但却找不到與我有同感的出版社。六十五年在「亞洲作家會議」上，我就和葛浩文討論過這本書；六十八年他還問我譯了沒有？前三年，他告訴我這本書已譯得有中文本了，使我嗒然若失，不過迄今還無緣看到這個譯本。

這本書的書名， 該怎麼譯？ 電影片名譯成了《 二十二支隊》，這就和最近把《捍衛戰士》寫白字，變成《悍衛戰士》般

胡扯，整個社會都要眼睜睜受到這種商業化語文的污染。我在六十八年十二月一日在《中副》寫了一篇＜換三句話說＞，建議譯這本書的catch，文言可以譯爲「極無可如何之遇」，俗話可以譯爲「整冤枉」，因此書名無妨譯成《坑人的第二十二條》，一語破題，catch 在這裡就是「坑人」的一招。說明如何用一種方法或詭辯使人不上不下，不進不退，求生不得，求死不能。用成語來說，便是「進退維谷」；以理則學上說，便是「兩難論」。

這本書中便屢屢提到這種窘境：

在作戰期中，飛行人員怕出任務，飛往敵人目標去轟炸，總會遇到敵人的戰鬥機與猛烈的防空炮火。有些怕死的空勤人員「拖死狗」，找大隊的醫官「達尼卡大夫」（Doc Daneeka）要他出證明「該員發瘋，必須停飛。」

然而，這位醫官認爲他不能出證明停飛。因爲這出於「坑人的第二十二條」：

「爲了要停飛，你必須是發了瘋；可是任何人要脫離戰鬥，那就明明白白證明了他沒有發瘋。」

這可不也就是明明白白的「坑人」嗎？

這位醫官不敢把大隊任何人停飛，爲了怕大隊長把他調到「叢林和雨季」的太平洋戰區去。他自己既怕飛行，又捨不得放棄飛行加給，就由大隊飛行員設法子，在訓練飛行或者飛羅馬的班機中，在飛行記錄上填上他的名字。一次，他終於「坑」在裡面了，有他名字在內的那架飛機失事墜毀，名義上他已「殉職」，再也領不到薪餉和配給，只有寫信告訴太太，他並沒有死。醫官太太回信，大隊以「此人陣亡」退回；寫信去問陸軍部，部裡公函證明醫官確已「陣亡」無誤，發給了她一萬美元的軍人保險

費；許多男人爲了人財兩得，向她大獻殷勤，她大爲樂意事情的轉變，染了頭髮，搬了新家。而這位醫官却「坑」在義大利，成了個活「死人」。

書中第二次出現 Catch-22， 是討論到空勤人員在出了幾次作戰任務以後，才可以回國的問題。

主角——也是一名轟炸員—— 姚沙連上尉，知道了「第二十七航空軍軍司令部」規定，空勤人員只要出過四十次作戰任務便可以歸國，不禁雀躍三千，因爲他已經出過四十八次任務了。可是別人對他兜頭一盆冷水：

「不成，你不能回國？」「前一等兵」「多天絲」糾正他：「你是瘋了還是怎的？」

「爲甚麼不能？」

「Catch-22。」

「甚麼 Catch-22 ？」姚沙連大吃一驚： 「要 Catch-22 究竟做些甚麼？」

「Catch-22 這一條規定， 你一定得遵照頂頭上司所說的去做。」

「可是第二十七航空軍司令部規定，我飛了四十次任務就可以回國啊。」

「但是他們沒有規定你非回國不可吧，軍令規定，你必須服從命令，『坑人』就在這裡。卽令大隊長不服從第二十七航空軍的命令要你多飛任務，你就非飛不可。倘若你不服從大隊長這道命令，就是犯了軍法，那時，第二十七航空軍軍司令部就會要如假包換地整死你了。」

到後來，姚沙連的大隊長爲了表現成績，回國前出任務的次

數，規定提高到五十次，乃至五十五次……

　　人生中，像這種「卡起」何止軍中，何止戰爭。像人事行政局規定放假的一天，學院院長却規定全校上課；爸爸規定：除非功課做完，否則不准看電視，可是等到功課做完，喜歡看的節目又已過去了……

　　因此，這部戰爭版的愛麗絲漫遊奇境記，使我們看到人生的荒謬與無奈，除了「坑人」以外，還有甚麼可以多說的。

　　只是十年風水輪流轉，這本書目前又有了新譯名，成爲《第二十二條秘訣》，現代對 catch 有了新的發現，作了新的解釋，與以前的譯名迥然不同，不只是語文代溝，而且已是語文斷層了。

——七十五年十二月十九日《華副》

迷你裙與登月小艇

女性流行的服裝中，沒有比「迷你裙」更受舉世歡迎的了！一九六四年，時裝女設計家瑪麗昆特所設計的這種短裙（mini skirt），短短的時間內，征服了全世界的女人——和因此而遊目騁懷、神怡心曠的男人。我國譯這種小、俏、嬌的時裝為「迷你裙」，使男人們發會心的微笑，堪稱妙譯。

不過，這種「美麗的風景線」並不長久，後來設計的時裝，裙邊急速下降。這種拂地的長裙稱為 maxi skirt，有人譯為「沒膝裙」，這一譯名比「迷你裙」更上層樓，但却只如驚鴻一瞥，因為這種「沒膝裙」嫻雅有之，嫵媚毫無，所以裙子和譯名都流行不起來。

「迷你」與「沒膝裙」的譯名有高低之別，至於現代事物林林總總的譯名中，就更不必提了，傳神達意的譯名，固然不在少數；但使人覺得困惑不解的也所在皆是。舉例來說：探月飛行的「登月小艇」。

我們都是在電視上首次見到降落在月球上的航具，只見它方方圓圓龐然大物，四根強勁有力的支柱巍然矗立在月塵中，與我

們心目中的「艇」起不了聯接作用，它淨重達一萬三千六百公斤，「小」字似乎也是冗語。

「登月小艇」的原文是 lunar module，字典中對 module 的解釋是：「太空機中一個自給自足的個體，擔任一種特定的工作，或某級的工作，以支持太空機的主要功用。」因此，要把這個「自給自足的個體」，譯成簡潔的中文，而又能表達它的性質，的確要費一番工夫。

揣測其所以譯成與定義毫不相關的「小艇」，可能是由於「登陸月球」所引起的靈感，既然能由「船塢登陸艦」裏放出「車輛人員登陸小艇」去搶灘登陸。以此例彼，那麼從「太空船」裏放出一艘「小艇」登陸月球，也是順理成章的事了。

首先，我們來看看譯爲「小艇」的大前提——美國是不是把載人飛往月球的航具稱爲「太空船」？雖則在早期曾經稱之爲「太空船」(spaceship) 或者「太空車」(spacevehicle)，但是探月計劃中正式的用語，還是把這種航具當做飛入太空的飛機而稱爲「太空機」(spacecraft)；從機員職稱上看也沒有「船」的意味。例如：「太陽神十一號」的阿姆斯壯是「機長」(commander) 而不是「船長」(captain) 艾德林和柯林斯是「登月小艇」和「指揮艙」的「飛行員」(pilot) 而不是「艇長」(skipper)，而唯一把它當做「艇」的一次，便是一九七〇年四月中旬「太陽神十三號」飛月途中遇險，機員們藏身在「寶瓶宮」裏，說那兒是他們的「救生艇」(life boat)。

「小艇」譯名最使人大惑不解的，便是一個 module 竟有兩種譯法。一架太空機只有一個 module，譯成「小艇」，只要約定俗成，也就罷了。偏偏它有三個 modules，前面的 lunar module

譯成「登月小艇」，後面兩截 command module 和 service module 忽又譯成「指揮艙」和「服務艙」。翻譯有一個重要的原則——「定於一」，在同體、同時的一個譯名，不能既是甲，又是乙，予人以模稜兩可的觀念。要嘛就是譯成三艙，「登月艙、指揮艙、和服務艙」，或者譯成三條艇，「登月艇、指揮艇、和服務艇」甚至於不妨「小艇、小艇、小艇」都可以，却不宜兩種譯名纏夾在一起。

就推論上說，module 是「一個密封的空間，搭載了人員和物品，從事長途的航程。」「艙」比「小艇」更能表達出這種意義，而且也簡潔得多，因此，「登月小艇」的譯名是應該可以更正的了。

從「迷你裙」到「登月小艇」，是現代生活裏輕鬆與嚴肅的兩個極端。譯輕鬆的名詞，信手拈來，即成妙品，貴乎譯得活潑、生動、俏皮；而譯科學名詞，却必須求其精確、肯定，在翻譯與正名的第一關上，務宜如獅子搏兔，全力以赴。

從艷后談翻譯

一

一九八七年八月十九日， 德國前國社黨的副元首 （ Deputy Fuehrer） 赫斯 （Rudolf Hess） ，在柏林市史班道的軍人監獄中自縊死亡，有些中文報紙說他「享年」九十三歲。自從一九四一年起，他就是盟國的階下囚，做了四十七年俘虜與戰犯，判的是無期徒刑，過這種坐穿牢底的鐵窗歲月，不知何「享」之有？他想日子漫無了期，只有上吊吧，眞應了我國的俗話：「壽星佬上吊，活得不耐煩」了。

赫斯是希特勒的親信，也是「欽定」的接班人，正當德軍戰勝法國，把英軍趕出歐陸以後，德國的氣焰如日中天時，他却以四十七歲之身，還能駕駛一架米 （Me-110） 式戰鬥機，在一九四一年五月十日(星期六)晚上作夜間飛行，越過寒冷洶湧的北海，飛行了一千兩百八十公里，到達蘇格蘭格拉斯哥市近郊——跳傘落地，機毀人安。

赫斯爲甚麼要這麼做？迄今還找不到明確的答覆。但有一點可以確定，由於他在敵國「投案」，而在二次大戰結束後的紐侖

堡處決戰犯時，免於上絞刑臺。他在國社黨中的親密伙伴，却都在一九四六年十月十五日夜間，一個個黑色絞繩纏頸，脚底下翻板分開，結束了生命。

在處絞的十名國社黨要員戰犯中，對猶太人痛恨最深的施特拉希，吼叫了兩句遺言，後面的一句是：「有一天，共產黨也會把你們吊死！」

而前面的一句，在我國人聽來頗不可解，那便是：

「一九四六年的『普珥節！』」（Purim Feast 1946!）究其實，赫斯上吊，紐侖堡處決戰犯，與兩千五百年前就有了的「普珥節」，都與使人非自然死亡方式之一的──勒頸有關。

二

「普珥」（Purim）為希伯來語的「籤」（lots），單數為 pur，複數為 purim，音譯仍以單數為準。故也可以稱為「抽籤節」（Feast of Lots），這是猶太人的一個大節日，紀念歷史上一位女英雄，拯救了整個猶太民族沒有遭有計畫斬盡殺絕的故事。

公元前六世紀，波斯人統治亞非，勢力龐大，從印度到衣索比亞，共有一百二十七個行省，國王亞哈隨魯（Ahasuerus）貴有天下，富甲四海，為了件小事便把皇后瓦實提（Vashti）廢了。那時，波斯國內有個猶太人末底改（Mordecai），末家養女初長成，生得沉魚落雁、閉月羞花，便進奉內宮，果然「三千粉黛無顏色，從此君王不早朝」，册封為正宮皇后，這位美后便是《舊約》上鼎鼎大名的「以斯帖」（Esther）。

當時，波斯的首相哈曼（Haman），權傾一國，唯獨當朝國戚的末底改，對他不跪不拜。哈曼非常生氣，不但立誓要殺末底

改，還要把波斯境內的猶太人「無論老少婦女孩子，在一日之內，全然翦除，殺戮滅絕，並奪他們的財為掠物」。

全國哪一天一起動手殺猶太人？哈曼與一批親信大臣，就以抽「普珥」（籤）來決定，結果抽出的月日，是亞哈隨魯王十二年十二月（希伯來人的「亞達」〔Adar〕月）十三日，以現代術語來說，那天就是「攻擊日」（D—day）。

哈曼也在相府做了一個絞架，一共十層，可以一次處絞十人，高達二十二公尺。當時，哈曼却沒有想到：任何一個計畫，它的保密程度與從策劃到執行的時間成反比。正月抽出殺人日，却要到十二月才開刀，當然洩漏了秘密。

波斯國內的猶太人得到消息，個個痛哭流涕，絕食哀號，穿上壽衣等死。這時，末底改便把消息告訴以斯帖。這位猶裔美后便擺下「鴻門宴」，請哈曼進宮，御宴筵上，便在亞哈隨魯王前，揭穿哈曼要殺盡猶太人的方案。

亞哈隨魯王雖然生氣，但是一邊是寵愛的皇后，另一邊是當朝首相，也不知道如何處置，龍袍一揮，自己到御花園中考慮去了。

哈曼這一下，一似韓信被蕭何誆進了長樂宮，眼見得就要喪生在婦人手下了，只有向呂后求恩的一途。於是便跪趨在御榻之邊，向以斯帖求恕。以斯帖也知道，皇上的「宸斷」未定，如果放虎歸山，猶太人就死無噍類了。因此反而對哈曼溫語有加，要哈曼挨近些講幾句悄悄話。哈曼以為自己堂堂一表，蒙皇后這麼媚眼一拋，展露出風情萬種，不禁受寵若驚，「買鹹魚放生——不知死活」，竟挨上御榻，把臉湊下去，細聆皇后如麝如蘭的玉音氣息。

　　就在這時，亞哈隨魯王從御花園回來，一見哈曼上了御榻，俯身在皇后身邊，一副「霸王硬上弓」的姿態，這一下不禁龍顏大怒：「他竟敢在宮內，在朕面前凌辱王后麼？」一聲：「敬事房何在！」便有衆太監擁上前來，把哈曼一布袋兜頭套上腦袋綑住。不過哈曼不像韓信般在宮內鐘室處斬，却遭絞死在相府中自己監製的高絞架上，眞是我國俗話：「木匠戴枷，自作自受」了。

三

　　幾千年來，猶太民族的性格是裂眦必報，因此以斯帖還奏准代傳聖旨，曉諭一百二十七省的猶太人，在「亞達月十三日」那天，一起動手殺迫害他們的人，「斬盡殺絕，抄家滅產」。哈曼的十個兒子被殺後又懸屍示衆……以斯帖以一名弱女子，而能保族復仇，所以猶太人每年都要在「普珥節」這天慶祝，永誌不忘歷史上這位猶太西施。

　　四十二年前，德國國社黨戰犯施特拉希，走上絞刑臺之前，不但對殘殺猶太人六百多萬人沒有絲毫悔愧之心，反而自比爲兩千五百多年前的那位伊朗首相哈曼，這種「人之將死，其言也厲」，使人心驚膽戰。

　　聖經《舊約》中，把這件哀感頑艷烈烈轟轟的故事，撰成＜以斯帖記＞，與＜創世＞、＜列王＞並列，足見對它的重視，只是在中文版的翻譯中，譯得未能傳神之處，便在一個關鍵字兒 to hang 上。

　　Hang 這個字兒，在＜以斯帖記＞中（本文英文《聖經》用「欽定版」，中文譯本用「和合版」）一共出現了九次，現在將英文與中文並列如下：

一、They were both hanged on a tree. (Est. 2:23) 就把二人掛在木頭上。

二、Tomorrow speak thou onto the King that Mordecai may be hanged thereon. (Est. 5:14) 明早，求王將末底改掛在其上。

三、To speak onto the King to hang Mordecai on the gallows. (Est. 6:4) 要求王將末底改掛在木架上。

四、Then the King said, Hang him thereon. (Est. 7:9) 王說：「把哈曼掛在其上。」

五、So they hanged Haman on the gallows that he prepared for Mordecai. (Est. 7:10) 於是人將哈曼掛在他為末底改所預備的木架上。

六、And him they have hanged upon the gallows. (Est. 8:7) 人也將哈曼掛在木架上。

七、And let Haman's ten sons be hanged upon the gallows. (Est. 9:13) 並將哈曼十個兒子的屍首掛在木架上。

八、They hanged Haman's ten sons. (Est. 9:14) 人就把哈曼十個兒子的屍首掛起來了。

九、He and his sons should be hanged on the gallows. (Est. 9:25) 把他和他的衆子，都掛在木架上。

四

如果不對照英文，中文版看不出有甚麼蹊蹺。比照原文，任何人都看得出，譯擰了。to hang 雖可以譯「掛」，但在這九句中，沒有一句可以用「掛」，更何況句句都是「掛」，難怪中國

人對這個故事了解不多了。

　　to hang 在中文中的一義爲「絞」，爲死刑的一種，《明會典》死刑中便列得有：凌遲、斬與絞三種；絞又分「絞立決」與「絞監候」兩種，只是執行時間不同而已，大凡明正典刑才稱爲「絞」。

　　「縊」雖然也是勒頸的一種，但並不屬於明正典刑。像楊玉環「宛轉蛾眉馬前死」，據《舊唐書》的記載爲：「遂縊死於佛室，時年三十八」。《新唐書》爲「引而去，縊路祠下，年三十八。」兩書都不用「絞」而用「縊」，便在於楊貴妃並不是罪大惡極，經過三法司審判而定刑，只是「君要臣死，不得不死」的處死方法；而自尋絕路，像《紅樓夢》中的秦氏與鴛鴦，一條汗巾懸樑也可叫「自縊」，但不能稱「自絞」。

　　「縊首」是「絞刑」比較文的一種說法；上吊自殺，也可叫「投繯」。

　　to hang 在中文的另一義爲「懸」，把殺過的人頭或屍首吊起示眾「以昭炯戒」，稱爲「懸屍示眾」。

　　「懸」的另一個字眼兒爲「吊」，用繩勒頸子自盡，文一點爲「自縊」，俗一點兒的稱「上吊」。

　　因此，在英文中 hang 雖只是一個字兒，但譯成中文，却需因情況而抉擇絞、縊、繯、懸、吊、掛等恰當的字眼兒來表達。不能一個勁兒「掛」到底。否則讀者就一頭霧水，不知所云了。

　　在＜以斯帖記＞這十個句子中，一到六句應譯爲「絞」，因爲哈曼觸犯了國法，爲亞哈隨魯王所處死。七至九句應譯爲「懸」，哈曼的十個兒子先已遭殺死，再經吊在哈曼相府的絞架上，這當是「懸屍示眾」。「和合版」的譯者也看出來，第七句英文中並

無「bodies」，而不得不加添了「屍首」，才不致使中文讀者誤解。

「和合版」中譯《聖經》，是我國翻譯史上的一部偉構，最大的貢獻便是拋開過去文言文的譯經，一力以我國北方話譯成，爲一部我國「白話文學」的先驅巨著。但由於從事迻譯工作的是五位外國傳教士，他們雖暢通中國話，却未能深入中國文，從〈以斯帖記〉這幾句譯法，可以略見端倪。不過大醇小疵，這雖只是這本億萬讀者的寶典中，微不足道的小小失誤，却值得我們從事翻譯工作的人作借鏡。

如果您對這段「艷后復仇」的故事有興趣，我勸您毋妨去讀天主教所譯的《聖經——艾斯德爾傳》。這本《聖經》不但加譯了「補錄」，使故事更爲完整；尤其在譯文上使人一新耳目，像「諭文」中的「朕」「欽命」「亞父哈曼」等等，更是回歸中文，毫無惡性西化的譯法，已爲中國的翻譯，指示出了一個「大踏步走中國人的路」的方向。

工　具　書

統 一 中 文 譯 名

　　七十五年三月二十日，劉眞先生在《中副》發表〈值得深思的幾個文教問題〉，語重心長，深深值得我們重視。

　　劉先生在文中，提到當前翻譯上的問題，「文句冗長，結構繁複，讀起來很不習慣，含義也不夠明晰」；尤其指出「譯名最爲混亂」，形成「名詞的汚染」，一針見血，找到了目前翻譯界的病根；而且提出解決的辦法，認爲宜由國立編譯館「邀請各學科專家，將外國學術專門名詞，作最正確最適當的中譯……公開發行……從速積極進行這一項工作，則譯者與讀者，均將受惠衆多。」

　　劉先生提出譯名統一的解決辦法，與近十年前《中副》上討論「學術中文化」時，學者專家的意見相近：宜由國立編譯館進行。事實上，完全寄望國立編譯館來統一譯名，道阻且長，而且緩不濟急。

　　以一個從事翻譯工作者的親身體驗來說，教育部國立編譯館從事統一外國學術專門名詞的工作，行之有年，過去在做，今天也在進行。只是國立編譯館是一個政府機關，一切都受到法制的

限定。在這個「知識爆炸」的時代，學術分科愈見細密，名詞術語層出不窮，以該館的有限員額與經費，卽令有了把普天下學術譯名一肩挑起的決心，也很難在短時期中集中那麼多的才與財，能畢斯功於一役。

電腦翻譯的時代已迫人而來，今天已不是中文字碼與翻譯程式的問題了，而是各科學術還沒有統一的譯名預爲之備。爲了要解決這個最基本的問題，我們似宜突破瓶頸，另闢蹊徑，務求在五至十年內，奠定電腦翻譯的根基。

我認爲教育部只需少量經費，配合「教育部核定」這五個字，授權國內各學會、各學術團體編輯本身的「譯名名詞」，不失爲能在短期內「衆擎易舉，百花齊放」的方法。

每一種學會都由與這項學術有關的人士結合而成，他們志同道合，聲應氣求，深切了解本行本業學術上的最新進展，對新譯名的需要也最爲迫切。就組成的成員來說，也都是少長咸集，菁英薈萃，兼備思想與實踐的人才。就現有的本行譯名加以整理、統一，時時納入新譯名，而成爲本科的「譯名典範」權威，當爲各種學會所樂於接受的使命。

由行家編的「譯名」，再得到教育部正式指定的「專賣」，在合理的會費下，學會要維持「譯名」的印製成本，應當不成問題。這種方式對鼓勵優良譯名，尤其有積極的作用。學會的「譯名」字典中，自可列出新譯名的翻譯學人；或者在一年的學術大會中，對優良譯名的翻譯學人，予以獎勵表揚，都屬可行。但如果由國立編譯館發行，再好的譯名也隨着庸譯同流一體，又怎能鼓舞學人翻譯時殫精竭慮去「一名之立，旬月踟躕」呢？

在試辦初期，教育部可以先物色組織堅強而具有潛力的一些

學會，把既有的譯名請他們統一，授權准予發行，看看成效再修正再作定奪。總要歷經試誤，才能解決這個大問題；時不我予，再不起步可能趕不上電腦翻譯時代的這班快車了。

　　　　　　　　　　　　——七十五年四月一日《中副》

這 一 「點」

眞應了「三十年風水輪流轉」這句話，一九七幾年代的中期，美國舉國上下，在「水門案」痛定思痛後，引起了一陣「懷杜熱」；以前認爲「一無是處的杜魯門」(To err is Truman)，當時竟超出了羅斯福、艾森豪、甘廼廸，成爲美國人懷念的近代政治家；不但福特總統把他的半身銅像放在辦公室裏「見賢思齊」，而且年輕人的樂隊還唱出一支日趨熱門的歌曲：「杜魯門，我們需要你！」

高克毅先生在他那本風趣、風行的《美語新詮》中，多次提到杜魯門。在＜字母湯＞這一篇（一九六頁）中說到：「只有杜魯門 Harry S Truman，旣不省寫，又無外號。最奇怪的是，他名字中間的 S 字母並不代表甚麼字，所以 S 後面不加一點。」

一九七五年三月二十四日《新聞周刊》有關「懷杜熱」的這篇報導，對杜魯門的全名，偏偏兩次都多了那麼一點，引起了我的興趣，想把高先生的說法查證查證。

我前後翻了二十六種參考資料，似乎是「沒有」的少，而有這一「點」的居多。

　　先說國內的英漢字典，遠東的《英漢實用字典》（二一九七頁），和《綜合英華大辭典》（一四〇一頁），都有。

　　再查美國字典：《韋氏新世界字典》（一五二七頁）、《世界百科全書字典》（二二二六頁）、《蘭燈書屋字典》（一五二〇頁）、《標準字典》（一三四八頁）、《美繼字典》（一三七七頁），都沒有這麼一「點」。

　　有了這幾本鼎鼎大名字典上的證據，確是不該有這麼一「點」了吧；可是兩本也具權威的字典，《讀者文摘百科字典》（九四九頁）、和《新世界字典》（一五二七頁），却硬是有。

　　韋氏一系列的辭書夙稱謹嚴，却似乎彼此不相爲謀，《人名字典》（一四八八頁）中，沒有；而《韋氏歷史指南》（一四二〇頁），却又是有。

　　翻翻歷史文獻，《美國史實及日期百科全書》（八七八頁）、《美國總統就職演說集》（二五一頁）、《美國總統選舉史》（三一九九頁），都有。幾本傳記文學，像《羅斯福的領導才能》（四九〇頁）、《到白宮的大道》（三〇五頁），乃至最近才出版的《巴頓文件》下冊（八八九頁），都有一點。

　　尤其，三十年來有關杜氏的五本傳記，《杜魯門回憶錄──決定性的幾年》、《杜魯門任內錄》、《米蘇里的男子漢》、一九七四年暢銷的杜老口述傳記《打開天窗說亮話》，和杜氏掌珠瑪格麗特的《杜魯門傳》，清一色都多了這麼一「點」。

　　倒是其他人的兩本傳記，《自由軍人羅斯福》、和《艾森豪與美國十字軍》，沒有添上這一「點」。

　　有意思的是《美國名人錄》，五六～五七年這一本（二六〇七頁），沒有這一「點」；而六八～六九這一年（二二一二頁），

却又冒了一「點」出來。

　　從以上的抽樣看來，除非考據謹嚴的工具書，美國人對這位總統名諱的筆劃不大講究，而只着重杜魯門以「誠」治天下的這一「點」身後遺思。在讀書上說，連美國人自己都搞不分明的地方，高克毅先生却能明察秋毫，這一點令人欽佩：讀書當如喬志高，一「點」不可放過。

——六十四年四月四日《中副》

談地名翻譯工具書

治譯三十年，手邊未嘗須臾離的一本重要工具書，便是商務發行的《外國地名譯名》。但它也有一般工具書的缺點，便是跟不上時代。

這本書首編於四十四年八月，二三十年來，本省增加了多少新地名，更不必說全世界了。然而一到用它時，往往發現一個新地名，却在這本書中遍找無着，十分使人氣餒；我做翻譯，省悟出人名並不必强定於一，Peter 可譯彼得，也可譯伯多祿；但地名却非統一譯名不可。坊間地名字典雖然層出不窮，其奈非「國定」何，只能購置參考。正確的譯名，還須仰賴這本「教育部公布，國立編譯館編訂」的書。只是這本書也和德國的金龜車般，二十年不改型，任你使用的人如何提意見，甚至在報紙上寫短評，它依然無動於衷，沒有反應。

一直到六年前，總算在六十八年九月，發行了「修訂臺一版」，經過幾年的使用下來，願就一個使用人的經驗，談談這個修訂版的得失。

這個版本修訂了以前的失誤，修改得最多的倒不是譯名，而是屬地名稱，例如前版稱「南非」，現在改稱「南非共和國」；「卡布洛」原屬地為沙烏地阿拉伯，現為「阿曼酋長國」等。

六十八年二月二十二日，左秀靈先生在《中華日報》寫了一篇〈「外國地名譯名」的錯誤〉，國立編譯館從善如流，在新版中都已訂正了；此外又如：《戰爭與和平》中，俄法兩軍會戰的「波羅第諾」，舊版Boroding 已改正為 Borodino；蘇瓦基Suwarki 改正為 Suwalki；斯凡包 Svenddorg 正為 Svendborg；改中文名的如怯尼亞（Kenya）改為肯亞；得文憂（Devonshire）改正為得文夏；小石（Little Rock）改小岩；峴港（Tourane）改蜆港；7891～7893三條項目紊亂，都已改正。

然而，沒有改正的地方也還是有，像拼字錯誤的 Hapetown（荷普坦）應是 Hopetown；Rzhey 耳塞夫應是 Rzhev。中文沒有改正的如休士頓 Houston，新版一仍舊貫，還印成霍斯頓；哥尼斯堡 Konigsberg 還印成哥尼斯德；百里居 Pleiku 仍作比里居高；塞爾波柯夫 Serpukhov 舊版無譯名，新版仍然闕如。有一項比較大的錯失，便是 Saudi Arabia，我國已應沙國政府的要求正名為沙烏地阿拉伯，本於「名從主人」，我們自應尊重友邦認為恰當的譯名；然而，這本《外國地名譯名》不論舊版新版，依然是沙地阿拉伯。

《外國地名譯名》舊版的缺陋，便是收容的地名太少，原指望新版有所改進，誰知道舊版八千五百零四個地名，新版仍然是這麼多。二十四年時間，半個地名也沒有增加，成長率居然為零。

我認為，阻礙了這本工具書功能擴張的桎梏，便是每一個地

名都編就了號碼。如果要挿進一個地名，牽一髮而動全身，幾幾乎所有的號碼都要更動。其實，省了這個號碼，按照英文字母順序迻譯地名，可以隨時「挿隊」，何等方便；像最近出版的《電子計算機名詞》，　就沒有用號碼把自己捆死在一定數目的名詞裏，便是一項突破。

我們希望國立編譯館就這個刊行六年的版本，作更進一步的擴大與修正，刪去號碼，年年增修。最低限度，要把國中與高中教材中所有的外國地名羅列在內。尤其希望增多日本、韓國、越南……等國的地名。此外，史地不分家，也盼望增添歷史大事的地名。以民國四十四年八月始編的地名書，似乎不應漏列「瓜達康納爾」（Guadalcanal）、「雷美根」（Remagen）等這些二次大戰歷史上鼎鼎大名的地名。

惟有書不憚改，才能奠定這本地名翻譯工具書的權威地位。

——七十四年五月卅一日《華副》

「多少功夫織得成？」

　　近年來，坊間出了幾本談翻譯的好書。大致說來，劉厚醇先生的《中英語文的比較》（中國語文月刊社）——淵博；朱傳譽先生的《談翻譯》（商務人人文庫）——峭勁；而最近高克毅先生（喬志高）的《美語新詮》（純文學出版社），則獨得風趣之妙。

　　作者謙稱本書只是「介紹和詮釋」，其實却是談譯；二十四篇談，序言中大談特談，連注解、補注也是在談。作者對翻譯的狂熱愛好，配合幾十年豐富的生活體驗，再加上一枝縱橫往返中英文間的生花妙筆，洋洋灑灑二十萬言中，把一本「具說事理」的書，寫得如此妙趣橫生，幽默處使人「噴」飯，使得書一上手便割捨不下。

　　討論英文中譯的書，在國內需求很切，而出版却不多，其原因是寫這一類書沒辦法從外文中轉譯過來，也無法憑空架構；有這種經驗的人，寫來又很容易走上尋章摘句，類比排推的「新訓詁」；或者，只談些超凡入聖的上乘化境，說得天花亂墜，却往往使得後學輩望望然以去。高先生治譯有年，心得實多，本書力

關新境，談譯先從「趣」字着手，見地可謂獨到。本來興趣是治學的原動力之一，從事漫長、艱苦、枯燥、孤寂的翻譯工作，先要由興趣入門，然後才能邁入而志趣、而樂趣的途徑；「知之者不如好之者，好之者不如樂之者」，從事翻譯若到了「此中樂」的程度，才會有成功的一天。

《美語新詮》苦心孤詣地談譯，從生活的多方面來舉例、來印證。你看他談《聖經》，說蘭姆，從羅斯福扯到孔夫子，由藍青官話（高不低咯克）到李四張三，上溯威爾遜，下到尼克遜謝幕，吃大菜，打棒球，開汽車，數電影，……眞個是無所不談，為了提起讀者的興趣，還配合上《瘋癲》（*Mad*），《紐約客》（*New Yorker*），和《亞洲》（*Asia*）的漫畫，左圖右文，相得益彰。讀這本書如與高先生相對，談笑風生，雋永處使人忍俊不禁；但也深切體會從事譯作遠比創作艱難的地方：便是創作可以只發揮自己的所長，而譯作却無法避免自己的所短；如果跳不出象牙塔，毫無人生的體驗，不吸收多方面的知識，不培養廣泛的好奇心，譯力如何會有進境？因為你決不曉得所譯的文字中，會不談汽車、戲劇、橋牌，不提酒道、球賽，沒有隱語、切口……譯着譯着，抽冷子就冒出一個素昧生平的名詞、術語、和觀念來，沒有多方面的興趣，就只有徒呼負負的份兒了。所以，從事翻譯，譯力與生活體驗大有關係，梁實秋先生說他譯《莎翁全集》，具備的條件之一，是「壽命相當長」，幽默中自有至理存在。

讀高作也使有心向譯的人略窺治譯事的門徑，高先生說他這本書，「是我幾十年來在美國看報、看雜誌、讀小說和非小說、聽廣播、看舞臺劇、看電影、電視，最重要的還是豎起耳朵來聽人家說話，所作的箚記。」高先生所說的箚記，我想可能是做卡

片，這可以在本書末的＜美語索引＞上看得出來。（在研究翻譯
的論著中，本書是唯一備有索引的一本。）資料的時間從一九二
幾年代，一直到現在，想必作者遇到任何新奇有趣的語文，便隨
手箚記，日積月累，便成巨觀。本書所引用的九百六十二個字，
一千零三十六項意義中，做成卡片的厚度，當在三十公分左右；
這種有志、有識、與有恒的治學方法，值得敬佩與學習。「洛陽
三月花如錦，多少工夫織得成？」這豈是一般淺嘗輒止的人所能
企及得到？

　　這一本書對學譯的人很有用處，但也只能「師傅引進門，修
行在各人」。書中對很多地方只是點到爲止。以＜五顏六色＞一
章來說，比劉厚醇先生一書中的「五光十色」爲少；卽令是讀遍
二書，也不能認爲就此滿足，因爲在《韋氏大字典》裏，單是說
「黑」（四百四十八個詞兒）道「白」（五百八十五個詞兒），
就夠瞧好半天的，更甭提其他的顏色了。

　　高先生一生的愛好，除開「翻譯與幽默」以外，便是「新
聞」，在本書中也可以看出他受過這種訓練，對事物觀察入微的
功力。比如說：杜魯門全名中 (Harry S Truman)，S 後面
沒有一點（但不曉得爲甚麼，在一一六頁中偏又加上了那麼一
「點」）；還有以說了一個字 "Nuts!" 而名垂軍事史的美將麥高烈
夫，也羅致入篇；這種廣範圍的注意力，眞是驚人！夏志清先生
說他「是中國人中間，極少數英譯中、中譯英同樣勝任的翻譯全
才。」這種盛名一部份也得力於他的「敏銳目光和心細如髮」吧。

　　這本書與衆不同，「索引」便是一例，只有長年從事過翻譯
工作的人，才知道譯人的需要；只是它只列頁數而沒有附列中
文，未免美中不足，希望在再版時能增添上去。

其次，翻譯是因人而異、因時而異、因地而異的事情，也就是高先生所說的「層出不窮」。有些補白，或許可以助談興，譬如說在四十頁的「菠菜豆腐」， 當是「金鑲白玉板， 紅嘴綠鸚哥」。因爲中文注重對仗，不會拿「麻雀蛋」三字，去對後面的五個字的。高先生喜歡「噴」，盍妨把五十四頁的「馬梯尼」改成此間笑傳的「馬踢你」？七十一頁「他講得一手的好球」，不就是「天橋的把式──光說不練」嗎？一三七頁「肚皮是通達心坎的捷徑」，也就是「吃人的嘴軟」吧？

此外，書中極少數的譯名，似乎也可略加修正適應國內的當代讀者，像談「 小范朋克 」就不如提「 李小龍 」；八十九頁的「波加」與一八八頁的「波加特」，該是「亨弗萊鮑加」，二十四頁的「賓歌羅士比」便是「平克勞斯貝」。

這種「入境從俗」的譯法，列舉出來，或者有助於讀者的興趣：

序言中的 black power──黑權；jet set──高級社交界；dirty old man──老不修；brohaha──鬼吵鬼吵。

九十六頁的「平地一聲雷」，政壇術語便是「行情陡漲」。二四一頁的裁員「被選派出去」，國內機關中有個絕好的譯名：「精簡」。

在軍事上有幾個譯名，像 D-day 是「 登陸日 」；H-hour「登陸時」，一九八頁的 SOP 爲「現行作業程序」；一九五頁的 AWOL 該作「不假外出」；「開小差」是潛逃，嚴重得多了。二〇三頁的 SAM， 國內倒沒有譯成「山姆叔」，但也纒夾成「薩姆」（如果這種譯法可以成立，那麼「空對空」飛彈 AAM 要譯成「安姆」，「地對地」飛彈 SSM 便會譯成「斯姆」；「空

對地」飛彈 ASM 就成了「安斯姆」，姆個沒完了！），高先生譯成「地面放射至空間的飛彈」，倒不如「防空飛彈」來得簡明。還有，四十二頁的「凸地之役」，應是「凸出部之役」（爲邱翁所命名，電影譯爲「坦克大決戰」）。

　　高先生曾爲《林以亮論翻譯》寫過序，我想，結論也可以列在《美語新詮》上，不正就是「夫子自道」嗎？

　　「這本文集給翻譯工作者最大的啓發，就在把翻譯的『多元性』烘托出來，鼓勵大家去作──但是要謹愼從事，要斟酌、推敲、研究、和商榷。」

　　「誰說翻譯是不可能呢？」

　　　　　　　　──六十四年五月一日《書評書目》廿五期

英漢字典與翻譯

　　一般人對翻譯工作， 常常有兩種看法： 其一便是「翻譯的人，總是抱着一本英漢字典。」迄今為止，除開考試以外，我還沒有見過治譯事而不用字典的人；猶之如我還沒見過修理電視的技術員，不用三用電表 。另一種便是「有了英漢字典， 翻譯上的問題便迎刃而解。」衍生的結論是：一切人可以做一切翻譯。這話倒有些道理，如果一個人受得了十年二十年與字典為伍的單調、寂寞與麻煩，那他在翻譯這一行眞會熬出點名堂來。不過，話又得說回來啦，想想人生有幾個十年二十年？把這段時間投資在任何一方面， 還不是照樣、甚至有更好的成就嗎？因此， 做翻譯工作，「善始者實繁，克終者甚寡」；尤其是現代聰明而缺乏耐性的青年人，很少有幾個受得了長年泡字典的生活。

　　有些天份高的人， 博聞強記， 專做些背熟字典、 辭書的工作，一部字典印在腦細胞裏，何等方便。不過這種上智工夫，不是一般人所能企及得到的；何況從事「譯字」，並不需要「傳譯」的立刻反應，多少有些時間的餘裕，現成的知識寶庫擺在手邊為甚麼不用？縱使記得幾個長字， 像「好」(superealifragilistice-

xpialidocious)、「反政教分離」(antidisestablishmentarianism)；
幾個僻字像「鞋帶尖」(aglet)、「武裝帶」(Sam Browne belt)
或者「杯托」(zarf)；一些繞口令、絞嘴話像 If a three-month
truce is a truce in truth, is the truth of a truce in truth a
three-month truce? 或者 How much wood would a woodchuck
chuck, if a woodchuck would chuck wood? 等；幾句迴文句如
A man, a plan, a canal—Panama. 或者 Doc, note, I dissent. A
fast never prevents a fatness. I diet on cod. 這些都只能談雜
學、資談助。對於翻譯用處不多。錢要用在刀口上，一個人有限
的精神智力，也要放在竅門上，做「譯字」工作的人，首要就是
要懂得如何應用英漢字典。

翻譯界前賢中，有些人主張用英英字典，對英漢字典根本略
而不論。這種觀點對翻譯的「信」完全正確，對「達」與「雅」
却沒有多大的幫助。遇到一個生字、一句片語，英英字典固然可
以解釋得明明白白、清清楚楚，問題出在「中文叫甚麼」上？光
懂了英文意義而不能用流暢貼切的中文寫得出，豈不是茶壺裏裝
餛飩，肚子裏有貨倒不出來？在知識爆炸的今天，各行各業各
種科學的字彙、術語日新月異滾滾而來，不依賴英漢字典多少人
的心血與結晶，而要憑一個人的力量抱着英英字典來奮鬥，其志
可嘉，其法則可憾，爲凡譯所不能取；而只能把它當成查英漢字
典發生懷疑後的總諮議、太老師。

翻譯的人對英漢字典應當有的態度是「亦師、亦友、亦器」。
人類的知識本是薪盡火傳的代代累積，前人的經驗便是後人的福
祉。所以我國對師道特別尊崇，一字尚且成師，古人的胸懷何等
謙虛。而今英漢字典中，少則數萬，多則幾十萬字，字字都有解

釋，無不是前賢時彥的心血結晶：以字典爲師，是對知識的一種虔敬，對前人的一種感謝。不敢以一得自滿。以英漢字典爲友，則是時時刻刻與它親近與切磋，友直、友多聞，字典可當益友之二了。以英漢字典爲器，則它爲治譯的手段而不是目的，使字典爲我所用，而不是毫無自己的判斷和創造。

不論是師、是友、是器，治譯的人絕不能以一爲滿足，而要儘可能多買多備多參考，擷取他們的長處和優點，避免它們的短處與缺失。有些字典註解詳盡、例句很多，所收的字彙便少了。有些則新字、僻字搜羅極富，可是每個字的解釋便少了些。

英漢字典雖然有近百年的歷史，各家出版的何止千百種，但是有幾項共同的缺點，却很少有突破性的進展。

一、字　彙　少

到現在爲止，英文雖然是我國教育制度中主要的外國語文，可是不論官方與民間，却從沒有編出一本字數能與《章氏字典》相頡頏的英漢字典，遑論《牛津大字典》了。不但英文的字彙少，連中文的字彙也少，治譯的人如果把同一家書局的英漢字典和漢英字典翻翻，便可以發現「漢英」中的很多中文字彙，在「英漢」裏是沒有的。以 you 爲例，在英文裏是第二人稱，單數與複數，主格及受格都是它。有些英漢字典中註明「你、你們」便完事大吉；只有極少數的字典上加註「您，諸位，各位」；「您」這個字兒很重要，字典中不註出來所形成的錯失，使得現代一些人譯出子女向父母師長的說話，都是「你」來「你」去的，這哪裏是中國話的口氣？有的更把 thou 也譯成「你」，那麼，《論語》中凡十六見、《孟子》中凡五見的「汝」呢？前者中凡十八

見，後者十見的「爾」呢？又以 I 來說，一般英漢字典都全稱肯定註「我」，假使能註成「如：我」就對了。中文的第一人稱、單數、主格，豈是「我」一個字兒所能周延？侯王自稱的「孤、寡、不穀」呢？《左傳》中五百九十六次的「吾」呢？俺呢？咱呢？余呢？予呢？某呢？……少說也有百十種吧。然而，英漢字典中都輕輕一筆帶過。使得一些人做翻譯，落進了陷阱，以為譯 I 除了「我」還是「我」。

二、解　釋　淺

晚近，英漢字典所收的字數越來越多，解釋越來越淺，淺近是一種優點，但治譯的人如果也跟着走，很可能就陷身在框框裏無以自拔，那就不美了。解決的辦法，便是一個生字的譯名，兼查新舊不等的英漢字典。像 skull 這個字，查較新的英漢字典是「頭蓋骨，腦殼」，較舊一點的字典就有「髑髏」一解；再查中文辭典，注有「莊子之楚，見空髑髏」，足見這一解引經據典，大有來源。forage 在新字典上是「糧草、飼料」，舊字典上還有「芻粟」一義，專指馬匹的飼料，復查中文辭書，列得有《明史》例句「松山圍急，外援不至，芻糧竭。」證明「芻粟」一義正確………從這些例證上看，新知與舊學，譯人不能偏廢，那就只有多查字典了。較新出的字典，把「犁鑱」（moldboard）解為「犁頭後部翻起泥土之曲面鐵板」，讀者對它了解得透徹，並不會嫌辭費釋淺，但是譯人卻不能照本宣科這麼譯吧。不過新的英漢字典，態度遠比前人開放得多了，像把 dildo 這個字兒編進辭典，在舊的字典中是絕對查不到的。

三、沒有單位名詞

　　現代中文語法裏，對於人物的稱數，必須在數詞和人物名稱的中間，加上一個單位名詞（見《中國語法綱要》）。這一點在英文中關係不大，在中文中却十分重要。舉例來說：a general，以現代語法譯成「一將軍」、「一個將軍」，這不是好的中文；最低限度也要譯「一位將軍」；《三國演義》中劉備擲阿斗：「爲汝這孺子，幾損我一員大將！」「員」更是好的譯法了。英漢字典中，從沒有一本能把中文這種獨特而重要的單位名詞舉例出來，實在是美中不足。像 a bell，「一口鐘」與「一個鈴」不同；a gun 有「一枝槍」、「一挺（機關）槍」，和「一門炮」的區別；不但外國人學中文不容易攪分明，治譯要想譯文「順」，從這麼一個字上也看得出高低來。

四、文　白　夾　雜

　　過去的英漢字典，例句都是文言，晚近出版的，文字上既不是文言，也不是白話，「之」、「的」夾雜，便是一例。近代翻譯文字其所以爲人詬病，多多少少便是受了這種文字的影響。一本英漢字典的例句，要口語化到甚麼程度？美亞版的《國語英漢字典》（*Mandarin Chinese Dictionary, English-Chinese*）便是好例子；只有經常接觸那種字典，譯文才有寫得明白曉暢的希望。只可惜所收錄的字彙，是所有英漢字典中最少的。

　　英漢字典對從事翻譯有莫大的助益，因此「買字典不可不貪」，多多益善。但譯人也要知道它們的優點、它們的限制何在。縱使是良師益友，如果自己永遠不能超越他們，那裏還有進

步可言？所以，不但要時時添新字上去，日常事物，更要留意，把自己的見解加註在上面。舉例來說，英文中有一個字兒 to snap 意思是 to make a snapping sound by moving fingers against one another.「手指頭那麼一捻，劈拍的一聲」，中文管這個叫甚麼？幾本英漢字典都說不出一個所以然。一直到看《紅樓夢》第二十六回＜瀟湘館春困發幽情＞，寫到「寶玉見她星眼微餳，香腮帶赤，不覺神魂早蕩，一歪身子，在椅子上笑道：「『妳纔說什麼？』黛玉道：『我沒說甚麼。』寶玉道：『給妳個榧子吃呢，我都聽見了。』」下面註明：「用三指相撮捻而成聲，謂之打榧子，北人遇訕笑時每做此。」方始恍然大悟。這個字該譯成「打榧子」嘛。

英文中還有個字兒 yo-yo，英漢字典解釋為：「一種玩具」（約約）；另一本費了好大的勁兒，說是「為一捲線軸形之木塊，繫於繩之一端，以手牽動繩之另一端，可使上下旋動。」依然道不出一個中規中矩的名稱來，心裏這個問題硬是放它不下。直到四月十八日在《聯副》上，看到高陽先生的《茂陵秋》，寫到：「原來芹官最近學會了扯空竹，先是扯『雙鈴』，等有了程度便扯一頭是圓盤，一頭只在軸上刻出一道槽的『單鈴』……」原來 yo-yo 就是「空竹」啊，高興得一巴掌拍在書桌上：

「我找到了！」

——六十七年九月二十七日《華副》

林編《當代漢英詞典》

治譯少不了好字典，而語堂先生的《當代漢英詞典》，更是不可須臾離。

它宜於煮茗焚香，燈前几上，一個字兒一個字兒細細讀下去；由於它「既輕鬆又廣見聞，不限於一個範疇，而包括了各種極不相同的主題」，更宜於旅程假日，隨暇隨翻，「不拘哪一頁都可以讀起，任何一頁都可以停讀」。詞典內容更是「包羅廣泛，愈用愈覺其妙」，真使人沉緬浸淫在中英語文的比較中，有了心領神會的狂喜：「不圖爲樂之一至如斯也。」

賽珍珠是林先生的異國知音，她說過：「取材廣泛乃是林語堂的偏好。」這本詞典的特色是博，字彙蒐集豐富，遠邁古今；他一生不喜「方巾氣」，寫文章特重性靈的表現，「信手拈來，政治病亦談，西裝亦談，甚至牙刷亦談……去經世文章遠矣。所自奇者，心頭因此輕鬆許多。」所以這本詞典，便是這種想法的反映，不忌文言，不避俗話，「舉凡當代國語中通用的辭語，報紙、雜誌、及書籍可以見到的，一概列入。現在國語基本文法是白話的，但文言中傳下來不少豐富的辭彙，已經混成一片。所謂

文言與白話的區分，並無嚴格的畛域，文言中許多常用的辭語……
還是通用的文雅詞語，因爲有了這些三千年煅煉下來的辭語，所
以今日的語文，傳神達意之妙，可以媲美英文、法文。凡這些辭
語，都應該成爲國語的一部份，在這詞典都應該收入。」所以，
這部詞典中舉凡「衣錦尙絅」，「兼權熟計」，「大相逕庭」這
些文言成語在在齊全；《四書》中的名句如「微管仲，予其披髮
左衽矣」，「養吾浩然之氣」，「富而好禮」，「己所不欲，毋
施於人」等更是一索卽得，燦然大備。

　　詞典中的「方言辭語」、「俚語」、「口語」的採用，得陳
石孚、馬驥伸先生和黃肇珩小姐這幾位北平話專家的協助，凡是
北平話中語涉譏諷、戲謔、輕鄙、漫罵、鄙俚、文雅的用法，應
有盡有，像「支嘴兒」、「湊趣兒」、「湊熱鬧兒」、「丫把兒」、
「稜縫兒」、「街面兒」，又像「他們倆有點擰兒」、「這一招
兒來得好」、「你老也悠着來」……全都有了。林先生不但在詞
典中不避俚語村言，而且連人情世故風俗習慣，不時加以點明，
讀來趣味盎然。舉個例子，上館子叫菜，菜單上的「木樨肉」和
「攤黃菜」常使年輕人發愣，這本詞典上就解釋得清清楚楚，兩
者都是「炒鷄蛋」（scrambled eggs），不過「北平人習慣避免
提『卵』和『蛋』」（from Peking custom of avoiding word
"egg" or "dahn"）不避諱「蛋」的南方人，不忌諱「卵」的閩
南人，方始恍然它的緣由了。有了這些小小的注解，這本詞典就
有了可親可近的人情味兒。

　　當然，今天的國語並不純粹是北平話，其他各地的方言像
「打秋風」、「燒冷灶」、「大先生、小先生」、「電影黃牛」，
甚至《水滸傳》上的「撮鳥」，詞典中也都網羅靡遺。又比如我

們在小鞋店裏常看到一種布面膠底，大拇指與四指分開的鞋子，山胞愛穿來走山路，它的正式名稱該是甚麼？讀這本詞典，知道唐代就有一種「鴉頭襪」(stocking with forked toes (in Tarng Dynasty))，那麼，這種鞋名正言順應該是「鴉頭鞋」了，溫故以知新，信然！

這本詞典發人之所未經發 (a truly pioneering work)，便是注重「多音辭」，「因為意思明瞭，是語言第一條通則，多音組的辭語自然而然演化出來」。所以，詞典中每一個字的詞語，不僅僅只包含了以這一個字為首的，而且還包括了它在其他位置的成語和詞語，使人一目瞭然。例如：以「卷」來說，傳統的字典學家，只着重「卷柏」、「卷舌」乃至「卷子」、「卷宗」、「卷尾猿」為滿足，這本詞典却把「有書卷氣」、「手不釋卷」、「交卷主義」、「交白卷」……都一併列入。這麼一來，這本「以現代語言學觀點所編成的中國語文詞典的專書」，宛同一位諄諄善誘的好老師了，他勤於闡釋，舉一反三，決不讓執疑問難的人一無所獲，廢然而返。

治譯的必備條件之一，便是「必多識于鳥獸草木之名」，這已不是一件容易事了；至於動植物的學名，一般辭書多不列，而這本詞典却在「常名」之後，並列「學名」，如「壁虎」(common home lizard found walls, Gecko japonicus)、「蚊母鳥」(a kind of night hawk, Caprimulgas jotaka)、「蠟梅」(winter-sweet, Calycanthus fragrans) ……足證林先生在這本詞典上，所下功力的深厚，嘉惠後學，豈能以道里計？

楊家駱先生整印鼎文版《古今圖書集成》，很想使十六世紀的《集成》＜禽蟲典＞與＜草木典＞，適於二十世紀的運用，原

想「取近年出版之《中山自然科學大辭典》動物學及植物學二冊，將二典中某一專名一一查明其在現代分類中應隷之位置。孰知此二冊名雖辭典，而實係教本之放大，初未以某一動植物之專名立條，而又無列名某一動植物專名之分類詳表……於是據以條理二典之望，全成幻想。」而今，有了《當代漢英詞典》，便可以據中文名稱而索拉丁學名，雖然並不全備（如「烏魚」便沒有學名），但「條理二典」的工程，已不再是幻想了。

這本詞典「資料的收集、查核，由各助手分勞」，因此，一些常用語有遺珠之憾，却不是林先生之失。像「哼」少了「哼哈二將」；沒有「馬馬虎虎」了，只有「麻麻呼呼」；「打」字是外國人學中文最緾它不過的一個字兒，連中國人自己也用得習焉不察，「有多少辭語，到現在無人曉得」。不過遠東版《最新實用漢英辭典》能蒐羅上二百十八項，而《當代漢英詞典》却只列有一百三十五項，這一個關鍵字的辭語實在少了一些；「打高空」、「打游擊」、「打擺子」這些抗戰後的方言口語都已經有了，獨獨缺了原爲上海話，目前都已通用的「打烊」，頗爲可惜。

更使人恨然的便是「不舍晝夜」的時間，使得很多詞語的意義有了變化。像「檯球」的解釋是：billiard; (sometimes) ping pong, p. 116, 可是這兩種球已有了專有名詞：billiard 已稱爲「撞球」；ping-pong 已由音譯的「乒乓球」進而稱爲「桌球」了。「大專」釋爲 universities and technical schools, 實則國內應是 universities and junior colleges; esprit de corps 譯爲「集體精神」，目前我們習用的則是「團隊精神」。

譯力要有進境，端在時時刻刻與上乘的譯文相親近，耳濡目染，才能取法乎上。而得到這册詞典，不啻是林先生的衣鉢眞

傳。傳神達意、天衣無縫的翻譯在在皆是，豈只是「啼笑皆非」
(between tears and laughter) 而已？像「蓋有之矣」(It is
possible that such cases exist.);「其奈我何」(Can I stopped by
that?);「如之何則可？」(How should this be best handled?);
乃至「十觴亦不醉」 (So grateful for your hospitality, I have
ten goblets and not got tipsy.)，都譯得舉重若輕，了無痕跡。
至如在口語方面的翻譯，更爲絕妙。像「難爲了你」(Thank
you so much for the trouble.);「飯桶」(a good-for-nothing);
「你是什麼東西？」 (What are you anyway!);「者賊無賴」
(The bastard is devoid of shame.);「老油條」 (a hard-
boiled and slippery person) …… 有了這樣一本詞典，智珠在
握，如坐春風，還怕沒有脫胎換骨的造化嗎？

　　林先生盛年時，力倡「書籍絕對不應分類，把書籍分類是一
種科學，但是不去分類是一種藝術。」看似無爲，率性，實則此
老胸中自有機理，不但研究發明了一種六十四鍵、八千個字的中
文打字機；而且在七七高齡時，還爲這本「數十年夙願」的詞
典，創立了「上下形檢字法」。

　　林先生一生最推崇的書籍之一便是《牛津簡明字典》，「數
十載的夙願」和「七載的辛勤」，終於編成了這部足以媲美它的
《當代漢英詞典》。我們也可以引用《諷頌集》中，林先生推薦
《牛津簡明字典》的話，來介紹他自編的這本巨著吧：「它不但
可以作好的參考書，同時也能作爲一般閱讀的書籍。」

——六十七年六月七日《中央日報》〈讀書〉

也談梁編《實用漢英辭典》

七十七年十一月廿二日的《華副》，刊載了賴都先生＜漫談書和辭典＞一文，提到梁實秋先生所編的《最新實用漢英辭典》，先揚而後抑，前面說「擁有一本梁實秋的辭典，原是愉快的一件事……內容廣泛資料豐富……」「然而——」話鋒一轉，却批評「缺失並非全無，它採用『部首筆畫』之排列法，忠於傳統，却使翻查之速度，大受限制。」哪一種漢英辭典好呢？「大陸之漢英辭典……它揚棄傳統之部首筆畫，改採羅馬字拼音……使用者只要熟悉發音，一索即得，十分便當」云云。

目前，在一片「大陸熱」的氣圍瀰漫下，很多人初次與大陸的東西相接觸，由於自己並不具備根基，乍見新奇，相驚伯有，便把持不住了，以爲眼界頓開，對自己所保有的頓時失去信心，一個勁兒爲對方捧場，像「全面採用西元紀年」啦！「要提倡簡體字」啦！「不要用『公尺』改用『米』」啦……有意無意跟了人家的路子走，把自己的看成一無是處，高燒發到這種程度，一切理性的分析、比較、判斷都失去了作用。因此，賴先生力捧「北京外語學院英語系編寫組之集體作品」，認爲它「揚棄傳

統……便利查閱」也就無足爲奇了。

　　只是，賴文中以梁實秋先生所編的《實用漢英辭典》來相比較，說它「翻查速度，大受限制」，却與事實不符。以我們這些朝夕與字典爲伍的人來說，各種漢英辭典之中，惟有梁先生這本漢英，查閱起辭語來最爲迅捷，最爲方便。

　　一本辭典的好壞，內容的充實是第一個條件。我沒有賴文中所提的那種《漢英辭典》，不過今年中秋節，我隨團到香港一遊，買到了一本三聯書店出版的《新漢英辭典》，參與編寫的有華中二十三個院校，也是「集體作品」，想必與「北京外語學院」的《漢英辭典》，不相上下，可以用它來和梁編比較比較。

　　三聯的《新漢英》，厚一千四百零一頁；梁編《漢英》厚一千三百八十三頁，厚度相差無幾，而內容却彼此懸殊，三聯《漢英》收單字約四千六百個，梁編收單字則爲七千三百三十一個，幾乎差了兩千七百多個字。可以說，三聯版只蒐羅了常用字，而梁編超出了百分之五十八·九，都是難譯的不常用字，就憑這一點，可以分出這兩本辭典的氣魄來了。

　　「三聯版」漢英辭典所呈現的格局不大，對單字劃地自限，首先說明有些詞兒不收。例如「收生」一詞認爲陳舊，不收。當然，語文隨着時代改變，一代一代都留下了當代的詞語，但它們並沒有消失，還存藏在文字裡。一旦翻譯過去的文字，出現了「收生」，任何翻譯人都不是全知全能，連辭典都不加說明與指引，他怎麼能譯得出來？梁編便納入了一個「收生婆」 (midwife)，使人知道「收生」就是現代的「助產」。

　　此外，它認定爲「冷僻」的詞兒，如「罄」，如「稽」，都不收。而梁編對「罄」字有三譯，「稽」字有兩譯。翻譯人遇到

「詰屈聱牙」與「不識稼穡」，如果查閱三聯版，就只有乾瞪眼的份兒了。

四十多年來，對岸口口聲聲「爲人民」，但是它一些翻譯甚至有些寫作的文字與語法，却越來越西化，也就是離人民日遠。從三聯版這本漢英辭典上所收的字看，旣不夠「普」遍，也「羅」致不周。它說現代漢語中不獨用的詞，不收。舉的例子偏偏却是「傲」，足見編這本辭典的編輯們，都活在外語象牙塔裡，壓根兒不知道中國人爲文說話中，會有「傲」這個字兒放單飛，文字中有「傲然」、「恃才傲物」與「欺上傲下」，口語中有「瞧那份傲勁兒的。」「那傢伙傲得很。」「有甚麼好傲的。」都很普遍，怎麼能以斷然的口氣把它摒除辭典門外？看看梁編，一個「傲」字用了四個詞兒來譯，proud, haughty, overbearing, rude, 活生生把「傲」都刻劃出來了。

三聯版「不收陳舊，不收冷僻，不收語助，不收漢語中不獨用的詞」，而且還不收「一般方言」，從這些「不收」，可見有些知識分子從「文革」時的「臭老九」，已躍而成爲當代的「新貴族」，竟連漢語的方言口語也認爲不入流了。相形之下，與梁編的河海不擇細流，差了一大截。

舉例來說，我最近研究漢語中「打」這個字兒所衍生詞兒的譯法。三聯版的《新漢英》，使我大失所望，一九八五年出版的辭典，才蒐羅了一百二十則；而早它十二年出版的梁編《實用漢英》，却已有兩百一十八則了。做學問與編辭典，都是站在前人的肩膀上，如果後來還沒有居上，不怕不識貨，只怕貨比貨，哪一種漢英辭典棒，一比就明明白白了。賴先生的《大陸漢英辭典》與我買的三聯版《新漢英辭典》，由於意識型態相同，內容

很可能難兄難弟，所以論收詞的豐富與廣及語與文來說，梁編豈止「毫無遜色」，還篤定遙遙領先，拔了頭籌。

　　儘管賴文說梁編「資料豐富」，但却說它「忠於傳統」，其詞若有憾焉，似乎驚見「揚棄傳統之部首筆畫，改採羅馬字拼音」是一大突破，能「一索卽得」，這才是最好最快的檢字法。

　　漢字由於構造獨特，自從漢代許慎《說文解字》以還，歸併爲兩百十四個部首，它能綿延了兩千多年而不墜，成爲一種檢字的傳統方法，便由於中國各地方言雜沓，漢字同音異義極多，在這種現實環境中，自有它歷久不衰的存在價值。卽以最近來說，臺北市舉辦了一次電腦中文輸入比賽，以臺灣推行國語的普遍，參與比賽的人士，採取以部首爲基礎的「倉頡法」多，而採取「注音法」的少，足見卽令在現代高科技中，按照部首來檢漢字，依然有它無法磨滅的地位與貢獻，熟嫻部首的人，檢字的速度，絕不比其他種方式慢。

　　其次談到「筆畫法」，這也是一種可行性頗高的檢字方法。賴文中說到大陸的「北京外語學院」《漢英辭典》，把部首與筆畫統通「揚棄」，我對這種說法存疑。因爲一本只以一種拼音法來檢漢字的字典，無異自尋絕路；以我手頭這本三聯《漢英辭典》來說，書首便有「筆畫」，其次才是「拼音」。

　　梁編《漢英辭典》的最大優點，便是爲使用的人著想，有諸多的方法讓人查到所要查的字，迅捷方便，方法的週密齊備，迄今爲止，還沒有一本漢英辭典能相提並論。

　　這本辭典的前面便是「部首法」，部首下再分筆畫，注出字號，清清楚楚，中文字典如果用它這種方法來編，不知道要省却

多少查字的時間與精力，眞是無量功德的發明。

　　在這本辭典最後面的一百頁，又列出了三種檢字法，「筆畫檢字法」的後面，便是「注音符號法」檢字，也分欄爲「注音」「單字」及「字號」。

　　再後便是賴先生情有獨鍾的「羅馬拼音法」檢字了，除開按照 ABCD 的順序外，甚至標明「四聲」，前面是「聲調」，中間是「單字」，後面是「字號」；足見梁編採用這種檢字法很早，起碼也將近二十年了。

　　因此梁編《漢英辭典》有四種檢字方法，對無論習慣哪一種查字方法的人，都能找得到自己的門路，設想上的週到，爲任何一種漢英，乃至中文字典所無；它的「字號」尤其是編字典的一大特色，比起查頁數更爲迅速確實。

——七十七年十二月廿九日《華副》

中國字中的遊俠兒──「打」

　　口語中，有一個最爲普遍的字兒便是「打」，它幾乎無所不在、無所不用。可是在字學上，這個字兒也最難纏，自古以來，便有很多學者力謀爲這一個字兒定位，結果却都徒勞無功。以致六十二年前，劉半農就對這個「打」字大罵，罵它「混蛋到了透頂」；還認爲由於中國人愛用這個字兒：「把這中華民國打得稀破六爛，而嗚他媽呼，打的還在打！」

　　把國家的「稀破六爛」，而歸咎於這個「打」字的使用，這種因果關係聽起來離譜。但却展現出即令是一代名語言學家，對這個字兒的去脈來龍，以及何以能使用得這麼廣泛、這麼久遠，也研究不出一個所以然後的惆悵與無奈。

　　何只是劉半農，在他以前的許許多多語文大家，也都注意到中文內這一個身份特殊的「遊俠字」了。唐宋八大家之一的歐陽修，便在他的《歸田錄》中，對這個字兒不但意義不明，並且連發音都非是而大搖其頭：

　　「今世俗言語之訛，而舉世君子小人皆同其謬者，惟『打』字爾。其義本謂『考（敲）擊』，故人相毆，以物相擊，皆謂之

『打』；而工造金銀器，亦謂之『打』可矣，蓋有搥搗作擊之義
也。

> 至於造舟車者曰打船、打車；
>
> 網魚曰打魚；
>
> 汲水曰打水；
>
> 役夫餉飯曰打飯；
>
> 給衣糧曰打衣糧；
>
> 從者執傘曰打傘；
>
> 以糊黏紙曰打黏；
>
> 以丈尺量地曰打量；
>
> 舉手試眼之昏明曰打試。

至於名儒碩學，語皆如此，觸事皆謂之 『打』，而遍檢字
書，了無此字。其義主考（敲）擊之『打』，自音『謫耿』。以
字學言之，打字從手從丁，丁又擊物之聲，故音『謫耿』，故音
『謫耿』爲是，不知因何轉爲『丁雅』也。」

宋代劉昌詩所撰的《蘆浦筆記》中也談到：「世言打字尙多：

> 支酒謂之打發；
>
> 印文書謂之打印；
>
> 結算謂之打算；
>
> 裝飾謂之打扮；
>
> 請酒謂之打酒；
>
> 席地而睡謂之打舖；
>
> 收拾爲打疊，又曰打迸；
>
> 畚築之間有打號；
>
> 行路有打包、打轎；

　　　　雜劇有打諢；

　　　　僧道有打供；

　　　　又有打睡、打噎、打話、打點、打合、打聽……

　　至於打麵、打餅、打百索、打條、打簾、打薦、打帶、打籬笆……街市戲語有打砌、打調之類。」

　　方志中也有對「打」字的記述，《江南志書》中便有如下的記載：

　　　　「『打』作都冷切，今作丁把切，本取擊爲義也。

　　　　而今預事曰打疊；

　　　　探事探人曰打聽；

　　　　先計較曰打量；

　　　　臥曰打睡；

　　　　買物曰打米，打肉；

　　　　治食具曰打麵；

　　　　張蓋曰打傘；

　　　　原文起草曰打稿。」

　　這部志書中關於「打」的這一段文字，出於何人之手，並未註明。但我却斷定爲劉繼莊，因爲他所著的《廣陽雜記》卷五中，有一則說：「里中字音，有相沿而呼，而與本音謬，相習而用，而與本義乖者，或亦通之海內，而竟不知所從始。」其中提到「打」字，與《江南志書》中所列，不論順序文字，一字不差，只不過把張蓋曰打傘的傘字寫成繖。

　　宋代吳曾對「打」字作過解釋，他在《能改齋漫錄》中，認爲「打字從手從丁，蓋以手當其事也。」他的說法，較歐陽修所說「丁爲事物之聲」，易於爲人所接受，只是中國人用起「打」

來，並不限於以手當其事，而且完完全全沒有文法上的約束，的確是中文中最難界定的一個字兒。

近代對於「打」字肯提出來討論的便是劉半農了，他曾在民國十五年十一月二十日，寫過一篇＜打雅＞，列舉了一百零一則以「打」為首的詞兒，從「打電話」到「打住」，一應俱全。尤其他在六年後，也就是在民國二十一年八月二十二日，在＜打雅＞文後附記說：「從那時起，直到現在，我搜集到的關於『打』字的詞頭，已有八千多條了。」

中國文字中使用「打」字為首的詞兒，竟達八千多條，這真是世界語文中，沒有任何一個字兒能相比擬的數字。足見「打」這個字兒，雖不登宏儒碩學的大雅之堂，但在中國人的口語中，使用卻極其普遍。只是半農先生畢竟是才子派學人，只點到為止，沒有對這個問題鍥而不捨地鑽研下去。最低限度，他所蒐集到的這八千多則實例，集國人的智慧於一堂，是中國語文中的寶藏，得來匪易，却既沒有經過分析、整理、歸納，更沒有著述發表刊載，就此杳無下落，湮沒無聞了，真是可惜。

我心目中可編的《英漢翻譯字典》，第一個想到的字兒就是「打」，便陸陸續續做些蒐集語文中有關「打」的工作，說來慚愧，由於獨學而無友，窮一年的工夫，才集得有七百來則，其中還有一詞數解，像「打天下」，固可作政治上的創立新朝，也可用作工商界的開拓市場，「打主意」也有好幾解。因此，我所羅致的「打」，不及劉半農先生一甲子前成績的十分之一，看起來要齊全的日子還長得很呢。

由於這七百來則「打」都加了英譯，大致上便可以根據英文為「打」在詞類中定性了。毫無疑義，「打」主要用在動詞，

如「打柴」「打籃球」「打趣」；但也可作助動詞，如「打坐」「打盹」；它衍生成爲「動名詞」，像「打前站」「打埋伏」「打鐵的」「打閒」；但也可作爲名詞，像「打字員」「打氣筒」「打包機」「打椿錘」都是，它還可以成爲副詞，如「打總兒」；用作介系詞「打從」……它端的六道輪廻，有無窮變化，不要說學中文的老外不大搞得明白，連中國人很多也只知其然而不知其所以然，說不清楚。

鐵當然要用打才能成方圓，但玩兒牌爲甚麼也要用打？分飯菜爲甚麼要「打飯」「打菜」；草擬文字爲甚麼要「打稿」，而且這些詞兒一用上千年都不更改？像近來流行的詞兒，如「親嘴」（洋化說成「接吻」）並不用手，却稱爲「打啵兒」；光動嘴巴的「聊天」謂之「打屁」；宣傳新曲是「打歌」；推廣新著爲「打書」……一經使用，便人人琅琅上口，自然而然達意通情。

儘管文法上無從規範，意義上時有差別，却無礙於這個字兒上下兩千年，縱橫百萬里，成爲中文內獨來獨往的奇字，誠如司馬遷所說：「行雖不軌於正義，蓋亦有足多者焉。」因此，我稱「打」字是中國語文中的「遊俠兒」。只因爲它用到那裏，便活到那裏。

　　　　　　　──七十八年元月十六日《中央日報》〈長河〉

中國字中的遊俠兒——「打」

(凡一詞數義，都已分別列入。)

Altogether	打總兒
An advance unit	打前站
An air pump	打氣筒
An asistant	打下手兒的
The answer is a certain character—to a riddle	打一個字
Anything that occurs in certain duration or spell of time	打陣的
Architect	打樣師
At a discount	打折扣
To abuse	打罵
To affix a stamp on something each of which is certified by placing a chop when it is paid	打印
To agitate	打動
To allow a discount; to detract (from some desirable quality)	打折扣
To ambushcade	打埋伏
To appear in jacket and trousers	打短兒
To arouse one's faculties	打疊精神
To arrange (things) in order	打疊
To ask a third party to speak on one's behalf, usually, implying sending bribes	打點
To associate frequently	打連戀
A blacksmith	打鐵的
A bodyguard, employed for committing violence (throwing people out, etc.)	打手
A brazier's shop	打銅店
A tough and troublesome beggar	打磚叫街
Bailer	打捆機

Bare-handed·······························打空手

Batting average (of baseball)·····················打擊率

Battledore·······························打鏈板

Be cheek by jowl with·······················打得火熱

Board drop hammer (mech.)·····················打樁錘

Borrowing money···························打飢荒

Boxed his ears a few times····················打幾個耳光

Bruise································打撲傷

By which route did you come?··················打哪裡來

To bamboo (cane)·························打板子

To bamboo (a criminal)·····················打典

To bare the feet··························打赤脚

To bare the upper body; to go bare-backed······打赤膊

To bargain·····························打傳兒

(literally) To beat a dog is to insult its
　　master.—To humiliate the protected is
　　to humiliate the protector·················打狗欺主

To put on a base coating of paint···········打底子

To be a bachelor·························打漿 (光) 桿

To beat a dead tiger (to attack some
　　powerless one)·······················打死老虎

To beat a drowning dog—to attack someone
　　already down in his luck·············打落水狗

To beat a drum··························打鼓

To beat a gong··························打鑼

To beat and scold; maltreatment (a child,
　　orphan, etc.)·······················打罵

(literally) To beat the grass and startle the
　　snakes—to cause undesired agitation; to
　　alert unintentionally a criminal in hiding
　　as a result of clumsy police moves; to
　　frighten out of cover·················打草驚蛇

To beat on the lips (to slap the mouth)········打嘴巴

To beat the night watches····························打更

To beat the palm (of a child as punishment)···打手心

To beat the time (for a singer, dancer, etc.)·····打拍子

To beat to death; to shoot to death··············打死

To make a harmonious whole······················打成一片

To beg food (by a monk)····························打齋飯

Beginning from tomorrow ·························打明兒起

To begin to chatter·································打開話匣子

To be in the middle of a white-hot battle; to
    be passionately in love with each other······打得火熱

To belch ···打呃

To belch after a solid meal························打飽呃

To be noisy; to brawl······························打吵子

To bet ··打賭

To be unemployed··································打閒

To bind; to make into bundles or sheaves······打捆

To blackmail·······································打單

To board ··打伙食

To boost morale····································打氣

To bother; to disturb; to trouble···············打攪

To box as sport····································打拳

To brand (cattle)··································打火印

To break ··打破

To break off·······································打散

To break one's rice bowl (lose one's job)········打破飯碗

To break open······································打開

To break a record··································打破紀錄

To break the ice···································打破僵局

To break the impasse; to find solution to a pro-
    blem; to get out of a difficult situation······打開僵局

To break the record; to set a new record;
　　to rewrite the record·······························打破紀錄
To break through (hindrances)··················打通
To break up a gang·······························打了鑼
To bribe··打點
To buck up, brace up energy····················打起精神
To bud··打苞
To budget··打預算
To build a dam·····································打壩
To buy a ticket····································打票
To buy medicine··································打藥
To buy oil···打油
To buy some vineger······························打醋
To buy new year's items·························打年貨
To buy wine or liquor (by quantity, not by
　　bottles)··打酒
A cigarette lighter·······························打火機
Cannot be beaten with impunity; cannot beat
　　and get away with it···························打不得
Catnap···打盹
Chaos··打混
Cock's crow···打鳴
Construction model·······························打樣兒
Cut off their conversation······················打斷了他們的話
In charge of interior affairs····················打內
In charge of external affairs····················打外
That cannot be opened; To try in vain to open······打不開
That cannot be broken to pieces; unbreakable;
　　to try in vain to break to pieces···········打不散
To send a cable or telegram····················打電報
To calculate···打算盤
To calculate costs or gains·····················打算盤

To cancel, withdraw (a decision, etc.)············打消

To capture a city····································打下一座城市

To carry a flag······································打旗子

To carry a lighted lantern·····························打燈籠

To carry an opened umbrella·························打傘

To cast lots; to divine································打卦

To cast paper print··································打紙型

To catch fish in nets·································打魚

To cause abortion···································打胎

To celebrate the festival of All-Souls; a
    public service····································打醮

To change one's mind·······························打耙

To charge···打衝鋒

To chat at people's expense························打牙兒

To cheat···打斧頭

To check off the number of························打數

To check the King (as in chess)···················打悶弓

To cheer up; to pluck up courage; with
    chin up··打起精神

To clean (a room, house, etc.)····················打掃

To clean up whole house in the end of a year······打埃塵

To close the store for the night····················打烊

To club a victim on the sly························打悶棍

(Acrobats) To collect cash from onlookers
    for street enterteinment·························打錢

To collect debts·····································打債

To collect firewood··································打柴

To combine into whole; to be united so as to
    form a single body·····························打成一片

To come from·······································打那兒來

To come to a realization of one's mistake·······打破迷關

To commence an advertising·······················打廣告

To commit robbery or pillage·····················打刼

To communicate by signals·······················打信號

To compete in business·····························打對臺

To consider who its master is before beating
a dog (literally) — to use discretion as
to the possibility of reprisal when bully-
ing people with powerful connections·······打狗看主人

To conjecture··打量

To conquer···打贏

To consider··打量

To contuse···打青

To cooperate; to merge; to join with
another officer·································打協同

To count cadence (in troop march)·············打數

To crack jokes; to joke; to jest··················打諢

To crop hair short····································打短

To crow (said of a rooster)·······················打鳴兒

To cut off··打下

To cut work ston·····································打石頭

To cut off their conversation·····················打岔

To cut wood···打柴

A doggeral···打油詩

A drum music before the Chinese opera········打通兒

Defeated; vanquished; to lose a war·············打敗仗

Diarrhoea···打標槍

Dollar··打拉

Donnybrook···打降（打架）

Dozen··打

Drop hammer (mech.)······························打樁機

To skim flat pebbles on the surface of water···打水漂

To deal a blow upon; to give a blow to; to

strike; a blow ································· 打擊

To deal with ································· 打理

To decline someone's invitation or favor ······· 打回票

To force a retreat (in battle) ················· 打退

To singe hair from skin ····················· 打毛

To demonstrate pugilistic skills ··············· 打把式

To depart from precedents ··················· 打破前例

To depress a gun ··························· 打低（砲口）

To deserve the beating or spanking; excellent
performance (said of ball player, knitting
women, etc.) ··························· 打得好

To destroy superstitions ····················· 打破迷信

To devise a course of action; to decide what
to do; to scheme for something to which
one has no claim; to try to win the affection
of a young woman ······················· 打主意

To dig a tunnel ···························· 打地道

To dig or excavate a pit ····················· 打坑

To dim the lights of shop (close for the
night) ································· 打烊

To dismiss (personnel) ······················ 打發

To dispatch spies or detectives ··············· 打探子

To dispatch; to send away; to fire; to
dismiss ································· 打發

To distribute tips equally ··················· 打共產

To disturb; to bother; to trouble ·············· 打擾

To do acrobatic feats ······················· 打把式

To do night work ·························· 打夜作

To do part-time job ························· 打零工

To do something as a social act or for
friendship's sake ························· 打交道

To do spade work; to prepare oneself for

bigger task ahead·······························打基礎

To do typing work; to typewrite; to type·······打字

To doze off······································打盹兒

To draw a circle·································打圈

To draw a design or plan, as for a building,
　　etc.··打樣

To draw dragnet for recovering things in
　　water······································打撈

To draw or rule lines to put under a sheet
　　when writing·······························打影格

To draw water···································打水

To dream··打黃梁子

To drill a hole; to punch a hole; to perforate······打孔

To drill a well··································打井

To drive away···································打起

To drive piles···································打樁

To drive piles in construction···················打夯

To drudge; to do handy man's work··············打雜

Early···打早

Egg beater······································打蛋機

Even if you are a·······························打你是個······

Evil influences must be combated and
　　destroyed before they bring about
　　our own destruction······················打虎不着反被虎傷

Eye-catching····································打眼

For example·····································打譬喻

To eat or drink·································打牙

To eat watermelons freely (for getting their
　　seeds)······································打瓜

To elevate a gun································打高（砲口）

To embellish narrative or rumors················打高空

To embezzle·····································打偏手

To engage in a battle; to fight; to wage war⋯⋯打仗

To engage in guerrila warfare; (humorously) to use, borrow, or take another's belongings without permission; to board or lodge at one place after another without payment ⋯⋯⋯⋯⋯⋯⋯⋯⋯⋯⋯⋯⋯打游擊

To establish an enterprise⋯⋯⋯⋯⋯⋯⋯⋯⋯打天下

To estimate⋯⋯⋯⋯⋯⋯⋯⋯⋯⋯⋯⋯⋯⋯⋯打量

To examine and put in order; to bribe⋯⋯⋯打點

To exploit other's carelessness⋯⋯⋯⋯⋯⋯打馬虎眼

The first play acted for a new actor⋯⋯⋯⋯打泡戲

The first visitor of the day (brothel)⋯⋯⋯打頭客

To flatter a superior⋯⋯⋯⋯⋯⋯⋯⋯⋯⋯打加官

A flint ⋯⋯⋯⋯⋯⋯⋯⋯⋯⋯⋯⋯⋯⋯⋯⋯打火石

(Chinese opera) Foot soldiers and retinue⋯⋯打旗兒的

Be the first to do⋯⋯⋯⋯⋯⋯⋯⋯⋯⋯⋯⋯打頭的

From now on⋯⋯⋯⋯⋯⋯⋯⋯⋯⋯⋯⋯⋯⋯打今兒起

From; since⋯⋯⋯⋯⋯⋯⋯⋯⋯⋯⋯⋯⋯⋯打從

From the beginning; from the start⋯⋯⋯⋯打頭兒

(literally) To feign obesity by slapping one's own face until it becomes swollen—to try to satisfy one's vanity when one cannot really afford it ⋯⋯⋯⋯⋯⋯⋯⋯⋯⋯⋯⋯打腫臉充胖子

To fall down flat on the ground⋯⋯⋯⋯⋯打地攤兒

To fart⋯⋯⋯⋯⋯⋯⋯⋯⋯⋯⋯⋯⋯⋯⋯⋯打屁

To fast⋯⋯⋯⋯⋯⋯⋯⋯⋯⋯⋯⋯⋯⋯⋯⋯打齋

To feel stange⋯⋯⋯⋯⋯⋯⋯⋯⋯⋯⋯⋯⋯打怪

To feel the pulse⋯⋯⋯⋯⋯⋯⋯⋯⋯⋯⋯打診

To fetch a basin of water⋯⋯⋯⋯⋯⋯⋯⋯打洗臉水

To fetch ice from frozen river⋯⋯⋯⋯⋯⋯打冰

To fetch water⋯⋯⋯⋯⋯⋯⋯⋯⋯⋯⋯⋯⋯打水

To fight a civil war⋯⋯⋯⋯⋯⋯⋯⋯⋯⋯⋯打內戰

To fight a guerrilla war .... 打游擊

To fight and talk alternately (without reach-
　　ing a real settlement); to fight, then talk,
　　then fight again .... 打打談談

To fight; a skirmish .... 打鬥

To fight in jest or for fun; boisterous .... 打打鬧鬧

To fight in crowds .... 打棍（打羣架）

To fight in the vanguard .... 打先鋒

To fight to the finish .... 打到底

To fight to a standoff; to fight to a draw ...... 打成平手

To file or get into a lawsuit .... 打官司

To fill with air by an air pump .... 打氣

To find out .... 打探

To find out through inquiries; to make
　　inquiries .... 打聽

To fire a cannon; (slang) to visit a brothel ... 打砲

To fire a gun .... 打槍

To fire a snipe shot .... 打冷槍

To fire a volley .... 打連環

To flash (lightning) .... 打閃

To force a passage .... 打通

To force somebody to do something he is
　　not competent to do .... 打鴨子上架

To forge a sword .... 打一把劍

Go by this path .... 打這兒走

To gain a victory .... 打勝仗

To gang up .... 打幫

To gesticulate .... 打手勢

To get a net gain .... 打撈乾淨

To get on a swing; to have a swing .... 打鞦韆

To get rid of intestinal parasites by means

of drugs	打蟲
To get the baggage ready	打點行李
To get through	打通
To give a blow	打一下
To give a person a thrashing	打板子
To give a slap in the face	打嘴
To give him a beating	打他一頓
To give him a call	打招呼
To give marks (for examination papers, etc.)	打分數
To give or receive an injection; to give or receive a shot	打針
To give a pre-arranged signal; to hint; to give a cue	打暗號
To give some sorts of bribes	打點些
To give up an idea	打斷念頭
To give up (an intention, etc.); to cancel	打撒手兒
To give up a pursuit without attaining the goal; to give up halfway	打退堂鼓
To go barefooted	打赤脚
To go duck-hunting	打野鴨
To go fishing	打魚
To go hunting; to go on a hunting expedition	打獵
To go into partnership	打夥
To go the round of the brothels	打茶圍
To go to law	打官司
To hunt wild geese	打雁
To grade (student papers); to grade (performance)	打分數
To grease a car	打黃油
To guarantee	打包票
To guess a enigma	打謎語
To guess a riddle	打混葫蘆

To guess riddles pasted on lanterns at parties……打燈謎

A head-wind………………………………………打頭風

A house coolie………………………………………打下手

A hunter………………………………………………打捕戶

He passed by the door………………………………打門前經過

Hit and run……………………………………………打帶跑

Stop it! to halt………………………………………打住

This is going to hurt me more than you………打在兒身，痛在娘心

To haggle over price…………………………………打價

To hammer in piles or stakes; to impale;
    piling………………………………………………打椿

(said to waiters or waitresses) To hand out
    hot towels on a train, at a theater, etc.……打手巾把子

To harden body through endurance……………打熬

To have a brawl; a row; or a fight……………打架

To have a chat with…………………………………打屁

To have a gold bracelet and silver chopsticks…打金鐲子銀筷子

To have a lawsuit……………………………………打官司

To have a mind to……………………………………打算

To have an abortion on purpose…………………打胎

To have an injection………………………………打針

To have an unusually sumptuous meal………打牙祭

To have a visit or round of visits in brothels
    and have tea……………………………………打茶圍

To have "butterflies in the stomach"…………(心裏直在)打鼓

To have eaten lunch…………………………………打了中伙

To get a crew cut (haircut)………………………打短(頭髮)

To have hair cut thinly……………………………打薄(頭髮)

To help…………………………………………………打救

To help victims of injustice; to try to
    redress an injustice to the weak;
    to come out against the powerful

on behalf of the down-trodden	打抱不平
To hiccough; to hiccup	打嗝兒
To hit a sandbag in boxing practice	打沙袋
To hold a banner	打大旗
To hold a lighted lantern (when travel by night)	打燈籠
To hold a merry-making tea party at a brothel	打茶圍
To hold a pennant in a funeral procession	打執事
To hold back; to hestitate	打個燈，打個艮
To hold services for pacifying ghosts	打醮
To hoop; to put a hoop around something	打箍
To hunt	打圍
To hunt and make a meal	打野味
To hunt a tiger, one must have a brother's help	打虎還要親兄弟
An ink pad	打印臺
Iconoclasm	打倒偶像
Imposing stone for type	打板臺
In distress	打饑荒
Inoculation	打針
Insidious intentions must be thwarted before they can inflict harm	打蛇不死轉背傷人
Intending to	打算
To have intercourse; to make friends; to associate with; to make dealings with	打交道
To incite, or instigate; to drum up	打邊鼓
To indulge in raillery	打諢
To infiltrate into	打入
To inflate (tire); to fill with air	打氣
To inform secretly on a colleague, etc.	打小報告
To insist on getting to the bottom of a	

question	打破沙鍋問到底
To interrupt another's speech; to break into a conversation; to interrupt a conversation	打岔
To interrogate	打問
To interrupt a person while he is speaking	打斷說話
The jobless	打閒兒
To join contest in feats of prowesses on stage (said of Chinese pugilists)	打擂臺
To joke	打諢
To jump	打跳
A kerosene stove	打汽爐
King of swatting or hitting (of baseball)	打擊王
Knocked down	打掉
To kill	打殺
To kiss	打嘴兒
To knit a woolen sweater	打毛線衣
To knock a brick—to beg	打磚
To knock at a door	打門
To knock down—as fruits from a tree; to haggle	打倒
To knock down; to overthrow; (in slogans) down with	打落
To knock through	打通
A lottery	打彩
To ladle out rice	打飯
To ladle out soup	打湯
To ladle porridge	打粥
To laugh out loud	打哈哈
To lay a foundation	打地脚
To laxative; a cathartic; a purgative	打藥
To lead the attack; to be at the foremost front in an attack	打頭陣

To let one know; to give a person notice········打個照會

To levy blackmail for extortion·················打單

To lie·······································打誆語

To light up the subject·························打光

To live singly or to remain a bachelor·········打光棍

To loaf······································打閒

To look at···································打相

To loot·······································打搶

To loot for tribe's provisions··················打草穀

To lose·······································打丟

To lose appetite; (patient) to have difficulty
    in swallowing·······························打扁兒

To do miscellaneous work······················打雜的

Make hay while the sun shines·················打鐵趁熱

Malaria; to suffer from malaria················打擺子

(slang) Masturbation··························打手銃

Monkey engine, or pile driver·················打椿機

Monks beg food·······························打包

To make a bed on the floor or the ground······打地舖

To make a bet; to wager······················打賭

To make book shelves························打書架

To make a bow·······························打禮

To make a brief stop-over; to lodge
    temporarily···································打光

To make a ceiling····························打頂棚

To make a coach·····························打車

To make a contract···························打合同

To make a decision···························打主意

To make a deep bow··························打躬

To make a draft······························打稿

To make a hut·······························打寮

To make an impression of the hand as a

finger print···打手印

To make a part-time job for living··············打現鐘

To make a rough draft·······························打草稿

To make a round trip; to make a return trip······打來回

To make a row, create a lot of noise···········打吵子

To make a sample······································打樣

To make a small present with a view to
some substantial recompense····················打秋風

To make a slip in recital·····························打奔兒

To sneeze··打噴嚏

To make a telephone call; to telephone a
message; to telephone····························打電話

To make a badge·····································打紀念章

To make fun of··打趣

To make fun of another; to poke fun············打趣

To make inquiries····································打聽

To make into···打成

To make or shape a knife··························打刀

To make outline in one's mind····················打腹稿

To make paste··打糊子

To make ready···打就

To make a vehicle ready for traveling···········打車子

To make rice glue dumplings·····················打元宵

To make rhymes in colloquial—from a man
of the T'ang dynasty named 張打油········打油詩

To make rubbing of inscriptions··················打碑

To make some paste·································打漿糊

To make trouble·······································打麻煩

To make up (said of a woman, an actor or
actress); to dress up; dressed like·············打扮

To make up a bed on the ground or on
the floor···打地舖

To make up the proper number of a
    mahjong game·······························打一頭
To make way···································打道
To marry one's daughter or wife to someone
    to cheat him of some of his property······打虎
To mediate a dispute·······················打圓場
To mediate·····································打交道
To meet a person face to face···············打個照面
To merge with·······························打成一片
To mess together·····························打伙食
To miss fire··································打不響
To move (a person mentally); to make
    someone interested in something; to
    succeed in persuading someone to do
    something····································打動
To mow grass·································打草
A night watchman who patrols the streets······打更的
Nodding in sleep·····························打瞌睡
Don't tell lies·······························不打誑語
To be alone··································打自摸單吊
Unable to come back·························打不了轉的
To be out of luck···························打瓦
To obstruct in a talk·························打岔
To open·······································打開
To open an umbrella·························打把傘
To open a connection road; to establish a
    connection; to remove the block in a
    passage·······································打通
To open up···································打開
To outflank··································打包抄
To overturn··································打翻
A packer······································打包的

A perforator	打孔機
A punch for making holes in paper	打紙眼機
Be pinched by shoe	打脚
Die Perkussion	打診法
Package twine	打包繩
Packing charges	打包費
Packaging needle	打包針
Pattycake	打麥（相對拍對方手的遊戲）
Persussion instruments (of an orchestra)	打樂器
Pile driver; pile engine	打椿機
Use wax to polish	打蠟
Purgatives	打藥
To pack	打拎
To pack; bundle carried on the back by traveling	打包
To pack (luggage)	打點
To pandy	打手心
To pass	打拍司
To patrol	打畯
To patrol streets at night and announce the watches (1 to 5) of the night	打更
To pay a fleeting visit	打一個轉
To pay by instalments	打節
To pay fare	打車票
To perforate	打眼
To perform a private mass	打齋
To pile up one atop the other; to arrange	打疊
To place money on table for bet	打錢
To plait hemp sandals	打蔴鞋
To plait straw sandals	打草鞋
To plait the queue	打辮子

To plan; intention··打算
To play a ball game···打球
To play a card game, mahjong, etc.·····················打牌
To play a poker game of "100 points"···············打百分
To play at snowballs··打雪仗
To play baseball··打棒球
To play basketball··打籃球
To play billards··打撞球
To play contract bridge··打橋牌
To play cricket···打板球
To play golf··打高爾夫
To play handball··打手球
To play lawn-tennis···打網球
To play mahjong···打麻將
To play marbles··打彈子
To play a pawn's role in a Chinese opera·······打旗兒的
To play poker···打撲克
To play shuttlecock···打毽子
To play table tennis···打桌球
To play tipcat···打拔
To play volleyball··打排球
To plunder··打刼
To polish··打磨
To pool resources, joint make an enterprise······打夥
To pound the earth in laying groundwork······打夯
To practice boxing···打拳
To prepare and arrange···打整
To prepare drawings (for a building, a
    machine, etc.); to print a gally proof
    (in printing)··打樣兒
To prepare a draft···打底稿
To procrastinate and delay····································打太極拳

To procure abortion⋯⋯⋯⋯⋯⋯⋯⋯⋯⋯打胎
To promote a book⋯⋯⋯⋯⋯⋯⋯⋯⋯⋯打書
To promote a hit disc⋯⋯⋯⋯⋯⋯⋯⋯打唱片
To promote a song⋯⋯⋯⋯⋯⋯⋯⋯⋯打歌
To promote someone's publicity⋯⋯⋯⋯打知名度
To provide shield⋯⋯⋯⋯⋯⋯⋯⋯⋯⋯打掩護
To publicize; to advertize⋯⋯⋯⋯⋯⋯打廣告
To purr⋯⋯⋯⋯⋯⋯⋯⋯⋯⋯⋯⋯⋯⋯打呼嚕
To put a hoop—on a bucket or tub⋯⋯打箍
To put a patch (on a shoe sole, a garment,
　　etc.)⋯⋯⋯⋯⋯⋯⋯⋯⋯⋯⋯⋯⋯⋯打補靪
To put in order⋯⋯⋯⋯⋯⋯⋯⋯⋯⋯⋯打當
To put on a necktie⋯⋯⋯⋯⋯⋯⋯⋯⋯打領帶
To put on a patch—used fig⋯⋯⋯⋯⋯打補靪
To put on a puttee⋯⋯⋯⋯⋯⋯⋯⋯⋯打綁腿
To put one's seal to⋯⋯⋯⋯⋯⋯⋯⋯⋯打印
To put (the queen or imperial concubine)
　　under confinement (after she has lost the
　　emperor's favor)⋯⋯⋯⋯⋯⋯⋯⋯⋯打入冷宮
To put person off by talking formalities as
　　an excuse (We are not allowowed to,
　　etc.)⋯⋯⋯⋯⋯⋯⋯⋯⋯⋯⋯⋯⋯⋯打官腔
To put up a fence⋯⋯⋯⋯⋯⋯⋯⋯⋯⋯打籬笆
To put up a stove⋯⋯⋯⋯⋯⋯⋯⋯⋯⋯打灶
To put up the sail⋯⋯⋯⋯⋯⋯⋯⋯⋯⋯打篷
To purge⋯⋯⋯⋯⋯⋯⋯⋯⋯⋯⋯⋯⋯⋯打下來
To quarrel and fight noisely⋯⋯⋯⋯⋯打鬧
A rifle range⋯⋯⋯⋯⋯⋯⋯⋯⋯⋯⋯⋯打靶場
To be rejected⋯⋯⋯⋯⋯⋯⋯⋯⋯⋯⋯打回票
To raid homes and plunder residences⋯⋯打家刼舍
To raise⋯⋯⋯⋯⋯⋯⋯⋯⋯⋯⋯⋯⋯⋯打起
To give a discount⋯⋯⋯⋯⋯⋯⋯⋯⋯打折扣

To receive field training in combat
   techniques⋯⋯⋯⋯⋯⋯⋯⋯⋯⋯⋯⋯⋯打野外

To relieve indigestion with a drag⋯⋯⋯⋯⋯打食

To remain a bachelor; to stay single (said
   of men)⋯⋯⋯⋯⋯⋯⋯⋯⋯⋯⋯⋯⋯⋯⋯⋯打光桿兒

To report secretly⋯⋯⋯⋯⋯⋯⋯⋯⋯⋯⋯⋯⋯打事件

To revile, scold⋯⋯⋯⋯⋯⋯⋯⋯⋯⋯⋯⋯⋯⋯打罵

To reward⋯⋯⋯⋯⋯⋯⋯⋯⋯⋯⋯⋯⋯⋯⋯⋯⋯打賞

To roar with laughter; to have fun; to frolic;
   to make merry; to talk irrelevantly in an
   apparent effort to avoid touching the real
   issue⋯⋯⋯⋯⋯⋯⋯⋯⋯⋯⋯⋯⋯⋯⋯⋯⋯打哈哈

To rob⋯⋯⋯⋯⋯⋯⋯⋯⋯⋯⋯⋯⋯⋯⋯⋯⋯⋯打糧

To rob a victim after beating him
   unconscious with a club⋯⋯⋯⋯⋯⋯⋯⋯打悶棍

To roll on the ground—as a mule⋯⋯⋯⋯⋯打滾兒

To roll up bedding and tie in a bundle⋯⋯⋯打舖蓋

To rub, or to wax⋯⋯⋯⋯⋯⋯⋯⋯⋯⋯⋯⋯⋯打蠟

To run and glide on ice⋯⋯⋯⋯⋯⋯⋯⋯⋯⋯打出溜

A setback blow⋯⋯⋯⋯⋯⋯⋯⋯⋯⋯⋯⋯⋯⋯打擊

A smack on the buttocks⋯⋯⋯⋯⋯⋯⋯⋯⋯打屁股

A stick to drive dog away⋯⋯⋯⋯⋯⋯⋯⋯打狗棒

Serious; important⋯⋯⋯⋯⋯⋯⋯⋯⋯⋯⋯⋯打緊

Since⋯⋯⋯⋯⋯⋯⋯⋯⋯⋯⋯⋯⋯⋯⋯⋯⋯⋯打那以後

Small loans at exorbitant rates of interest
   paid back in instalments⋯⋯⋯⋯⋯⋯⋯⋯打印子

Spanking; to flog the buttocks as a form of
   punishment⋯⋯⋯⋯⋯⋯⋯⋯⋯⋯⋯⋯⋯打屁股

The beginning of Spring⋯⋯⋯⋯⋯⋯⋯⋯⋯打春（立春的別名）

Stibestrol or abortive (medicine)⋯⋯⋯⋯⋯打胎劑

Still alive after hard beating to try in vain
   to beat to death⋯⋯⋯⋯⋯⋯⋯⋯⋯⋯⋯打不死

Stopped work⋯⋯⋯⋯⋯⋯⋯⋯⋯⋯⋯⋯⋯打住

Strike while the iron is hot; to do a job
while the favorable condition exists⋯⋯⋯打鐵趁熱

This way, please⋯⋯⋯⋯⋯⋯⋯⋯⋯⋯⋯⋯打這兒走

To salute by falling on one knee⋯⋯⋯⋯⋯打千

To salute with folded hands again and
again⋯⋯⋯⋯⋯⋯⋯⋯⋯⋯⋯⋯⋯⋯⋯⋯打拱作揖

To salvage sunken ships; to drag sunken
things out of water⋯⋯⋯⋯⋯⋯⋯⋯⋯⋯⋯打撈

To say hello; to greet a person; to use one's
influence in other's behalf⋯⋯⋯⋯⋯⋯⋯打招呼

To seek gratuitous financial help⋯⋯⋯⋯⋯打秋風

To seek food⋯⋯⋯⋯⋯⋯⋯⋯⋯⋯⋯⋯⋯⋯打食兒

To select⋯⋯⋯⋯⋯⋯⋯⋯⋯⋯⋯⋯⋯⋯⋯⋯打選

To sell off unredeemed pledges⋯⋯⋯⋯⋯⋯打當

To send⋯⋯⋯⋯⋯⋯⋯⋯⋯⋯⋯⋯⋯⋯⋯⋯⋯打發

To send a circular around⋯⋯⋯⋯⋯⋯⋯⋯⋯打道

To send a telegram or cable⋯⋯⋯⋯⋯⋯⋯⋯打電報

To send out flashes; to flash (said of
lightning)⋯⋯⋯⋯⋯⋯⋯⋯⋯⋯⋯⋯⋯⋯⋯打閃

To serve as handy man; to run errands⋯⋯打雜兒

To set a GO chess problem⋯⋯⋯⋯⋯⋯⋯⋯打譜

To set a trap for a bird⋯⋯⋯⋯⋯⋯⋯⋯⋯⋯打籠

To set out in order⋯⋯⋯⋯⋯⋯⋯⋯⋯⋯⋯打疊

To settle water with alum⋯⋯⋯⋯⋯⋯⋯⋯⋯打礬水

To set up a bed⋯⋯⋯⋯⋯⋯⋯⋯⋯⋯⋯⋯⋯打舖蓋

To shoot flying birds⋯⋯⋯⋯⋯⋯⋯⋯⋯⋯⋯打飛火

To show off one's clever⋯⋯⋯⋯⋯⋯⋯⋯⋯打乖

To show petty shrewdness⋯⋯⋯⋯⋯⋯⋯⋯打小算盤

To shudder; to fight a cold war⋯⋯⋯⋯⋯⋯打冷戰

To shut up shop for the night⋯⋯⋯⋯⋯⋯⋯打烊

To sign by making an impression of the hand⋯⋯打手印

To signal··打號

To signal with flags; to use semaphore············打旗語

To sit at board's side··································打橫

To sit in meditation (said of a Buddhist)······打坐

To size up···打量

To slap one on the face·······························打耳光

To sleep···打睡

To slip···打滑

To slap one's own face so as to pose as a fat
     man—keep up appearences to one's cost······打腫臉充胖子

To smash to pieces; to break······················打碎

To smooth out a dispute······························打圓場

To snap··打榧子

To sneeze···打噴嚏

To snitch··打事件

To snore···打鼾

To sob···打抽搭

To solve GO chess problems························打譜

To sow seeds···打種

To speak···打話

To speak frankly··打開天窗說亮話

To speak in a bureaucratic tone····················打官腔

To speak in a circumlocutory way··················打盤

To speak in a roundabout way·······················打圈子

To speak in scamp's language·······················打痞子腔

To spoil the fun···打高興

To spread or circulate praise of actor, etc.······打邊鼓

To sprout ears··打苞

To square a debt by paying a percentage
     of the amount owing································打折頭還

To square up one's accounts·························打賬

To stamp···打印

To stand up straight in gesture of defiance······	打挺兒
To stop······	打住
To stop for having a snack and rest during journey······	打尖
To stretch oneself······	打舒張
To strike······	打擊
To strike a light······	打火
To strike an iron plate—to summon to worship or to meals, etc.······	打板殿
To strike at the enemy's reinforcements······	打援
To strike down; to defeat; to beat······	打垮
To strike father and curse mother—unfilial······	打爺罵娘
To struggle······	打掙
To stumble······	打趔趄
To suffer a defeat; to be defeated in battle······	打敗仗
To suppose······	打量
To sway one's body before falling down······	打晃兒
To sweep up······	打掃
To swing······	打鞦韆
A thief······	打家賊
A threshing ground······	打谷場
A time clock······	打卡鐘
A tramp······	打流
A typist······	打字員
Take a turn······	打個轉
Target practice······	打靶
Thugs hired by men of wealth or power; bouncers······	打手
To take a nap······	打盹
To make a proof······	打稿子
To take a fresh start······	打鼓另開張
To take by force······	打刼

To take on everyone else at the table in turn in the fingerguessing game while drinking	打通關
To take something less seriously than it deserves	打棚（開玩笑）
To take time out from a GO game	打掛
To take water (from a well, a spring, etc.)	打水
To talk	打話
To talk frankly	打開天窗說亮話
To talk in the formal language of officialdom	打官腔
To talk in whisper	打喳喳
To tax	打稅
To tease one's lover by showing false displeasure	打情罵俏
To thresh rice	打稻
To thresh grains	打穀
To thresh wheat or barley	打麥
(Chinese opera) To throw weapons back and forth on stage	打出手兒
To thunder	打雷
To tickle	打皮嗑
To tie a necktie	打領帶
To tie a knot; to make a knot	打結子
To tie it tightly	打緊
To tremble; to shiver (especially in cold weather)	打哆嗦
To thresh	打場
To trip and fall (esp. horse)	打前失
To try in vain to reach; that cannot be hit	打不到
To try to redress an injustice to the weak	打抱不平
To turn a somesault	打觔斗

To turn round and round	打轉轉
To turn; to move in a circle	打轉兒
To upset	打亂
To use an abacus; to work an abacus; to plan; to reckon; calculating; shrewd	打算盤
To use a small abacus—penurious; mean	打小算盤
To use an umbrella	打傘
Trick or treat	打夜胡
Troop drill	打隊子
Unbreakable; to try in vain to break	打不破
Unconquerable; that cannot be knocked down	打不倒
Unimportant	打滑溻
Urgent	打急
A vagabond	打溜
A vanguard	打先鋒
Very intimate with	打得火熱
To visit a brothel	打野鷄
A wishful thinking; to expect to turn out as one wishes	打如意算盤
A woodcutter	打柴的
To wait for a while	打個沉兒
To wear a pigtail, or a pair of pigtails; to knit a pigtail	打辮子
To weave a straw sandals	打草鞋
To weave a hemp sandals	打蔴鞋
To wet	打濕
To whip eggs	打蛋
To whistle	打哨
To whisper	打喳喳
To win a war; to be victorious	打勝伏
To wither	打了蔫兒

To wipe (shoes, dust)·······················打抹

To withdrawn a resignation·····················打消辭意

To work—as in iron·····························打造

To work at everywhere·····················打裏打外

To wound or injure by beating; to inflict
　　damage to (enemy warships or aircraft)······打傷

To work one's way into (a secret organi-
　　zation, a tight-knit group, etc.); to
　　enter by attacking·····················打入

To do work which demands little brain but
　　lots of brawn·····························打粗

To write and send a letter················打信

Where am I to begin?·····················打哪兒說起？

Which way to go?·····························打哪兒走？

Will not carry far—as a gun················打不遠

Will not open·································打不開

Will not reach·······························打不到

Wounded by a blow·····················打傷

To yawn·····································打哈欠

作者書目

書　　名	類別	出版者	出版年
浮雲書簡	散文	天視出版社	四五
鵬搏萬里	翻譯	拾穗	五五
故國三千里	散文	商務	五五
頑童流浪記	翻譯	北一	五八
素描入門	翻譯	北一	五八
二次世界大戰新聞報導精華	翻譯	幼獅	五九
珠璣集	翻譯	北一	六〇
驚心動魄	翻譯	王家	六一
難以置信的勝利	翻譯	幼獅	六一
珍珠港與山本五十六之死	翻譯	幼獅	六一
靈魂的鏡子	翻譯	大行	六二
卡萊中尉的自白	翻譯	王家	六二
一九一四年八月	翻譯	世界文物	六二
瑪麗蓮夢露畫傳	翻譯	世界文物	六二
彼得靈丹	翻譯	三山	六二
折翼	翻譯	大行	六二
行列	翻譯	大行	六二
前鋒	翻譯	大行	六二
沙灘與泡沫	翻譯	大行	六三
瘋人的寓言	翻譯	大行	六三
地仙	翻譯	大行	六二
白宮軼聞	翻譯	皇冠	六三
巴頓將軍傳	翻譯	大行	六四
古拉格羣島（第一部）	翻譯	遠景	六四
小王子	翻譯	自任發行	六四
西線無戰事	翻譯	遠景	六五
奪橋遺恨	翻譯	爾雅	六五

滄海叢刊已刊行書目 (八)

書　　　名	作　　者	類　　　別
文學欣賞的靈魂	劉述先	西洋文學
西洋兒童文學史	葉詠琍	西洋文學
現代藝術哲學	孫旗譯	藝術
音樂人生	黃友棣	音樂
音樂與我	趙琴	音樂
音樂伴我遊	趙琴	音樂
爐邊閒話	李抱忱	音樂
琴臺碎語	黃友棣	音樂
音樂隨筆	趙琴	音樂
樂林蓽露	黃友棣	音樂
樂谷鳴泉	黃友棣	音樂
樂韻飄香	黃友棣	音樂
樂圃長春	黃友棣	音樂
色彩基礎	何耀宗	美術
水彩技巧與創作	劉其偉	美術
繪畫隨筆	陳景容	美術
素描的技法	陳景容	美術
人體工學與安全	劉其偉	美術
立體造形基本設計	張長傑	美術
工藝材料	李鈞棫	美術
石膏工藝	李鈞棫	美術
裝飾工藝	張長傑	美術
都市計劃概論	王紀鯤	建築
建築設計方法	陳政雄	建築
建築基本畫	陳榮美 楊麗黛	建築
建築鋼屋架結構設計	王萬雄	建築
中國的建築藝術	張紹載	建築
室內環境設計	李琬琬	建築
現代工藝概論	張長傑	雕刻
藤竹工	張長傑	雕刻
戲劇藝術之發展及其原理	趙如琳譯	戲劇
戲劇編寫法	方寸	戲劇
時代的經驗	汪琪 彭家發	新聞
大眾傳播的挑戰	石永貴	新聞
書法與心理	高尚仁	心理

滄海叢刊已刊行書目 (七)

書 名	作 者	類 別
印度文學歷代名著選（上）（下）	糜文開編譯	文　　　學
寒 山 子 研 究	陳 慧 劍	文　　　學
魯 迅 這 個 人	劉 心 皇	文　　　學
孟 學 的 現 代 意 義	王 支 洪	文　　　學
比 較 詩 學	葉 維 廉	比 較 文 學
結 構 主 義 與 中 國 文 學	周 英 雄	比 較 文 學
主 題 學 研 究 論 文 集	陳 鵬 翔 主 編	比 較 文 學
中 國 小 說 比 較 研 究	侯 健	比 較 文 學
現 象 學 與 文 學 批 評	鄭 樹 森 編	比 較 文 學
記 號 詩 學	古 添 洪	比 較 文 學
中 美 文 學 因 緣	鄭 樹 森 編	比 較 文 學
文 學 因 緣	鄭 樹 森	比 較 文 學
比 較 文 學 理 論 與 實 踐	張 漢 良	比 較 文 學
韓 非 子 析 論	謝 雲 飛	中 國 文 學
陶 淵 明 評 論	李 辰 冬	中 國 文 學
中 國 文 學 論 叢	錢 穆	中 國 文 學
文 學 新 論	李 辰 冬	中 國 文 學
離 騷 九 歌 九 章 淺 釋	繆 天 華	中 國 文 學
苕 華 詞 與 人 間 詞 話 述 評	王 宗 樂	中 國 文 學
杜 甫 作 品 繫 年	李 辰 冬	中 國 文 學
元 曲 六 大 家	應 裕 康 王 忠 林	中 國 文 學
詩 經 研 讀 指 導	裴 普 賢	中 國 文 學
迦 陵 談 詩 二 集	葉 嘉 瑩	中 國 文 學
莊 子 及 其 文 學	黃 錦 鋐	中 國 文 學
歐 陽 修 詩 本 義 研 究	裴 普 賢	中 國 文 學
清 真 詞 研 究	王 支 洪	中 國 文 學
宋 儒 風 範	董 金 裕	中 國 文 學
紅 樓 夢 的 文 學 價 值	羅 盤	中 國 文 學
四 說 論 叢	羅 盤	中 國 文 學
中 國 文 學 鑑 賞 舉 隅	黃 慶 萱 許 家 鸞	中 國 文 學
牛 李 黨 爭 與 唐 代 文 學	傅 錫 壬	中 國 文 學
增 訂 江 臯 集	吳 俊 升	中 國 文 學
浮 士 德 研 究	李 辰 冬 譯	西 洋 文 學
蘇 忍 尼 辛 選 集	劉 安 雲 譯	西 洋 文 學

書　　　　名	作　　者	類	別
中西文學關係研究	王潤華	文	學
文開隨筆	糜文開	文	學
知識之劍	陳鼎環	文	學
野草詞	韋瀚章	文	學
李韶歌詞集	李韶	文	學
石頭的研究	戴天	文	學
留不住的航渡	葉維廉	文	學
三十年詩	葉維廉	文	學
現代散文欣賞	鄭明娳	文	學
現代文學評論	亞菁	文	學
三十年代作家論	姜穆	文	學
當代臺灣作家論	何欣	文	學
藍天白雲集	梁容若	文	學
見賢集	鄭彥棻	文	學
思齊集	鄭彥棻	文	學
寫作是藝術	張秀亞	文	學
孟武自選文集	薩孟武	文	學
小說創作論	羅盤	文	學
細讀現代小說	張素貞	文	學
往日旋律	幼柏	文	學
城市筆記	巴斯	文	學
歐羅巴的蘆笛	葉維廉	文	學
一個中國的海	葉維廉	文	學
山外有山	李英豪	文	學
現實的探索	陳銘磻編	文	學
金排附	鍾延豪	文	學
放鷹	吳錦發	文	學
黃巢殺人八百萬	宋澤萊	文	學
燈下燈	蕭蕭	文	學
陽關千唱	陳煌	文	學
種籽	向陽	文	學
泥土的香味	彭瑞金	文	學
無緣廟	陳艷秋	文	學
鄉事	林清玄	文	學
余忠雄的春天	鍾鐵民	文	學
吳煦斌小說集	吳煦斌	文	學

滄海叢刊已刊行書目 (四)

書　　　名	作　　者	類　　別
歷　史　圈　外	朱　桂	歷　史
中　國　人　的　故　事	夏　雨　人	歷　史
老　　臺　　灣	陳　冠　學	歷　史
古　史　地　理　論　叢	錢　穆	歷　史
秦　　漢　　史	錢　穆	歷　史
秦　漢　史　論　稿	刑　義　田	歷　史
我　這　半　生	毛　振　翔	歷　史
三　生　有　幸	吳　相　湘	傳　記
弘　一　大　師　傳	陳　慧　劍	傳　記
蘇　曼　殊　大　師　新　傳	劉　心　皇	傳　記
當　代　佛　門　人　物	陳　慧　劍	傳　記
孤　兒　心　影　錄	張　國　柱	傳　記
精　忠　岳　飛　傳	李　安	傳　記
八　十　憶　雙　親 師　友　雜　憶　合刊	錢　穆	傳　記
困　勉　強　狷　八　十　年	陶　百　川	傳　記
中　國　歷　史　精　神	錢　穆	史　學
國　史　新　論	錢　穆	史　學
與　西方史家論中國史學	杜　維　運	史　學
清　代　史　學　與　史　家	杜　維　運	史　學
中　國　文　字　學	潘　重　規	語　言
中　國　聲　韻　學	潘　重　規 陳　紹　棠	語　言
文　學　與　音　律	謝　雲　飛	語　言
還　鄉　夢　的　幻　滅	賴　景　瑚	文　學
葫　蘆・再　見	鄭　明　娳	文　學
大　地　之　歌	大地詩社	文　學
青　春	葉　蟬　貞	文　學
比　較　文　學　的　墾　拓　在　臺　灣	古添洪 陳慧樺 主編	文　學
從　比　較　神　話　到　文　學	古添洪 陳慧樺	文　學
解　構　批　評　論　集	廖　炳　惠	文　學
牧　場　的　情　思	張　媛　媛	文　學
萍　踪　憶　語	賴　景　瑚	文　學
讀　書　與　生　活	琦　君	文　學

滄海叢刊已刊行書目 (三)

書名	作者	類	別
不疑不懼	王洪鈞	教	育
文化與教育	錢穆	教	育
教育叢談	上官業佑	教	育
印度文化十八篇	糜文開	社	會
中華文化十二講	錢穆	社	會
清代科舉	劉兆璸	社	會
世界局勢與中國文化	錢穆	社	會
國家論	薩孟武譯	社	會
紅樓夢與中國舊家庭	薩孟武	社	會
社會學與中國研究	蔡文輝	社	會
我國社會的變遷與發展	朱岑樓主編	社	會
開放的多元社會	楊國樞	社	會
社會、文化和知識份子	葉啓政	社	會
臺灣與美國社會問題	蔡文輝 蕭新煌主編	社	會
日本社會的結構	福武直著 王世雄譯	社	會
三十年來我國人文及社會科學之回顧與展望		社	會
財經文存	王作榮	經	濟
財經時論	楊道淮	經	濟
中國歷代政治得失	錢穆	政	治
周禮的政治思想	周世輔 周文湘	政	治
儒家政論衍義	薩孟武	政	治
先秦政治思想史	梁啓超原著 賈馥茗標點	政	治
當代中國與民主	周陽山	政	治
中國現代軍事史	劉馥著 梅寅生譯	軍	事
憲法論集	林紀東	法	律
憲法論叢	鄭彥棻	法	律
師友風義	鄭彥棻	歷	史
黃帝	錢穆	歷	史
歷史與人物	吳相湘	歷	史
歷史與文化論叢	錢穆	歷	史

滄海叢刊巳刊行書目 (二)

書　　　名	作　者	類　　　別
語　言　哲　學	劉　福　增	哲　　　學
邏　輯　與　設　基　法	劉　福　增	哲　　　學
知識・邏輯・科學哲學	林　正　弘	哲　　　學
中　國　管　理　哲　學	曾　仕　強	哲　　　學
老　子　的　哲　學	王　邦　雄	中　國　哲　學
孔　學　漫　談	余　家　菊	中　國　哲　學
中　庸　誠　的　哲　學	吳　　怡	中　國　哲　學
哲　學　演　講　錄	吳　　怡	中　國　哲　學
墨　家　的　哲　學　方　法	鐘　友　聯	中　國　哲　學
韓　非　子　的　哲　學	王　邦　雄	中　國　哲　學
墨　家　哲　學	蔡　仁　厚	中　國　哲　學
知　識、理　性　與　生　命	孫　寶　琛	中　國　哲　學
逍　遙　的　莊　子	吳　　怡	中　國　哲　學
中　國　哲　學　的　生　命　和　方　法	吳　　怡	中　國　哲　學
儒　家　與　現　代　中　國	韋　政　通	中　國　哲　學
希　臘　哲　學　趣　談	鄔　昆　如	西　洋　哲　學
中　世　哲　學　趣　談	鄔　昆　如	西　洋　哲　學
近　代　哲　學　趣　談	鄔　昆　如	西　洋　哲　學
現　代　哲　學　趣　談	鄔　昆　如	西　洋　哲　學
現　代　哲　學　述　評　(一)	傅　佩　榮　譯	西　洋　哲　學
懷　海　德　哲　學	楊　士　毅	西　洋　哲　學
思　想　的　貧　困	韋　政　通	思　　　想
不　以　規　矩　不　能　成　方　圓	劉　君　燦	思　　　想
佛　學　研　究	周　中　一	佛　　　學
佛　學　論　著	周　中　一	佛　　　學
現　代　佛　學　原　理	鄭　金　德	佛　　　學
禪　話	周　中　一	佛　　　學
天　人　之　際	李　杏　邨	佛　　　學
公　案　禪　語	吳　　怡	佛　　　學
佛　教　思　想　新　論	楊　惠　南	佛　　　學
禪　學　講　話	芝峯法師譯	佛　　　學
圓滿生命的實現 （布施波羅蜜）	陳　柏　達	佛　　　學
絕　對　與　圓　融	霍　韜　晦	佛　　　學
佛　學　研　究　指　南	關　世　謙　譯	佛　　　學
當　代　學　人　談　佛　教	楊　惠　南　編	佛　　　學

滄海叢刊已刊行書目(一)

書　　　名	作　　者	類　　　別
國父道德言論類輯	陳立夫	國父遺教
中國學術思想史論叢(一)(二)(三)(四)(五)(六)(七)(八)	錢穆	國學
現代中國學術論衡	錢穆	國學
兩漢經學今古文平議	錢穆	國學
朱子學提綱	錢穆	國學
先秦諸子繫年	錢穆	國學
先秦諸子論叢	唐端正	國學
先秦諸子論叢(續篇)	唐端正	國學
儒學傳統與文化創新	黃俊傑	國學
宋代理學三書隨劄	錢穆	國學
莊子纂箋	錢穆	國學
湖上閒思錄	錢穆	哲學
人生十論	錢穆	哲學
晚學盲言	錢穆	哲學
中國百位哲學家	黎建球	哲學
西洋百位哲學家	鄔昆如	哲學
現代存在思想家	項退結	哲學
比較哲學與文化(一)(二)	吳森	哲學
文化哲學講錄(一)(二)(三)(四)	鄔昆如	哲學
哲學淺論	張康譯	哲學
哲學十大問題	鄔昆如	哲學
哲學智慧的尋求	何秀煌	哲學
哲學的智慧與歷史的聰明	何秀煌	哲學
內心悅樂之源泉	吳經熊	哲學
從西方哲學到禪佛教—「哲學與宗教」一集—	傅偉勳	哲學
批判的繼承與創造的發展—「哲學與宗教」二集—	傅偉勳	哲學
愛的哲學	蘇昌美	哲學
是與非	張身華譯	哲學